배를
엮다

미우라 시온 三浦しをん 1976년 도쿄 출생. 와세다대학교 제1문학부 연극영상학과를 졸업했다. 취직을 위해 시험을 본 출판사 하야카와쇼보의 편집자로부터 권유 받아 글을 쓰기 시작했다. 약 20개 회사 면접에서 전부 떨어진 자신의 구직 활동을 바탕으로 3개월 만에 쓴 소설 《격투하는 자에게 동그라미를》로 데뷔했다. 2006년에 《마호로 역 다다 심부름집》으로 나오키상을, 2012년 《배를 엮다》로 서점대상을 수상했다. 일본에서 권위와 인기를 대표하는 나오키상과 서점대상을 모두 수상한 첫 번째 작가로, 작품성과 대중성을 겸비한 새로운 일본의 대표 작가로 인정받고 있다. 그 외 작품으로 《검은 빛》《고구레빌라 연애소동》《바람이 강하게 불고 있다》《가무사리 숲의 느긋한 나날》 등이 있다.

옮긴이 권남희 일본 문학 전문 번역가. 지은 책으로 《동경신혼일기》《번역에 살고 죽고》《번역은 내 운명(공저)》《길치모녀 도쿄헤매記》가 있으며, 옮긴 책으로 《마호로 역 다다 심부름집》《퍼레이드》《지금 당신은 어디에 있나요》《무라카미 라디오》《빵가게 재습격》《밤의 피크닉》《애도하는 사람》《달팽이 식당》《카모메 식당》《노래하는 고래》 외에 다수가 있다.

FUNE WO AMU

© Shion Miura 2011
All rights reserved.
Original Japanese edition published by Kobunsha Co., Ltd.
Korean publishing rights arranged with Kobunsha Co., Ltd.
through KODANSHA LTD., Tokyo and BC Agency Ltd., Seoul.

이 책의 한국어판 저작권은 BC에이전시를 통한 저작권자와의
독점 계약으로 도서출판 은행나무에 있습니다.
저작권법에 의해 한국 내에서 보호를 받는 저작물이므로 무단전재와 복제를 금합니다.

배를 엮다

舟を編む

미우라 시온 장편소설 — 권남희 옮김

은행나무

일러두기
본문에 있는 모든 주석과 각주는 옮긴이의 주입니다.

1

 아라키 고헤이의 인생은—인생이란 말이 너무 거창하다면 회사 생활은—사전에 바쳤다고 해도 과언이 아니다.

 아라키는 어릴 때부터 말에 흥미가 있었다.

 이를테면 개. 거기에 있지만 이누개를 뜻하는 말이나, 없다(いぬ)라는 말의 고어이기도 함. 하하, 우습다. 어린아이 주제에 요즘 같으면 여사원들한테 "아라키 씨, 아저씨 개그 좀 그만하세요"라는 말이나 들었을 법한 생각을 하면서 재미있어 했었다.

 개는 동물인 개만 의미하는 단어가 아니다.

 아버지를 따라갔던 영화관의 스크린에서 배신을 당해 죽어가는 야쿠자가 "이 정부의 개새끼가!" 하고 피투성이가 되어 소리치고 있었다. 거기서 아라키는 적대하는 조직에서 보낸 스파이도 개라고 부른다는 것을 알았다.

 부하가 빈사 상태라는 사실을 보고받은 우두머리는 벌떡 일어나서 말했다.

"너희들, 뭐하고 있는 거야! 그 녀석을 개죽음당하게 할 수는 없어!"

거기서 아라키는 개라는 말에는 '헛되다'라는 의미도 있다는 걸 알았다.

동물인 개는 사람에게 충실한 파트너다. 영리하고 사랑스럽고 신뢰가 가는 친구다. 그런데도 같은 '개'라는 말이 비겁한 내통자나 어떤 일의 무의미함을 가리키기도 하다니 신기한 일이다. 비굴하기까지 한 충실함. 사람에게 충성을 다하면 다할수록 가여울 정도로 보답을 받지 못하는 점. 어쩌면 그런 것들이 '개'에게 부정적인 의미를 부여했을지도 모른다.

뭐 그런 생각을 하며 혼자 즐겼던 아라키였지만 사전의 존재를 의식한 것은 좀 늦었다. 삼촌에게 중학교 입학 선물로《이와나미 국어사전》을 받은 것이 처음이었으니.

처음으로 자신만의 사전을 갖게 된 아라키는 이 책에 흠뻑 빠져들었다.

아라키의 부모는 철물점을 하고 있어 물건 매입이나 가게 보기에 바빴다. 아들에 대한 교육 방침이라곤 '남한테 폐 끼치지 않고, 건강하기만 하면 그걸로 충분해'가 전부였다. 사전을 사다 주며 '공부해!' 하는 발상 같은 것은 전혀 없었다. 아라키의 부모뿐만 아니라 당시 어른들 대부분이 그랬다.

아라키도 물론 공부보다 밖에서 친구들과 노는 걸 좋아해서 어릴 때는 교실에 달랑 한 권 있던 국어사전 따위에 전혀 관심도 없었다. 가끔 책등이 눈에 뜨일 뿐인 장식물에 지나지 않았다.

실제로 넘겨 본 사전의 재미라니! 반짝거리는 표지, 어디를 넘겨도 빽빽하게 인쇄된 문자의 행렬, 얇은 종이의 감촉. 모든 것이 아라키를 사전의 포로로 만들었다. 무엇보다도 아라키의 마음을 끌었던 것은 간결하게 표제어를 설명한 뜻풀이 부분이었다.

아라키는 어느 날 밤 동생과 장난치다 "큰 소리 내지 마라" 하고 아버지한테 혼났다. 시험 삼아 '**소리**【聲】'라는 말을 《이와나미 국어사전》에서 찾아보았다. 뜻풀이는 이러했다.

> 사람이나 동물이 목에 있는 특수 기관을 사용하여 내는 음. 그것과 비슷한 음. 계절·시기 등이 다가오는 기미.

예문으로 '소리'를 사용한 문장도 실려 있다. '소리를 내다'나 '벌레 소리' 정도는 어렴풋이 의미를 파악하고 쓰고 있었지만, '가을의 소리' '마흔의 소리를 듣다' 같은 건 미처 생각하지 못했다.

듣고 보니 그렇구나, 하고 아라키는 생각했다. '소리'에는 확실히 '계절·시기 등이 다가오는 기미'란 의미도 있다. '개'라는 한 글자에 다양한 의미가 담겨 있는 것과 마찬가지로. 뜻풀이를 읽으니 평소 사용하는 말에 뜻밖에 넓이와 깊이가 있다는 사실을 깨닫게 되었다.

이번에는 '목에 있는 특수 기관'이라는 설명이 궁금해졌다. 아라키는 아버지한테 야단맞은 것도 잊고, 놀아 달라고 달라붙는 동생도 팽개치고 또 사전을 찾았다.

> **특수**【特殊】① 보통과는 질적으로 다른 것. 성질이 특별한 것.
> ②〔철학〕보편에 대해 그 각각의 경우·사물이 되는 것.

> **기관**【器官】생물체를 형성하는 한 부분. 몇 개의 조직으로 이루어져 일정한 모양과 기능을 지닌 부분.

알 듯 말 듯한 설명이다.

아라키는 '목에 있는 특수 기관'이란 성대를 가리키는 거란 걸 짐작하고, 거기까지만 찾고 말았다. 만약 성대를 모르는 사람이 《이와나미 국어사전》을 찾는다면 '목에 있는 특수 기관'이란 수수께끼의 기관으로 남을 것이다.

사전이 반드시 만능은 아니란 걸 알고도 낙담하긴커녕 애착이 점점 깊어 갔다. 가려운 곳에 손이 채 닿지 않는 것 같은 기분이 드는 부분마저도 애쓰는 느낌이 들어서 좋았다. 절대 완전무결하지 않기 때문에 오히려 더 사전을 만든 사람들의 노력과 열기가 전해지는 것 같은 기분이 들었다.

얼핏 보아서는 무기질한 단어의 나열이지만, 이 막대한 수의 표제어와 뜻풀이와 예문은 모두 누군가가 생각하고 생각한 끝에 쓴 것이다. 이 얼마나 대단한 끈기인가. 얼마나 대단한 말에 대한 집념인가.

아라키는 용돈이 모일 때마다 헌책방으로 달려갔다. 사전은 개정되면 그 이전 판이 헌책방에서 싼값으로 팔리는 일이 많다. 다른 출판사의 다양한 사전을 조금씩 모아서 비교하며 읽었다. 많이 사용해서 표지가 너덜너덜해진 것. 전 주인이 낙서를 했거나 붉은 줄을 그어 놓은 것. 오래된 사전에는 만든 사람과 사용한 사람이 말과 격투한 흔적이 새겨져 있다.

나도 국어학이나 언어학 학자가 되어 내 손으로 사전을 편찬하고 싶다. 고등학교 2학년 여름, 아라키는 대학에 보내 달라고 아버지에게 사정했다.

"뭐어? 국어학이라고? 뭐냐, 그건? 너 우리말 할 줄 알잖아? 뭐 하러 대학까지 가서 국어를 공부하려고 그래?"

"아뇨, 그런 게 아니라."

"쓸데없는 소리 하지 말고 가게 일이나 도와. 엄마 요즘 허리 아파서 힘들어하니까."

도무지 얘기가 통하지 않는 아버지를 설득한 이는《이와나미 국어사전》을 선물로 주었던 삼촌이다.

"아이고, 형님."

본가인 철물점에는 몇 년에 한 번밖에 얼굴을 비치지 않는 삼촌은 능숙하게 중재했다. 삼촌은 포경선 선원으로, 오랜 항해를 하는 동안 사전의 맛을 깨달은 것 같다. 친척들 사이에서는 특이한 사람으로 통했다.

"아라키는 상당히 영리한 아이잖아요. 큰마음 먹고 대학 한 번 보내 보는 게 어때요?"

아라키는 열심히 입시 공부를 하여 대학에 들어갔다. 4년 동안 공부하며 유감스럽게 자신은 학자가 될 만큼 센스가 없다는 걸 깨달았지만, 사전을 만들고 싶은 마음은 사그라지지 않았다. 대학 4학년이 되던 해, 쇼가쿠칸에서《일본국어대사전》이 출간되기 시작한 영향도 컸다.

이것은 전 20권이나 되는 대사전이다. 편집 작업에만 10년 이상의 시간이 걸렸고, 약 45만 항목을 수록했으며, 협력자는 3천 명에 이르렀다고 한다.

아라키는 가난한 학생 신분이어서 차마 사지는 못하고, 학교 도서관에 진열된 《일본국어대사전》을 떨리는 마음으로 바라보았다. 많은 사람들의 열정과 시간이 담긴 사전을. 먼지 나는 조용한 도서관 서가에서 그것은 밤하늘에 뜬 달처럼 밝고 깨끗한 빛을 뿌리는 것 같았다.

학자로서 사전 표지에 이름을 싣는 일은 자신 없다. 그러나 편집자로서 사전 만들기에 참여할 수 있는 길은 아직 남아 있다. 나는 어떡하든 사전을 만들고 싶다. 내가 갖고 있는 열정과 시간 전부를 쏟아 부어도 후회 없는 것. 그것이 사전이다.

아라키는 맹렬히 취업 활동을 펼친 끝에 대형 출판사인 겐부쇼보에 입사했다.

"그렇게 해서 사전 만들기 외길을 걸어온 지 37년째입니다."
"오, 벌써 그렇게 됐군요."
"됐네요. 선생님을 만난 지 벌써 30년이 더 지났습니다. 그때는 선생님도 머리숱이 많았는데."

아라키는 맞은편 자리에 앉은 마쓰모토 선생의 정수리를 보았다. 마쓰모토 선생은 용례채집카드를 쓰고 있던 연필을 멈추고 학처럼 가느다란 몸을 흔들며 웃었다.

"아라키 씨도 제법 머리에 서리가 내렸는걸요?"

메밀국수가 나왔다. 점심시간의 가게는 회사원으로 만석이었다. 아라키와 마쓰모토 선생은 잠시 침묵하고 메밀국수를 후루룩후루룩 먹었다. 마쓰모토 선생은 먹는 동안에도 국수 가게 텔레비전에서 나오는 소리에 귀를 기울이고 있다. 낯선 단어나 색다른 말의 용법이 있으면 바로 용례채집카드에 받아 적기 위해서다. 아라키는 언제나처럼 마쓰모토 선생의 손에 주의를 기울였다. 용례채집에 정신을 빼앗긴 선생이 연필로 국수를 먹으려고 하거나, 젓가락으로 글씨를 쓰려고 하는 것을 방지하기 위해서다.

국수를 다 먹은 두 사람은 차가운 보리차를 마신 뒤에야 한숨 돌렸다.

"선생님이 제일 처음 갖게 된 사전은 뭐였습니까?"

"할아버지 유품으로 물려받은 오쓰키 후미히코의 《언해言海》였습니다. 엄청난 어려움을 극복하고 오쓰키가 혼자서 편찬한 사전이란 걸 알고 어린 마음에 몹시 감명을 받았죠."

"감명을 받으면서 좀 야한 단어를 찾아보기도 했겠죠?"

"안 했습니다, 그런 건."

"그러세요? 저는 아까도 말씀드렸다시피 중학교 때 《이와나미 국어사전》이 최초였는데, 허리 아래쪽 단어들을 마구 찾아봤었답니다."

"그러나 그건 극히 단정하고 품위 있는 사전이잖습니까. 아마 실망했을걸요."

"맞습니다. '칭칭남자의 성기를 뜻하는 말'을 찾아도 뜻풀이에는 개가 부리는 재주와 물이 끓는 소리에 대해서만 실려 있고. 앗, 그럼 선생님도 역시 찾아봤다는 말이잖습니까?"

"훗훗훗."

슬슬 점심시간도 끝나 가고 있었다. 어느새 가게 안은 사람들이 드문드문해지고, 국수 가게 주인이 컵에 보리차를 더 따라 주었다.

"선생님하고는 참 오래 일을 같이 했는데 사전에 얽힌 이런 기억을 얘기하는 건 처음이네요."

"정말 많은 사전을 함께 만들었군요. 사전 한 권을 완성해도 바로 개정이나 개정판 작업에 쫓겨서 천천히 얘길 나눌 틈도 없을 정도였죠. 《겐부현대어사전》《겐부학습국어사전》《자현字玄》. 하나같이 추억이 깊습니다."

"마지막까지 도와 드리지 못해서 정말 죄송합니다."

아라키는 테이블에 양손을 짚고 깊숙이 머리를 숙였다. 용례 채집카드를 모으며 마쓰모토 선생은 우울해졌는지 드물게 등을 동그랗게 움츠렸다.

"역시 정년을 늘릴 수는 없는 건가요?"

"직장 생활이란 게 그렇더군요."

"촉탁 사원이어도 좋을 텐데요."

"되도록 편집부에 자주 얼굴을 비칠 생각이긴 합니다만……. 아내의 상태가 그리 좋지 않아서 말입니다. 지금까지 사전에 묻혀 사느라 아무것도 해 주지 못해서 적어도 정년퇴직 후에는 옆에 있어 주고 싶습니다."

"그렇군요."

마쓰모토 선생은 결국 고개를 푹 숙여 버렸지만, 이내 애써 밝은 척하는 게 느껴지는 투로 말을 이었다. "아뇨, 아뇨. 그게 좋겠네요. 이번에는 아라키 씨가 부인을 지켜 줄 차례입니다."

선생님의 의욕을 꺾는 것은 편집자로서 실격이다. 아라키는 얼굴을 들고 마쓰모토 선생을 격려하려고 몸을 내밀었다.

"정년까지 어떡하든 제 뒤를 물려받을 사원을 찾겠습니다. 만전을 기해 선생님을 돕고, 사전편집부를 통솔하고, 선생님과 제가 세운 새 사전 기획을 추진해 나갈 수 있는 젊고 유능한 인재를요."

"사전 편집 작업은 다른 단행본이나 잡지와는 다릅니다. 아주 특수한 세계지요. 인내심 강하고, 꼼꼼한 작업을 두려워하지 않고, 언어에 탐닉하면서도 한쪽으로 치우치지 않고, 넓은 시야도 함께 가진 젊은이가 요즘 시대에 과연 있을까요?"

"반드시 있을 겁니다. 우리 회사 사원 500여 명 중에서 찾지 못하면, 다른 회사에서 스카우트해서라도 데려오겠습니다. 선생님, 부디 계속해서 겐부쇼보에 힘을 빌려 주십시오."

마쓰모토 선생은 끄덕인 뒤 조용히 말했다.

"아라키 씨하고 사전을 만들 수 있어서 정말 행복했습니다. 당신이 아무리 열심히 후계자를 찾는다 해도 당신 같은 편집자와는 두 번 다시 만나지 못할 겁니다."

아라키는 갑자기 울음이 터져 나올 것 같아 얼른 입술을 깨물었다. 마쓰모토 선생과 함께 책과 교정지에 묻혀서 보내 온 30여 년이 아름다운 꿈처럼 느껴졌다.

"감사합니다, 선생님."

새로운 사전을 기획해 놓고 어중간한 단계에서 회사를 떠나야 하는 것은 안타까웠다. 사전은 아라키를 구성하는 전부였다.

동시에 아라키는 새로운 사명감을 느꼈다. 쓸쓸함과 앞날에 대한 불안함이 서린 마쓰모토 선생의 표정을 보는 순간.

사전편집부원으로서 해야 할 역할은 새로운 사전을 완성하는 것뿐이라고 생각해 왔는데, 그렇지 않았다. 나와 마찬가지로, 아니, 나 이상으로 사전을 사랑하는 사람을 찾는 것도 있었다.

선생님을 위해. 일본어를 사용하는 사람과 일본어를 배우는 사람을 위해. 무엇보다 사전이라는 귀한 서적을 위해.

마지막 임무를 이루기 위해 아라키는 의욕에 차서 회사로 돌아왔다.

아라키는 즉시 각 편집부에 "쓸 만한 인재 없나?" 하고 돌아다녔지만, 결과는 허무했다.

"이놈이고 저놈이고 눈앞의 이익만 찾아설랑은."

경기가 나쁜 탓에 어느 부서에나 긴박감이 감돌았다. 광고를 딸 수 있는 잡지나 취재비가 별로 들지 않는 내용의 단행본. 그런 걸 만드는 거라면 환영하지만, 사전편집부에 돌릴 인재는 없다는 대답이었다.

"사전은 이미지도 좋고, 경기에도 쉽게 좌우되지 않는 상품인데. 어째서 뜻을 높이 갖고 미래를 지켜보겠다는 기개가 없는 거야?"

"어쩔 수 없어요."

서가 사이에서 나타난 니시오카가 아라키의 혼잣말에 대답했다.

"사전을 만드는 데는 막대한 돈과 방대한 시간이 걸리니까요. 어느 시절에나 다들 손쉽게 돈을 벌 수 있는 쪽에 덤벼들기 마련이죠."

니시오카의 말이 맞다. 겐부쇼보 사전편집부는 불경기의 여파를 직격탄으로 맞아 예산과 인원을 삭감 당하고 있다. 새로운 사전 기획도 좀처럼 통과되지 못하고 있는 실정이다.

아라키는 항상 책상에 두고 있는 《고지엔》과 《다이지린》을 넘겼다. '막대하다'와 '방대하다'의 차이와 사용법에 대해 생각하면서 혀를 찼다.

"뭘 남 얘기처럼. 네가 똑바로 하지 않으니까 내가 괜한 고생을 떠맡고 있는 것이구먼."

"예, 예, 죄송합니다."

"너는 아무래도 사전에 맞지 않아. 발이 빨라서 원고 받을 때는 좋지만."

"그렇게 말해도 되는 건가요, 아라키 씨?"

니시오카는 바퀴가 달린 사무용 의자에 앉은 채 바닥을 차서 의자를 굴려 아라키에게 다가왔다. "제가 그 빠른 발로 좋은 정보를 얻어 왔는데."

"뭔데?"

"사전에 맞는 인재, 있는 것 같습디다요."

"어디!"

니시오카는 의자에서 벌떡 일어난 아라키를 약 올리듯이 씨익 미소를 지었다. 한산한 편집부이건만 일부러 소리를 낮춘다.

"제1영업부. 나이는 스물일곱."

"이 바보!"

아라키는 니시오카의 머리를 쳤다.

"그럼 너하고 동기란 말 아냐? 어째서 지금까지 말하지 않았던 거야!"

"너무하네요."

니시오카는 정수리를 문지르며 의자에 앉은 채 자기 책상으로 돌아갔다.

"동기 아닙니다요. 그 녀석은 대학원 출신이어서 아직 입사 3년 차."

"제1영업부라 했지?"

"지금 가도 서점 나가서 없지 않을까요?"

니시오카가 그렇게 말하고 있을 때 아라키는 이미 뛰어가고 있었다.

사전편집부는 겐부쇼보 별관 2층에 있다. 낡은 목조 건물로 천장이 높다. 바닥은 짙은 물엿 색으로 변색했다. 아라키의 구두 소리가 어두컴컴한 복도에 울렸다.

계단을 내려가 쌍바라지 문을 밀고 나가니, 초여름 햇살이 따가웠다. 녹색으로 가득한 시야에 같은 부지 내에 우뚝 서 있는 8층짜리 본관 건물이 들어왔다. 나무 그늘로 돌아서 가는 시간도 아까워서 아라키는 직선으로 본관 로비로 들어갔다.

1층 구석에 있는 제1영업부에 들어선 아라키는 거기서 퍼뜩 깨달았다. 맙소사, 정작 후계자 후보의 이름을 듣지 못했다. 남자인지 여자인지도 모른다. 기대가 컸던 나머지 너무 허둥거렸다.

문 앞에서 호흡을 가다듬은 뒤, 자연스러움을 가장하고 실내를 둘러보았다. 다행히 영업부원들은 외근을 나가지 않았다. 예닐곱 명이 책상에서 컴퓨터를 향하고 있거나 전화 통화를 하고 있다. 대학원을 나와 입사 3년 차인 스물일곱 살은 누구냐. 하필 대부분이 서른 전후의 남녀뿐이어서 찾을 수가 없다.

제1영업부는 대체 뭐하는 건가. 젊은 녀석들은 얼른 서점 순례를 나가야 할 게 아닌가. 물론 내가 찾고 있는 사람을 제외하고, 말이지만.

아라키가 속으로 투덜거리고 있는데, 제일 가까이 있던 여직원이 수상하다는 얼굴로 물었다.

"누구 찾으세요?"

그대로 아라키를 입구 쪽으로 유도하려고 했다. 아무래도 접수처를 통과하지 않고 들어온 잡상인으로 오해한 것 같다. 37년 동안 별관 사전편집부에 틀어박혀 있어서 고참 사원조차도 아라키의 얼굴을 모르는 사람이 많다.

"아, 아니, 그게 아니고."

아라키는 용건을 말하려다 말을 끊었다. 구석 쪽에 있는 남자에게 시선이 빨려들었다.

남자는 아라키에게 등을 돌린 자세로 벽 쪽 책장 앞에 서 있었다. 마르고 키가 크고 '영업부원으로는 좀' 하는 생각이 들 정도로 머리가 덥수룩했다. 슈트 상의는 벗어 놓고 와이셔츠 소맷자락을 걷은 채 책장 비품을 정리하는 참인 것 같다.

비품이 든 크고 작은 상자를 이쪽 칸에서 저쪽 칸으로 옮겨 놓으며 남자는 책장의 내용물을 빈틈없이 깔끔하게 정리했다. 복잡한 지그소 퍼즐 조각을 눈 깜짝할 사이에 맞추는 것 같은 현란한 손놀림이었다.

오오……! 아라키는 기쁨의 신음 소리가 나오는 것을 꿀꺽 삼켰다. 저것이야말로 사전 만들기에 필요로 하는 중요한 재능 중 하나가 아닌가!

사전 편집 작업이 최종 국면을 맞이할 무렵에는 이미 전체 페이지 수가 정해져 있다. 조본造本이나 가격에 영향을 미치기 때문에 페이지 수의 변경이 허락되지 않는다. 어떻게 하면 사전 내용을 규정 페이지에 딱 맞게 앉힐 수 있을지, 편집자는 한정된 시간 안에서 재빨리 판단해야 한다. 때로는 울며 용례를 지우기도 하고, 때로는 뜻풀이 문장을 효율성 있게 줄이기도 해서 정연하게 페이지에 끼워 넣는다. 그야말로 남자가 지금 책장 앞에서 보인 퍼즐 맞추기 같은 센스를 요구한다.

저 남자다! 저 남자야말로 차세대 사전편집부의 주역감이다!

"저기."

아라키는 흥분을 억누르며 옆에 서 있는 여직원에게 물었다.

"저 사람은 어떤 사람인가요?"

"'어떤'이라니……?"

여직원은 경계하는 모습이었다.

"난 사전편집부 아라키라고 해요."

아라키는 자기소개를 했다. "저 친구는 스물일곱 살, 대학원 졸업의 입사 3년 차 맞아요?"

"아마 그럴 거라고 생각합니다만, 본인한테 직접 물어보세요. 마지메 일본어로 '성실하다'는 뜻입니다."

성실하다고? 아라키는 만족하여 혼자 끄덕였다. 잘 됐다. 사전을 만드는 견실한 일은 성실하지 않으면 도저히 할 수 없는 일이니까.

여직원이 책장 정돈 상태를 재확인하는 남자에게 큰 소리로 말했다.

"마지메 씨, 손님이에요."

손님이 아니라 같은 회사 편집부 사람이라고 말했는데 말귀를 못 알아듣는 아가씨군.

조금 화가 났지만, 아라키는 '다른 데서 온 사람'이라는 뉘앙

스는 전혀 포함하지 않고, 순수하게 '방문자'란 의미로 사용된 '손님'일지도 모른다고 생각하는 것으로 자신을 납득시켰다.

그보다도 문제로 삼을 것은 남자가 '마지메 씨'로 불렸다는 점이다. 대체 얼마나 성실했으면 별명이 '마지메'인가. 이곳은 방과 후면 학생들이 석양을 향해 달려가는 학교도, 청바지만 입고 있는 형사가 소속된 경찰서도 아니다. 출판사다. 그런데 '마지메'라는 별명이 붙을 정도라면 이건 초대형 성실함이라 해도 좋을 것이다.

조심해서 접근해야 한다. 아라키는 점점 남자에게 보내는 시선에 힘을 주었다.

여직원이 부르는 소리에 남자가 돌아보았다. 은테 안경을 끼고 있다. '그런데도 별명이 메가네일본어로 '안경'이라는 뜻가 아니라 마지메라니' 하고, 아라키가 또 긴장하는 동안 남자는 기다란 팔다리를 주체 못하겠다는 듯이 천천히 다가왔다.

"예, 마지메입니다만."

뭐, 뭐? 설마 본인도 성실함을 자인하고 있다니!

아라키는 뒤로 자빠질 것 같은 걸 간신히 버텨 섰다. 어떡하든 남자를 사전편집부로 스카우트하고 싶다는 의욕이 급속히 사그라지는 걸 느꼈다.

자신을 '성실하다'고 말하는 뻔뻔함. 성실하다는 것을 마음

한구석으로 경시하는 건 아닐까. 성실함이 얼마나 소중한 미덕인지 깨닫지 못하는 건 아닐까. 어쨌든 그런 사람에게 사전 만들기를 맡길 순 없다.

아라키가 말없이 노려보고만 있으니, 남자는 곤혹스러운 모습이었다. 덥수룩한 머리칼을 쓸어 넘기고 문득 생각난 듯이 와이셔츠 가슴 주머니에서 명함을 꺼냈다.

"여기."

남자는 허리를 약간 굽히며 두 손으로 명함을 내밀었다. 모든 동작이 굼뜨고 서툴렀다.

누군지 모르는 상대에게 쉽게 명함을 건네다니. 무엇보다 나는 같은 회사 직원이라고. 아라키는 낙담과 분노를 감추며 남자의 손으로 시선을 보냈다. 긴 손가락 끝에 있는 손톱은 동그랗고 깨끗하게 깎여 있었다. 명함에는 이렇게 적혀 있다.

주식회사 겐부쇼보 제1영업부

마지메 미쓰야 馬締光也

"마지메 미쓰야……."
"예. 마지메입니다."
마지메는 미소 지었다. "착각하셨지요?"

23

"아, 미안."

아라키는 당황하며 바지 뒷주머니에서 자신의 명함을 꺼냈다.

"사전편집부 아라키라고 하네."

마지메는 예의 바르게 받아 든 명함을 보았다. 은테 안경 너머로도 맑고 온화한 눈이란 것을 알아보았다. 하얀 셔츠 디자인은 어딘지 모르게 유행에 뒤처졌고, 차림새도 별로 신경 쓰지 않는 것 같았지만, 피부에는 탄력이 있다. 아직 젊다. 앞으로 몇 십 년 세월을 사전에 바칠 수 있을 정도로.

아라키는 문득 약간의 질투심이 일렁거렸지만, 물론 드러내지는 않았다.

"마지메라니 희성이군. 어디 출신인가?"

"저는 도쿄입니다만, 부모님은 와카야마입니다. 도이야바를 마지메라고도 한다고 합니다."

"도이야바라면 여행자에게 말을 빌려 주는 말 관리소 말인가?"

아라키는 온몸의 주머니를 뒤졌지만, 공교롭게 수첩을 갖고 있지 않아서 방금 받은 마지메의 명함에 메모했다.

마지메 : 도이야바의 다른 이름. 《고지엔》과 《다이지린》 둘 다 아마 기재되어 있지 않을 것임. 《일본국어대사전》에서 확인 바람.

마쓰모토 선생 정도는 아니지만, 낯선 말을 즉석에서 기록하는 것은 아라키의 습관이다. 나중에 편집부의 용례채집카드를 조사해 봐야지. 아직 카드를 만들지 않았다면 출전出典(가능하다면 그 말의 초출 문헌을 찾는 게 바람직하다)을 명기하여 새로운 카드를 덧붙여 둘 필요가 있다.

편집부에는 막대한 양의 용례채집카드가 쌓여 있어, 사전을 만들 때는 그중에서 어떤 말을 채택할지 검토를 거듭한다. 최근에는 데이터화도 추진하고 있지만, 역시 용례채집카드야말로 사전편집부에게는 심장이나 다름없다. 사내에서 금연을 외치기 이전부터 카드를 보관하는 자료실은 절대 금연이었다.

느닷없이 명함에다 메모를 하는 아라키를 보고도 마지메는 전혀 놀라는 모습도, 기분 나빠하는 모습도 없었다.

"성의 유래에 대해 질문을 받은 적은 여러 번 있지만, 받아 적는 분은 처음입니다."

여전히 평온한 자세로 흥미로운 듯이 아라키의 손을 들여다보았다.

아 참, 이 남자를 스카우트하러 왔지. 생각지도 못한 희성에 정신을 빼앗겨 본래의 목적을 잊고 있었다. 아라키는 헛기침을 하며 명함과 펜을 가슴 주머니에 넣었다.

"자네는 '우右'를 설명하라고 하면 어떻게 하겠나?"

마지메는 가볍게 고개를 저었다.

"방향의 '우'입니까, 사상의 '우'입니까?"

"전자네."

"그렇군요."

마지메의 고개 각도가 깊어졌다. 머리칼이 부스스하게 흔들린다.

"'펜이나 젓가락을 사용하는 손 쪽'이라고 하면 왼손잡이인 사람을 무시하는 게 되고, '심장이 없는 쪽'이라고 해도 심장이 우측에 있는 사람도 있다고 하더군요. '몸을 북으로 향했을 때 동쪽에 해당하는 쪽'이라고 설명하는 것이 무난하지 않을까요?"

"음. 그럼 '시마しま'라면 어떻게 설명하겠나."

"줄무늬라는 뜻의 시마, 섬이란 뜻의 시마, 지명 시마志摩, '요코시마よこしま, '옳지 않음, 부정함'이란 뜻'나 '사카시마さかしま, '거꾸로, 반대로'라는 뜻'의 시마, 시마억측揣摩臆測, 근거도 없이 멋대로 이것저것 추측하는 것이라고 할 때의 시마, 불교 용어인 시마四魔……."

아라키는 '시마'라는 말이 들어가는 단어를 줄줄이 읊는 마지메를 황급히 막았다.

"아일랜드, '섬' 말일세."

"그렇군요. 그럼 '주위가 물로 둘러싸인 육지'라고 할까요. 아, 그것만으로는 부족하겠군. 강에 있는 섬은 일부가 육지와

이어져 있어도 섬이니. 그러면……."

마지메는 고개를 갸웃거리며 중얼거렸다. 아라키의 존재 따위는 이미 안중에도 없고 말의 의미를 찾는 데 몰두한 모습이다.

"'주위가 물로 둘러싸인, 혹은 물로 격리된 비교적 작은 육지'라고 하면 괜찮으려나. 아냐, 아냐. 그래도 부족해. '야쿠자의 세력권'이란 의미를 포함하고 있지 않는걸. '주위로부터 구별되는 토지'라고 하면 어떨까."

이건 상당하다. 아라키는 눈 깜짝할 사이에 '섬'의 뜻을 마구 자아내는 마지메를 감탄하며 지켜보았다. 전에 니시오카에게 같은 질문을 했을 때는 진짜 기가 막혔다. 니시오카는 '시마'라는 말을 듣고 '섬'밖에 떠올리지 못했다. 그것도 '덩그러니 떠 있는 것'이라고 대답했다. 어이가 없어 아라키가 "바보탱아! 그럼 고래의 등도, 익사체도 덩그러니 떠 있으니 '섬'이냐!" 하고 야단쳐도 "어, 그런가? 어렵네. 뭐라 하면 좋을까요?" 하고 히죽히죽 웃고 앉았었다.

성실한 얼굴로 신음하던 마지메는 갑자기 서가 쪽으로 몸을 돌렸다.

"잠깐 사전 좀 찾아보고 오겠습니다."

"됐네, 됐네."

아라키는 팔을 붙들어 말리고 마지메를 똑바로 바라보며 말했다.

"마지메 군. 자네의 힘을 《대도해大渡海》에 쏟아 주었으면 좋겠네."

"대도해요? 알겠습니다."

마지메는 끄덕이더니 다음 순간 "아~아아~!" 엉뚱하게 소리를 질렀다. 제1영업부에 있던 모든 사람의 시선이 모였다. 아라키도 황당했지만, "끄읕어없느은~" 하고 마지메가 계속 부르는 소리를 듣고 '크리스탈 킹이 부른 '대도해'구나!'라는 걸 깨달았다. 이건 못 들어 줄 지경의 음치다. 허겁지겁 마지메를 복도로 끌어냈다.

"마지메 군, 마지메 군. 미안하지만 틀렸어."

"틀렸습니까?"

마지메는 노래를 멈추고 불안한 표정을 지었다.

"제가 요즘 노래는 잘 몰라서. 죄송합니다."

무엇을 어떻게 하면 노래를 부탁한 걸로 착각할 수 있을까. 마지메의 발상은 이해하기 힘들었지만, 아라키는 일단 용건을 전하기로 했다.

"《대도해》란 우리 편집부에서 만들려고 하는 새 사전의 이름이야. '큰 바다를 건너다大渡海'라고 쓰지. 자네한테 그 일을 맡기고 싶네."

"사전이라고요?"

눈과 입이 동그래지며 마지메는 움직임을 멈추었다. '비둘기가 콩알탄을 맞은 듯한 얼굴'이란 이런 걸 말하겠지. 그렇게 생각한 아라키는 '그러고 보니 분라쿠_{일본의 대표적인 전통 인형극}에서 배우들이 바닥에 여러 명 앉아 합창할 때 제일 끝자리에 앉은 이를 속칭 '마메구이_{콩먹기}'라고 한다고, 며칠 전 읽은 책에 나와 있었다. 콩을 먹는 것처럼 입만 벙긋거리고 있기 때문이라고 했다. 그런데 이 말이 실린 사전이 있을까? 얼른 조사해 보고 《대도해》에 실을지 어쩔지 검토해 봐야지' 하고, 사전 편집자다운 연상을 했다.

제각기 생각에 잠긴 채 서 있는 아라키와 마지메 옆으로 직원들이 이상하다는 표정으로 오갔다.

이윽고 마지메가 움직임을 되찾았다.

"그런데 저기 죄송합니다. 저는 1시 반부터 시부야의 서점을 돌아야 해서요."

"아, 아아, 그런가."

시계 바늘은 이미 1시 15분을 가리키고 있다. 아무리 서둘러도 늦을 것 같은데 괜찮을까, 아라키는 걱정했다. 마지메도 손목시계를 보더니 예의 긴 팔다리를 감당 못하는 듯한 동작으로 제1영업부로 뛰어 들어가 자기 책상에서 슈트 상의와 검은색 가방을 들고 왔다.

"정말 죄송합니다."

마지메는 아직 복도에 있던 아라키에게 머리를 숙이고 더벅머리를 더욱 헝클어뜨린 채 입구 쪽으로 달려갔다. 아라키의 시야 안에서만도 두 번 엎어질 뻔했다.

아라키는 여러 가지 의미에서 괜찮을지 생각해 보았다. 마지메는 어쩐지 '오늘만 사전편집부 일을 도와 달라'고 해석한 것 같았다.

아라키는 고개를 저으며 영업부 담당 임원에게 부탁을 하기 위해 본관 엘리베이터를 탔다.

끈기 있게 교섭한 덕분에 회사는 간신히 국어사전 《대도해》 편찬을 정식으로 허가해 주었다. 동시에 마지메가 비품이 든 작은 상자를 들고 이동해 왔다. 아라키의 정년까지 남은 시간은 두 달. 아슬아슬하지만 괜찮다. 사전편집부에 나타난 마지메를 보고 아라키는 안도의 한숨을 쉬었다.

마지메를 스카우트하는 데 끈기 있는 교섭 따위는 필요 없었다. 영업부장은 "마지메? 아아, 그런 직원이 있었죠. 아라키 씨가 데려가 주려고요?" 하고 만면에 희색이 가득했다. 담당 임원의 반응은 "……누구지?"였다.

그렇구나. 아라키는 알아차렸다. 아라키가 진지하게 설득했는데도 마지메의 반응이 신통찮았던 것은 누군가에게 능력을 인정받을 일이 있으리라곤 눈곱만치도 예상하지 못한 탓이리라. 마지메는 영업 사원으로서 제대로 능력을 발휘하지 못해, 지명하여 스카우트를 하지 않았더라면 직속 상사조차 존재를 떠올리지 못할 정도였다.

영업부에서의 평가가 그렇게까지 낮은 이유도 뭔지 모르게 알 것 같았다. 마지메가 엉뚱하기 때문이다. 보통 회사에서 느닷없이 '대도해'를 열창하지 않는다.

마지메가 나쁜 게 아니다. 회사에서 적재적소에 사원을 배치하지 못한 것뿐이다.

마지메의 언어에 대한 날카로운 감각. 갖고 있는 지식을 총동원하여 아라키의 질문에 대답하려고 하는 성실함. 성실함이 지나쳐서 엉뚱하지만, 어쨌든 사전 만들기를 위해 타고난 재능임은 분명하다.

아라키가 눈짓으로 지시하자, 니시오카가 일어서서 마지메를 맞이했다.

"사전편집부에 온 것을 환영하네."

박스를 받아 들고 마지메를 안으로 안내했다.

"인원 부족이어서 책상은 남아돌지만, 여기 어때?"

마지메는 서가가 빼곡히 있는 실내를 불안하게 둘러보면서 니시오카 옆 책상으로 다가갔다. 얌전하게 "예" 하고 끄덕였다.

"마지메, 애인 있어?"

니시오카는 연애 이야기를 하면 사람들과 친해질 수 있다고 믿는 데가 있다. 아라키는 잠자코 안쪽의 자기 자리에서 마지메의 반응을 살폈다.

"아뇨."

"그럼 미팅할까? 한번 자리 마련해 볼 테니까 휴대전화 번호하고 메일 주소 가르쳐 줘 봐."

"없는데요. 영업부에서 사용하던 것은 회사에 반납해 버려서."

"뭐?"

니시오카는 걸어 다니는 미라를 목격한 듯한 표정이 되었다.

"애인 갖고 싶지 않아?"

"글쎄요. 애인도 휴대전화도 갖고 싶은지 어떤지 생각해 본 적이 없습니다."

니시오카가 도움을 요청하는 시선을 보내서, 아라키는 웃음이 터질 것 같은 걸 꾹 참고 위엄 있게 분위기를 수습했다.

"마지메 군, 오늘은 자네 환영회가 있어. 6시에 '칠보원'에 예약을 해 두었으니 준비해. 니시오카는 사사키 씨를 불러 와."

'칠보원'의 붉은색 원탁에는 이미 마쓰모토 선생이 사오싱주紹興酒를 마시고 있었다. 선생은 주에 한 번, 딱 2홉의 음주만 자신에게 허락하고 있다. 마시는 동안에도 물론 용례채집카드와 연필은 손에서 놓지 않는다.

아라키는 원탁에 앉자마자 사전편집부 식구를 소개했다.

"니시오카는 뭐 이런 인간이야. 그리고 이쪽이 사사키 씨. 주로 용례채집카드 정리와 분류를 담당하지."

아라키에게 이름을 불리자 40대 전반의 사사키가 무표정한 얼굴로 끄덕였다. 사교성은 없지만, 실무 능력은 아주 뛰어나서 사전편집부에 없어선 안 되는 여성이다. 처음에는 파트타임으로 채용했지만, 육아를 어느 정도 끝낸 지금은 계약 사원으로 일하고 있다.

마쓰모토 선생이 마지메를 어떻게 느낄지 두 사람을 인사 시킬 때는 긴장이 됐다. 마쓰모토 선생은 속내를 읽을 수 없는 미소를 지으며 마지메에게 가볍게 끄덕이기만 했다.

마지메는 전원에게 일일이 어색하게 머리를 숙였다.

건배가 끝나고 요리가 나왔다. 니시오카는 원래 빈틈이 없는 사내다. 마쓰모토 선생을 위해 얼른 작은 접시에 전채를 덜어 주었다. 선생님이 싫어하는 피단은 피하는 세심함도 잊지 않는다.

자, 그럼 마지메는 어떤가. 아라키는 마쓰모토 선생 왼쪽에 앉은 마지메에게로 시선을 옮겼다. 마지메는 사사키의 잔에 맥주를 따르다 넘쳐서 거품이 심하게 흘러넘치는 참이었다.

열심히는 하지만, 아쉽다.

아라키는 뭔가 유치원 아이를 지켜보는 심경이 되었다. 사사키도 같은 기분인 듯 무표정한 얼굴로 잔을 비우고 마지메에게 건넸다.

"마지메는 취미가 뭐야?"

우호적인 관계로 가는 길을 찾듯이 니시오카가 과감하게 화제를 띄웠다. 마지메는 입술 사이로 삐져나와 있는 목이버섯을 삼키고 잠시 생각하는 것 같았다.

"굳이 말하자면 에스컬레이터 타는 사람을 보는 것입니다."

원탁에 잠시 침묵이 내려앉았다.

"그게, 즐거워요?"

사사키가 덤덤한 어조로 물었다.

"예."

마지메는 몸을 조금 앞으로 내밀었다.

"전철에서 플랫폼에 내려서면 저는 일부러 천천히 걸어갑니다. 다른 승객들은 저를 추월해서 에스컬레이터로 몰려가죠. 하지만 난투극이나 혼란 상황은 발생하지 않습니다. 마치 누군가가 조종하는 것처럼 두 줄로 서서 차례로 에스컬레이터를 타죠. 왼쪽은 서서 가는 줄, 오른쪽은 걸어서 올라가는 줄, 정확히 나눠져서. 아무리 러시아워여도 걱정되지 않을 만큼 아름다운 정경이랍니다."

"새삼스럽지만, 좀 이상하네요, 이 녀석."

속삭이는 니시오카 너머로 아라키는 마쓰모토 선생과 눈이 마주쳤다. 마쓰모토 선생이 끄덕였다. 마지메가 무슨 말을 하고 싶은지 아라키와 마쓰모토 선생은 잘 알았다.

플랫폼에 넘쳐 나는 사람들이 빨려들듯이 에스컬레이터 앞에서 줄을 서서 내려간다. 여기저기 흩어져 있던 무수한 말이 분류되고 연관 지어지면서 질서 정연하게 사전의 페이지에 알맞게 들어가듯이.

거기에서 미와 기쁨을 발견하는 마지메는 역시 사전 만들기에 안성맞춤이다.

아라키는 지금 말해야 한다는 생각이 들어 입을 열었다.

"어째서 새 사전 이름을 《대도해》라고 정했는지 아는가?"

마지메는 안주인 땅콩을 다람쥐처럼 한 알씩 씹어 먹고 있었다. 사사키가 손가락 끝으로 가볍게 원탁을 두드려 주의를 재촉했다. 그제야 겨우 자기한테 말을 걸고 있다는 걸 깨달은 것 같다. 마지메는 초조한 모습으로 고개를 저었다.

"사전은 말의 바다를 건너는 배야."

아라키는 혼을 토로하는 심정으로 말했다.

"사람은 사전이라는 배를 타고 어두운 바다 위에 떠오르는 작은 빛을 모으지. 더 어울리는 말로 누군가에게 정확히 생각을 전달하기 위해. 만약 사전이 없었더라면 우리는 드넓고 망막한 바다를 앞에 두고 우두커니 서 있을 수밖에 없을 거야."

"바다를 건너는 데 어울리는 배를 엮다. 그런 생각을 담아 아라키 씨와 내가 이름을 지었죠."

마쓰모토 선생이 조용히 말했다.

자네에게 맡기겠네. 소리로는 내지 않은 말을 알아들었는지, 마지메는 원탁에서 두 손을 내리고 자세를 바로 했다.

"표제어 수는 몇 만 단어를 예정하고 있습니까? 《대도해》의 특색은? 자세한 얘기를 들려주십시오."

마지메의 눈이 반짝거렸다. 마쓰모토 선생은 젓가락을 연필처럼 잡고, 사사키는 가방에서 대학 노트를 꺼내 펼쳤다. 아라키는 "좋아" 하고 의욕적으로 새 사전의 구상을 설명하려고 했다.

"자자, 그 전에."

분위기를 깬 것은 니시오카였다. "이럴 때는 일단 건배부터 합시다."

한 손으로 마쓰모토 선생 잔에 사오싱주를 따르고, 다른 한 손으로 원탁을 돌렸다. 맥주병이 한 바퀴 돌고, 전원에게 알코올이 돌아갔다.

"그럼 외람되지만 제가 선창을 하겠습니다."

니시오카가 잔을 들었다.

"우리 사전편집부의 출범을 위하여 건배!"

"건배!"

누구부터랄 것도 없이 웃음소리가 터져 나왔다. 마지메도 즐거운 듯이 마쓰모토 선생과 조그맣게 잔을 부딪치고 있다.

부디 좋은 배를 만들어 주게. 아라키는 간절히 바라며 눈을 감았다. 많은 사람이 오래 안심하고 탈 수 있는 배를. 외로움에 사무칠 것 같은 여행의 날들에도 든든한 동반자가 될 수 있는 배를.

자네라면, 분명히 할 수 있어.

2

 마지메 미쓰야는 아무도 없는 방을 향해 "다녀왔습니다" 하고 말했다.

 무거운 가방을 바닥에 내려놓고 나무틀의 창을 연다.

 "창문~ 아래에는~."

 흐르는 것은 간다 강이 아니라 좁은 용수로였지만, 마지메는 언제나 습관처럼 '간다 강' 노래를 흥얼거린다. 고라쿠엔 유원지 관람차가 노을 진 하늘에 떠 있다.

 왠지 피곤했다.

 불도 켜지 않고 6조 다다미방 한복판에 벌러덩 드러누웠다. 부서 이동을 한 지 3개월이 되어 가는데, 아직 사전편집부에 적응하지 못했다. 근무 시간은 기본적으로 아침 9시부터 저녁 6시까지이고 퇴근 후 접대도 없다. 영업부 근무 시절에 비하면 훨씬 편하다. 그런데도 피곤하다.

오늘은 일부러 멀리 돌아서 지하철을 환승하여 진보초 겐부쇼보에서 가스가에 있는 하숙집까지 왔다. 가볍게 걸을 수 있는 거리지만, 전철 승객이 에스컬레이터를 이용하는 모습을 바라보고 싶었기 때문이다.

기대한 만큼 기분 전환이 되진 않았다. 아직 조금 이른 시간이어서 퇴근 러시아워가 아니기 때문인지, 노인이나 주부로 보이는 사람들만 눈에 띄었다. 역시 회사원이 아니면 역의 에스컬레이터에 익숙해지지 않는 걸까. 흐름이 원만하지 않고 무질서해서, 마지메가 원하는 질서 정연한 미를 볼 수 없었다.

문득 배에 무게와 온기를 느꼈다. 고개만 들고 확인했더니 도라였다. 마지메가 퇴근해서 창을 열면 도라는 꼭 인사하러 찾아온다.

"저녁을 해야겠네."

식재료가 아무것도 없다. 장을 보러 갈 기력도 없다. 나는 인스턴트 라면이어도 괜찮지만, 도라는…….

"멸치로 때울까?"

머리를 쓰다듬어 주면서 묻는다. 도라는 야옹야옹 목을 울리며 짧고 굵은 꼬리로 마지메의 옆구리를 쳤다. 좀 아프기도 하고, 몸무게의 압박에 배가 괴롭다. 도라 많이 컸구나, 하고 생각한다.

가스가의 하숙집 소운장에 산 지 벌써 10년 가까이 흘렀다. 처음에는 대학 신입생이었던 마지메도 지금은 반올림하면 서른이다. 비에 젖어 불안하게 울고 있던 도라도 근사한 체격의 얼룩고양이가 되었다. 2층짜리 목조 건물인 소운장만이 세월이 지나도 변함없이 조용한 주택가 안에 서 있었다. 더 이상 변할 게 없을 만큼 낡았기 때문일지도 모른다.

도라를 배에 올린 채 형광등 줄을 당겼다. 누워 뒹굴면서도 불을 켜거나 끌 수 있도록 바닥에 닿을락 말락 하게 줄을 길게 늘여 놓았다. 마지메는 그걸 '다박줄'이라고 불렀다. 줄 끝에는 금색 방울이 달려 있다. 가볍게 흔들었더니 방울에 이끌린 도라가 겨우 배에서 내려가 주었다. 그 틈에 벌떡 일어났다.

마지메는 눈에 들어온 밝아진 방 안을 보고 한숨을 쉬었다. 다시 둘러보니 참으로 살풍경하다. 옷과 일용 잡화는 몽땅 벽장에 넣어 두었고, 가구라고 해야 창가에 있는 조그마한 책상 하나. 벽면에는 모두 책장이 차지하고 있다. 그러고도 넘쳐 나는 책들이 바닥 여기저기에 쌓여 있고 일부는 와르르 무너져 있다.

실은 마지메의 책은 자기 방뿐만이 아니라 소운장 1층에 있는 방을 전부 점거하고 있다.

요즘에는 하숙이 별로 인기가 없다. 나뭇가지에서 단풍잎 떨어지듯 맹렬한 기세로 빈방이 늘어나더니 결국 소운장에는 마지메만 남았다. 그걸 구실로 마지메는 옆방, 또 그 옆방으로 부지런히 책을 날랐다. 심지어는 책의 침공에 져서 주인인 다케 할머니조차도 1층 계단 옆방에서 2층으로 옮기는 사태가 일어났다.

다케 할머니는 사람이 좋아서 흔쾌히 2층으로 이사 가는 데 응해 주었다.

"미짱이 천장까지 닿는 책장을 설치해 준 덕분에 소운장은 기둥이 잔뜩 서 있는 것 같아. 지진이 일어나도 끄떡없겠어."

기둥의 무게로 소운장은 토대부터 붕괴할 것 같지만, 마지메도 다케 할머니도 사소한 일은 별로 개의치 않았다. 다케 할머니도 독촉하지 않고, 하숙생도 심하게 멍청해서 월세도 방 한 개분밖에 내지 않는다.

이렇게 해서 마지메는 1층 전체를 책으로 가득 메우고, 다케 할머니는 2층 전부를 사용하며 유유히 소운장에서 살고 있다.

만약 방이 조금이라도 거기에 살고 있는 이의 내면을 나타내는 것이라 한다면, 나는 말을 잔뜩 모으기만 하고 제대로 사용하지 못하는 무미건조한 인간이겠지.

마지메는 벽장에서 '누포로 이치방 간장맛' 라면을 한 봉지 꺼냈다. 근처 할인 매장에서 상자째 샀는데, 싸긴 했지만 짝퉁 냄새가 나는 인스턴트 라면이다. 봉지 설명에는 '500리터의 물은 비등점까지 도달합니다' '투입한 면을 풀지 않는 편이 좋습니다' '달걀, 파, 햄 등 취향대로 넣으세요'라고 적혀 있다. 500리터의 물은 아무리 그래도 너무 많다고 생각하지만, 문장에서 진지함이 전해지는 것이 마음에 들어 요즘 '누포로 이치방'을 자주 먹고 있다.

봉지를 들고 여닫이 상태가 좋지 않은 문을 열고 나가 공용 부엌으로 향했다. 도라도 따라왔다. 판자를 깐 바닥은 걸을 때마다 배 밑바닥처럼 무겁게 삐걱거렸다.

싱크대 아래 칸을 뒤져 도라의 멸치를 찾고 있을 때 2층에서 소리가 들렸다.

"미짱, 돌아온 거야?"

"예. 좀 전에 왔습니다."

올려다보니 다케 할머니가 2층 복도에서 계단으로 몸을 내밀듯이 내려다보고 있다.

"조림을 너무 많이 했어. 나도 지금 저녁 먹을 참인데 미짱도 먹고 가."

"고맙습니다. 그럼 얼른 먹으러 가겠습니다."

라면과 멸치 봉지를 양손에 들고 계단을 올라갔다. 도라도 따라왔다.

다케 할머니의 거실은 계단을 올라가자마자 있는 6조 방이다. 옆방은 침실, 그 옆방은 객실로 이용하고 있다. 그렇긴 하지만, 다케 할머니를 찾아오는 사람은 거의 없다. 객실은 완전히 창고가 되어 가고 있다.

화장실은 층마다 있지만, 공용 부엌과 욕실과 세탁기가 없는 만큼 2층 쪽이 아담하다. 그 대신 창밖에 근사하게 빨래 너는 곳을 내달아 놓았다. 베란다나 발코니라고 부르면 좋겠지만, 페인트칠도 하지 않은 목제로, 난간이 달린 툇마루 같은 것이어서 아무리 좋게 표현해도 '빨래 너는 곳'이다.

"실례합니다."

슬리퍼를 벗고 다케 할머니 거실에 들어간 마지메는 거기서 발을 멈추었다. 창 너머에 참억새와 경단이 장식되어 있는 게 보였다.

그렇구나, 오늘은 팔월 보름달이 떴구나. 내가 환경 변화에 당혹스러워 하는 동안에도 계절은 착실하게 바뀌어 가고 있었다.

마지메의 손에 있는 멸치를 조금 먹은 도라가 아직 보이지 않는 달을 향해 한 번 울었다. 창을 조금 열어 주자 빨래 너는 곳으로 휙 나간다.

마지메는 다케 할머니가 권하는 대로 작은 밥상 앞에 앉았다. 밥상에는 시금치 나물과 닭고기와 감자조림, 오이 겉절이 등이 있었다.

"이런 것도 있지."

다케 할머니는 정육점에서 사 온 듯한 크로켓도 상 위에 올렸다.

"젊은 사람은 조림 요리만으로는 부족하잖아."

그렇게 말하면서 신문지로 받침을 한 냄비에서 두부 된장국을 떠 주었다. 그리고 공기에 밥을 수북하게. 하나같이 김이 모락모락 나고 있다. 마지메의 귀가 시간에 맞추어 저녁 준비를 해 놓고는 안 그런 척 부른 것이다.

"잘 먹겠습니다."

마지메는 머리를 숙였다. 한참동안 요리를 뱃속에 넣는 데 전념했다. 다케 할머니는 아무 말도 하지 않는다.

"제가 기운이 없어 보였어요?"

마지메는 오이 겉절이를 다 씹고 나서 물었다.

"보였어."

다케 할머니는 된장국을 마셨다. "일이 힘드냐?"

"결정해야 할 일이 너무 많아서 머리가 터질 것 같아요."

"저런, 뇌가 유일하게 쓸모 있는 미짱이."

너무하네, 하는 생각이 안 드는 것도 아니었지만, 확실히 마지메는 공부하기와 생각하기 외에는 그리 잘하는 게 없었다.

"뇌밖에 없는 게 문제입니다."

마지메는 전등 빛을 받아 반짝거리는 밥알을 바라보았다.

"영업부에서는 할 일이 정해져 있었고, 기본적으로는 혼자 서점을 돌면 됐거든요. 도달해야 할 목표가 명확해서 내가 노력하기만 하면 되기 때문에 속 편하다고 하면 편한 쪽이었어요. 그런데 사전을 만드는 건 그렇지가 않아요. 전원이 같이 생각하고, 연구하고, 작업을 분담할 필요가 있어요."

"그게 어디가 문제인 거냐?"

"나는 생각하는 건 얼마든지 할 수 있지만, 무엇을 생각했는지 남한테 설명하는 걸 잘 못해요. 단적으로 말해 사전편집부 안에서 겉돌고 있어요."

다케 할머니는 어이없다는 듯이 고개를 저었다.

"미짱. 지금까지 네가 겉돌지 않은 적이 있었냐? 만날 책만 읽고, 여기 친구나 애인 한 번 데려온 적 없잖아?"

"없으니까요."

"그렇다면 이제 와서 뭐 하러 겉도는 걸 고민하는 거야."

그러고 보니 왜지?

마지메는 지금까지 줄곧 '특이한 녀석'이라는 부류에 있었다. 학교 생활에서도 회사 생활에서도 늘 따로 놀았다. 가끔 호기심과 호의로 말을 거는 사람이 있어도, 마지메의 응답이 너무 엉뚱한 탓인지 희미하게 미소를 짓고 바로 가 버린다. 마지메 본인은 진지하게 마음을 열고 응대한다고 하는데 도무지 잘되지 않았다.

그것이 고통스러워서 책을 읽게 되었다. 아무리 말을 못해도 상대가 책이라면 침착하게 깊고 조용히 대화할 수 있다. 또 하나, 학교 쉬는 시간에 책을 펴 놓고 있으면 친구들이 괜히 말을 걸지 않는다는 이점도 있었다.

독서 덕분에 마지메의 성적은 쑥쑥 올랐다. 마음을 전달하는 수단인 '말'에 흥미를 느껴 대학에서는 언어학을 전공했다.

아무리 지식으로서의 말을 모아 보아도 제대로 전달하지 못하는 것은 여전했다. 허무하지만 어쩔 수 없다. 마지메는 자신이 제대로 전달하지 못한다는 사실을 포기와 함께 반쯤 받아들였지만, 사전편집부로 이동한 뒤로 욕심이 났다.

"미짱은 직장 사람들과 친해지고 싶은 거로구나. 친해져서 좋은 사전을 만들고 싶은 게야."

다케 할머니의 말을 듣고 마지메는 놀라서 얼굴을 들었다.

전하고 싶다. 이어지고 싶다.

마음속에 소용돌이치는 감정은 바로 그런 것이란 걸 깨달았기 때문이다.

"어떻게 알았어요? 제가 혼잣말이라도 했어요?"

"그야 미짱하고 나는 쿵 하면 짝 하는 사이니까."

다케 할머니는 보온 물통의 꼭지를 꾹꾹 눌러서 찻주전자에 뜨거운 물을 받았다.

"나이 먹어서 잘도 그런 애들 같은 일로 고민을 하는구나. 미짱은 정말로 머리 큰 숙맥이라니까."

면목 없다. 마지메는 다시 묵묵히 크로켓을 먹어 치웠다. 먹어 치우는 동안 '서로 말하지 않아도 마음을 아는 것'을 '쿵 하면 짝'이라고 표현하는 것은 어째서일까, 생각했다. 이 말의 어원에 대해 나와 있는 책을 읽은 적은 있지만, 확정된 설은 아니었을 것이다. 어지간히 확실한 사실이 아니면 사전에서는 어원을 파고드는 것을 피하는 편이 좋다. 말은 사용하는 사람 사이에서 언제부턴지 누구부턴지 모르게 생겨나는 것이니까.

그렇다 해도 신경 쓰인다. '오~이 하면 오차' '오~이 오차' 하는 녹차 음료 광고가 있었음도 '네에 하면 무민' 애니메이션 〈무민〉 주제가에 '네에, 무민'이라는 가사가 나옴도 아니고, '쿵 하면 짝'. 뭐야, '쿵'하면 '짝'이라니.

"미짱은 말이지, 내가 부탁하면 전구를 갈아 주잖냐?"

"그야 물론이죠."

다케 할머니의 목소리에 다시 현실로 돌아온 마지메는 황급히 주위를 둘러보았다. 어느 전구가 나간 걸까. 부탁하기 전에 갈려고 늘 신경 쓰는데 미처 못 본 게 있었나?

"내가 부르면 사양하지 않고 밥 먹으러 와 주기도 하고."

다케 할머니는 찻잔에서 올라오는 희미한 김을 바라보고 있었다.

"마찬가지로 그렇게 서로 의지하고 부축하고 그러면 되는 거야. 이 할망구뿐만이 아니라 직장 사람들하고도."

그제야 실제로 전구가 나간 게 아니란 것, 다케 할머니가 부모처럼 마음을 써 주고 있다는 것을 알아차렸다.

"잘 먹었습니다."

바른 자세를 흩트리지 않은 채 식사를 마치고, 마지메는 머리를 숙였다. 들고 왔던 '누포로 이치방'을 할머니에게 답례로 주었다.

뒷정리를 자청하여 1층 부엌에서 설거지를 했다. 공용 욕실을 사용한 할머니는 이미 침실로 돌아갔다.

마지메는 보통 출근 전에 샤워를 한다. 오늘 밤은 사전이나 사람들과의 친목에 대해서는 그만 생각하고 일찌감치 쉬기로 했다.

도라의 그릇에 신선한 물을 따랐다. 밥그릇에는 멸치와 가다랑어포를 수북이 담아 부엌 바닥에 나란히 두었다. 도라는 소운장에서는 먹이를 간식 정도로밖에 먹지 않는다. 다케 할머니는 "어디서 고양이 사료를 주는 데가 있는가 보네"라고 했다. 마지메는 주식은 자력으로 해결하는 모양이라고 그저 상상할 뿐이다. 도라는 뚱뚱한 데 비해 사냥의 달인(달묘?)이다. 참

새나 잠자리를 자랑스럽게 물고 와서 용수로 가를 걷는 모습을 몇 번이나 보았다.

방으로 돌아와 이불을 깔고 "도라야" 하고 창밖을 내다보며 작은 소리로 불렀다. 잠시 기다렸지만 도라는 나타나지 않았다. 밤에는 보통 마지메의 발밑에서 동그마니 자는데, 어떻게 된 걸까.

이불에 누워서 형광등 줄을 당겼다. 도라가 오지 않을까 싶어서 마지메는 잠들지 못하고 천장을 올려다보고 있었다. 창문을 살짝 열어 두었다.

어둠 속에 가만히 있으니 용수로의 물소리도 맑고 깨끗한 시냇물 소리처럼 들린다. 바람이 구름을 걷어 내 달이 나뭇잎사귀 그림자를 창에 비추었다.

도라의 울음소리 같은 것이 들려온 것은 그때였다. 위협인지 응석인지 모를 소리로 어딘가에서 낮게 울고 있다.

마지메는 파르스름한 달빛이 비치는 방 안에서 몸을 일으켰다. 귀를 기울였다. 역시 도라다. 어디서 뭘 하고 있는 걸까.

걱정이 되어 이불에서 기어 나와 안경을 꼈다. 시원함을 지나 싸늘한 기온이다. 책 더미에 걸쳐 놓은 양말을 들고 슬쩍 냄새를 확인한 뒤 신었다.

창으로 용수로를 내다보았다. 예상과 달리 도라의 소리는 2층의 빨래 너는 곳에서 들려왔다.

아하, 다케 할머니가 창문을 닫고 잠들었구나. 오늘 밤은 날씨가 좀 쌀쌀한 탓에 그것도 어쩔 수 없는 일이다.

마지메는 도라를 구출하려고 계단을 올라갔다. 2층 복도는 어두컴컴했다. 다케 할머니가 침실로 사용하는 방에서 복도까지 코 고는 소리가 새어 나왔다. 희미하게 들리는 도라의 목소리를 전혀 눈치채지 못한 것 같다.

갑자기 여성의 침실에 들어가는 건 무례하다. 2층 각 방은 창밖에 내달린 빨래 너는 곳으로 이어져 있다. 일부러 다케 할머니를 깨우지 않아도 된다.

마지메는 저녁을 먹었던 거실 문을 열었다. 소운장은 이미 하숙집이 아니어서 마지메도 다케 할머니도 일일이 방을 잠그거나 하지 않는다.

"실례하겠습니다."

그래도 일단 인사는 하고 방 안으로 들어갔다. 달빛 덕분에 생각보다 밝았다. 불을 켜지 않은 채 창가로 다가갔다.

빨래 너는 곳에 있던 참억새와 경단이 사라졌다.

다케 할머니가 치웠나? 도라가 먹었나? 마지메는 이상하게 생각하면서 창을 열었다. 도라의 울음소리가 더욱 또렷이 들려왔다.

"알았어, 알았어. 그렇게 울지 않아도 돼."

허리 높이의 문턱을 넘어 빨래 너는 곳으로 나갔다. "이렇게 데리러 왔잖아."

마지메는 '도라' 하고 부르려다 침실과 객실 쪽으로 얼굴을 돌렸다.

참억새와 경단이 어째선지 객실 창 앞까지 이동해 있었다. 게다가 빨래 너는 곳에는 도라를 안은 젊은 여자가 서 있었다.

"으헉!"

놀란 나머지 마지메의 목에서는 이상한 소리가 나왔다. 보름달을 올려다보던 여자는 천천히 고개를 돌려 마지메 쪽을 돌아보았다. 옆얼굴도 예뻤지만, 정면으로 봐도 아름다웠다. 분위기에 맞지 않는 감상을 가슴에 품고, 마지메는 움직임을 멈추었다. 무슨 마법에 걸렸는지 근육도 심장도 굳어 버린 듯이 말을 듣지 않았다.

여자는 어깨까지 오는 검은 머리칼을 바람에 날리며 미소 지었다.

"어머나, 기뻐라. 마중을 나와 주셨네."

싹싹하고 장난스러운 말투가 낯익다.

달빛을 받아 다케 할머니가 다시 젊어지셨나?

동서고금의 달빛에 얽힌 변신담이나 괴담 같은 것들이 머릿속에서 소용돌이쳤다. 마지메는 비틀거리는 걸음으로 창문을 통해 침실을 들여다보았다. 다케 할머니는 입을 크게 벌리고 자고 있었다.

그럼 이 사람은 누구지?

도라가 몸을 비틀어 여자의 팔에서 내려왔다. 엉덩방아를 찧는 꼴로 주저앉아 있던 마지메의 무릎에 몸을 기댄다.

"귀엽네, 이름은?"

"마지메입니다."

"고양이가 마지메? 이상해."

"아뇨, 내가 마지메, 고양이는 도라."

고슴도치 눈이라는 위대한 필터를 장착한 엄마라면 몰라도 내가 귀엽게 보일 리가 없지 않은가. 마지메는 자신의 착각과 자의식 과잉에 얼굴이 빨개졌지만, 여자는 혼란스러웠는지 고개를 갸웃거렸다.

그 틈을 놓치지 않고 마지메가 물어보았다.

"저기 누구신지?"

"가구야라고 해. 오늘 여기 도착했어. 잘 부탁해."

올려다본 여자의 뒤쪽에는 크고 동그란 달이 떠 있었다.

"마지메, 뭘 그렇게 멍하니 있는 거야, 엉?"

니시오카가 등을 쿡쿡 찔러 마지메는 부유하던 의식을 황급히 잡아챘다. 조금만 긴장을 늦추면 '가구야……' 하는 중얼거림과 함께 혼이 입으로 새어 나와 버릴 것 같다.

마지메의 동요는 아랑곳하지 않고 니시오카가 옆에서 책상을 들여다보았다.

"뭘 조사하는 거야?"

마지메가 사전편집부에 적응하지 못하겠다고 느끼는 가장 큰 이유는 니시오카에게 있었다. 니시오카의 대화 템포, 물리적 심리적으로 거리를 취하는 법, 일의 정밀도. 하나같이 마지메의 이해 범위 밖에 있어서 니시오카를 대할 때마다 당황하게 된다.

"특별히 뭘 하는 건 없습니다만……."

"연애."

니시오카는 마침 마지메가 보고 있던 사전 항목을 재빨리 읽었다.

> **연애** 【戀愛】 특정 이성에게 특별한 애정을 느껴 고양된 기분으로 둘이서만 함께 있고 싶고, 정신적인 일체감을 나누고 싶어 하며, 가능하다면 육체적인 일체감도 얻길 바라면서, 이루어지지 않아 안타까워하거나 드물게는 이루어져서 환희하는 상태에 있는 것.

"오오, 알아, 알아. 이거《신명해 국어사전》이지?"

"예. 제5판입니다."

"독특한 뜻풀이가 재미있기로 유명한 사전이지. ……그런데?"

"예?"

"얼버무리지 마, 마지메."

니시오카는 의자째 가까이 다가와서 마지메의 어깨에 팔을 올렸다.

"사랑에 빠진 거지? 그렇지?"

마지메는 니시오카가 흔드는 바람에 미끄러져 내린 안경을 콧등으로 되돌려 놓았다.

"확실히 개성 있는 뜻풀이이긴 합니다만, 연애 대상을 '특정 이성'으로 한정하는 것이 타당할까요?"

니시오카는 마지메에게서 팔을 떼고 의자째 자기 책상으로 돌아갔다.

"……마지메, 혹시 그런 사람?"

그런, 이라니. 어떤 걸 가리키는 건가.

니시오카의 말을 흘려들으면서 마지메는 펼쳐 놓은 몇 종류의 사전을 조사했다. 모든 사전이 '연애' 항목에 펼쳐져 있지만, 하나같이 남녀 사이의 감정이라고 설명하고 있다. 현실을 감안하건대 이들 기술記述에는 정확함이 결여되어 있다.

'연애' 용례채집카드에 '사전에 반드시 실어야 할 중요도 높은 단어'를 의미하는 이중 동그라미를 쳤다. 비고란에는 '남녀만으로 괜찮은가? 외국어 사전도 조사해 볼 것'이라고 기입했다.

그때서야 겨우 니시오카가 한 질문의 의미가 뇌에 침투했다.

"아뇨, 그렇지 않다고 생각합니다. 아마."

"아마라니, 어째서 분명히 하지 않는 거야?"

"내가 정신적이면서 육체적인 일체감을 얻고 싶다고 바란 상대는 지금까지 이성뿐입니다. 그러나 '드물게 이루어져서 환희하는 상태에 있은' 적이 없어서, 그런 의미에서 나는 아직 연애를 제대로 모릅니다. 그래서 '아마'라고 유보한 겁니다."

니시오카는 몇 초의 침묵 뒤에 소리쳤다.

"너 동정인 거야?"

마침 편집부에 들어오던 사사키가 얼어붙을 것 같은 시선과 목소리로 말했다.

"마쓰모토 선생님하고 아라키 씨 오세요."

현재 사전편집부는 주 1회 《대도해》 편집 방침에 관해 회의를 한다.

《대도해》 표제어 수는 약 23만 단어를 예정하고 있다. 《고지엔》이나 《다이지린》과 비슷한 규모의 중형 국어사전이다. 후발

주자인《대도해》로서는 독자에게 선택받기 위한 연구를 하지 않으면 안 된다.

"현대 감각에 맞는 뜻풀이를 생각합시다."

마쓰모토 선생은 언제나 그렇게 말하고 있다.

겐부쇼보를 정년퇴직한 아라키도 사전편집부의 감시자 역할로 회의에 매주 참가한다.

"속담이나 전문 용어, 고유명사도 되도록 수록한다. 백과사전으로서도 활용할 수 있는 사전을 만든다."

마지메는 마쓰모토 선생과 아라키의 요구에 응하기 위해 밤낮으로 용례채집카드 체크에 힘쓰고 있었다.

일단은 기존 사전에 반드시 실려 있는 단어를 찾아 해당하는 용례채집카드에 이중 동그라미를 친다. 이것은 국어의 기본 중 기본이 되는 말이다.

소형 사전에 실린 단어에는 동그라미 한 개. 중형 사전에 실린 단어에는 세모.

이렇게 카드에 표시를 해 두면 그 단어를《대도해》에 채택할지 하지 않을지 판단하는 기준이 된다. 이중 동그라미를 친 단어는 어지간한 이유가 없는 한 표제어에서 빠질 수 없다. 세모가 붙은 단어는 경우에 따라《대도해》에서는 채택하지 않아도 괜찮을 것 같다는 식으로.

물론 기존의 사전에서 뽑은 통계는 어디까지나 참고일 뿐이다. 최종적으로는 《대도해》의 편집 방침에 기초하여, 독자적인 판단으로 표제어를 선정한다. 고어, 신어, 외래어, 전문 용어 등 모든 말을 모아서 취사선택해 나간다.

마지메는 사사키와 나누어서 용례채집카드와 몇 종류의 사전을 계속 넘겼다. 덕분에 지문이 닳아 제대로 집히지 않을 정도였다. 그동안 니시오카는 뭘 하는가 하면, 회사 근처 커피숍에서 놀거나 소개팅이나 하러 간다.

"문제는."

마지메가 편집부에 모인 얼굴을 둘러보며 의견을 말했다.

"《대도해》 용례채집카드에는 패션 관계 용어가 현저히 부족하다는 것입니다."

"아, 그건 나도 생각했어."

니시오카가 의자 등받이를 삐걱거리며 팔짱을 끼고 말했다.

"적어도 3대 컬렉션 정도 채택해도 좋지 않을까요?"

"생각했으면 왜 용례채집카드를 만들어 두지 않은 거야?"

아라키가 질책하자, 마쓰모토 선생이 "난 통 그쪽 방면에는 어두워서"라며 부끄러운 듯이 볼로타이를 만지작거렸다.

"아뇨, 아뇨, 선생님께 말씀드린 게 아닙니다. 니시오카 멍텅구리한테 한 말입니다."

당황하는 아라키를 곁눈으로 보며 마지메는 궁금하다는 듯이 물었다.

"3대 컬렉션이라고 하면 일반적으로는 무엇을 가리키는 건가요? 우표, 카메라, ······젓가락 주머니? 아니, 네쓰케담배쌈지, 돈주머니 등을 허리에 찰 때 허리띠에 지르는 끈 끝에 매달아 허리띠에서 미끄러져 내리지 않도록 하는 조그만 세공품가 더 일반적이려나요."

"당연히 파리, 밀라노, 뉴욕이지. 뭐, 젓가락 컬렉션? 마지메의 발상은 레알 수수께끼라니까."

니시오카가 신기한 벌레를 관찰할 때와 같은 시선을 날렸지만, 마지메는 개의치 않았다. 다른 것에 신경이 팔려 있기 때문이다.

지금 니시오카 씨는 '정말로' '참으로'라는 부사적인 의미로 '레알'이라고 말했다. 내게는 낯설지만 흔히 쓰는 표현인가?

마지메는 즉시 새로운 용례채집카드 '레알'을 작성했다. 채집일은 오늘. 초출 문헌은 아직 빈칸. 비고에 '발언자 니시오카 씨'라고 적는다.

회의 중인데도 용례채집카드에 몰두하는 마지메를 보고 사사키가 한숨을 쉬었다.

"빠른 시일에 패션 관계 전문가들 리스트를 작성하고, 표제어 선정과 원고 집필을 의뢰하겠습니다."

"사전은 아무래도 남성 관점이 되기 쉽죠."

마쓰모토 선생이 온화하게 말했다. "한창 활동하는 남성이 중심이 되어 편찬을 추진하는 일이 많아서 패션이나 가사와 관련된 용어가 불충분한 경향이 있어요. 그러나 앞으로의 사전은 그러면 안 됩니다. 취미도 관심 분야도 다 제각각인 남녀노소가 모여 한 권의 사전을 만드는 것이 가장 이상적입니다만."

"그러고 보니 우리 편집부에는 젊은 여성 편집자가 있었던 역사가 없군요."

아라키가 끄덕이다 황급히 덧붙였다. "무, 물론 사사키 씨도 아직 한참 젊지만."

"마음에 없는 빈말은 필요 없습니다."

사사키는 아라키의 말을 무표정하게 일축했다. "마지메 씨, 어때요? 이번 주에 발견한 문제점 같은 것 있어요?"

아뇨, 하고 고개를 저으려는 마지메를 말리며 니시오카가 손을 들었다.

"이 친구, 동정인 것 같습니다."

전원의 시선이 마지메에게 집중했다.

"그래서 뭐야!"

한 박자 틈을 둔 뒤, 아라키가 얼굴에 파란 핏줄을 세우며 니시오카에게 소리쳤다.

"동정이어서 사전 편찬하는 데 무슨 지장이라도 있다는 거야!"

아라키는 책상 위의 자료를 챙겨 돌아갈 준비를 했다. 멍청한 소리밖에 하지 않는 놈이라니까, 하고 아라키가 씩씩거리며 화를 내고 있는데 어째선지 마지메가 "죄송합니다" 하고 사과하고 있다.

"지장이라……. 있죠."

아라키에게 야단맞는 데 익숙한 니시오카는 전혀 주눅 드는 기색이 없다.

"이 인간, 《신명해》의 연애 항목을 펼쳐 놓고 진지하게 생각에 잠겨 있지 뭡니까. 푸하하."

생각에 잠겨 있어도 당신보다 작업은 훨씬 많이 진척시켰다는 반론을 해서 일을 시끄럽게 할 마지메가 아니다.

"죄송합니다."

한 번 더 얌전하게 사과했다.

"좋아하는 아가씨라도 생겼습니까?"

무거워 보이는 검은 가방을 안고 마쓰모토 선생이 물었다. 가방에는 헌책이 잔뜩 들어 있다. 겐부쇼보 오는 길에 선생은 반드시 진보초 고서점 거리를 지나오며 신구의 다양한 소설 초판본을 자비로 구입한다. 문학을 맛보기 위해서가 아니라 사전 용례로 쓸 만한 문장을 찾기 위해서다. 사전에서는 '어떤 말이 처음으로 문헌에 등장한 게 언제인가' 하는 걸 중시한다. 그 버릇이 붙어서 선생은 소설도 초판본을 모으고 있다.

"선생님, 니시오카의 대화 수준에 맞출 필요는 없습니다."

"아뇨, 아라키 씨. 그건 아닙니다. 연애나 교제는 중대한 일입니다. 특히 마지메 씨처럼 숫총각에게는."

숫총각이라는 말에 마지메는 귓불이 뜨거워졌다. 숫총각이란 것은 진작부터 자인하고 있지만, 자신의 연애가 토론의 화두가 되는 것 자체가 첫 경험이었기 때문에 몸 둘 바를 몰랐다.

등을 움츠리는 마지메를 개의치 않고 마쓰모토 선생은 이야기를 계속했다.

"우리는 사전에 전부를 걸어야 합니다. 시간도, 돈도. 생활을 하기 위해 필요 최소한의 것을 남기고 나머지는 모두 사전에 쏟아야만 합니다. 가족 여행. 유원지. 말은 알고 있지만, 나는 실제를 모릅니다. 마지메 씨, 그런 삶의 방식을 이해해 줄 상대인지 아닌지는 아주 중요한 일이랍니다."

마쓰모토 선생의 입에서 연애의 중요성, 그 찬란함에 대한 얘기가 나오는 줄 알고 경청했던 일동은 맥이 풀렸다. 동시에 '과연 마쓰모토 선생님! 사전 만들기에 방해가 될지 안 될지를 기준으로 연애를 얘기하시다니' 하는 놀라움에 선생에 대한 경애와 조금은 당황스러운 기색이 역력했다.

"선생님, 혹시 디즈니랜드에도 가신 적 없으세요?"
"소문으로는 들었지만, 나한테는 환상의 유원지죠."
"맙소사. 손자가 '데려가 주세요' 하고 조르지 않습니까?"
니시오카와 마쓰모토 선생이 얘기하는 옆에서 사사키가 마지메를 돌아보았다.
"상대는 어떤 사람이에요?"
"상대고 뭐고, 교제하지 않습니다."
마지메는 힘차게 고개를 저었지만, 그만 사사키의 시선에 져서 정보를 추가하고 말았다.
"하야시 가구야 씨라고 며칠 전 하숙집으로 이사를 왔습니다. 주인 할머니 손녀라고."
가구야의 이름을 소리 내어 말하는 것만으로 귓불의 열이 뺨까지 퍼졌다.
"한 지붕 아래 살고 있다고?"
니시오카가 흥미진진한 듯이 대화에 끼어들었다. "어이, 에로틱한 시추에이션인걸. 마지메 부디 이성의 고삐를 죄도록 해."
"그래야 될 놈은 너야, 이 바보야."
아라키가 니시오카의 머리를 때렸다. "그래서?"
마지메는 아라키의 시선에도 허망하게 지고 말아, 싱가포르 멀라이언이 물을 내뿜듯이 갖고 있는 정보 전부를 유출했다.

"나이는 저와 같은 스물일곱. 주인 할머니가 고령이어서 걱정이 된 가구야 씨가 함께 살게 된 것 같습니다. 지금까지는 교토에서 수련을 했다나요."

"수련? 무슨?"

"요리사입니다."

"마지메, 너 역시……!"

이번에는 마지메도 니시오카가 무슨 소리를 하려는지 알고 있어서 그 자리에서 말을 덧붙였다.

"가구야 씨는 여자 요리사입니다."

"어느 가게인데요?"

사사키가 컴퓨터 앞에 앉아 검색 화면을 띄웠다.

"아마 유시마에 있는 '우메노미'라고 한 것 같습니다만."

키보드로 뭐라고 입력한 사사키는 이어서 수화기를 들고 2, 3분 통화를 했다.

"아라키 씨 이름으로 네 명 예약했습니다. 저는 집에 가서 저녁 해야 되기 때문에 실례하겠습니다."

출력한 가게 지도를 마지메에게 떠맡기고 사사키는 바로 사전편집부를 나갔다.

"만사에 빈틈이 없고 일이 빨라. 정말 훌륭해, 사사키 씨."

아라키가 만족스러워하며 끄덕였다.

"비싼 가게는 아니겠죠?"

니시오카가 지갑 내용물을 확인했다. 마쓰모토 선생은 싱글벙글거리며 재촉했다.

"그럼 바로 마지메 씨 마음속의 여성을 보러 갈까요?"

마지메는 급작스러운 전개에 곤혹스러워하며 선생님의 무거운 가방을 받아 들었다.

'우메노미'의 좁은 입구에는 청결하게 새하얀 포렴이 처져 있었다. 포렴 끝에는 쪽빛으로 물든 매실 세 개가 그려져 있다.

격자문을 열자 주인인 듯한 남자와 30대 전반으로 보이는 남자 요리사가 카운터 안에서 "어서 오십시오" 하고 힘차게 인사를 했다.

들어가자마자 오른쪽에 있는 민나무 카운터에 여덟 개 자리, 왼쪽에 4인용 테이블 석 세 개. 안쪽은 좌식으로 되어 있었다. 활기가 넘치는 아담한 공간은 거의 만석이었다.

빈 쟁반을 든 가구야가 좌식 방에서 나왔다. 제일 막내인 가구야는 서빙도 담당하는 것 같다. 마지메에게는 가구야의 요리사 차림이 또 눈부시게 비쳤다. 하얀 웃옷에 하얀 앞치마. 머리는 뒤로 묶고, 조그맣고 하얀 요리사 모자를 쓰고 있다.

"어서 오세요."

가구야는 총총걸음으로 문 앞에 선 마지메 일행에게 다가왔다. 제일 앞에 선 아라키가 대표로 말했다.

"아까 예약한 아라키입니다."

"예약 감사합니다. ……어머나, 미짱."

아라키 뒤에 서 있는 마지메를 발견하고 가구야는 한층 얼굴이 밝아졌다.

"와 주었구나. 회사 분들이서?"

"예. 사전편집부 여러분들입니다."

"어서 이쪽으로 오세요."

가구야는 제일 구석진 테이블 쪽으로 네 명을 안내했다. 따뜻한 물수건으로 손을 닦고 화지和紙에 붓으로 단정하게 쓴 메뉴를 보았다. 가격은 그리 비싸지 않았다. 손이 많이 가는 음식부터 조림 같은 가정 요리까지 다양한 음식이 있었다.

주문을 하고 먼저 맥주로 목을 축였다. 아라키가 제일 먼저 입을 열었다.

"좀 놀랐는걸."

"정말 예쁜 아가씨군요. 마지메 씨도 여간 재주가 아니네."

마쓰모토 선생도 기본 안주로 나온 기름에 튀긴 두부, 버섯 앙가케설탕, 간장 등으로 간을 맞추어 걸쭉하게 끓인 갈분 음식을 얹은 것를 먹으면서 끄덕였다.

65

"미짱이라고 부르는 사이인 거야?"

니시오카는 웃는지 화를 내는지 알 수 없는 표정이다.

"주인 할머니가 그렇게 불러서 가구야 씨도 따라하는 것뿐입니다."

마지메는 안절부절못하는 기분으로 되도록 넌지시 — 주위 사람들이 보기에는 노골적이었지만 — 카운터를 흘끔거렸다. 가구야는 주인의 손놀림을 진지한 표정으로 지켜보고 있다. 가끔 선배 격인 요리사에게 뭔가 지시를 받고 "예" 하고 민첩하게 움직인다. 이 선배 격인 요리사가 또 말쑥하고 단정하게 생긴 남자였다.

마지메는 곱슬인 데다 자다 눌린 머리가 하루 일을 마친 지금까지 그대로 있다. 손에 든 물수건은 유감스럽게 이미 말라 버렸다. 마지메는 머리 손질을 포기하고 물수건을 테이블에 내려놓았다. 가슴에서 목에 걸쳐 떡이 걸린 것처럼 뭔가 꽉 막혀서 기껏 나온 요리도 제대로 먹지 못했다.

가구야는 마지메의 상태가 이상한 것을 눈치채지 못한 것 같다. 마지메의 상태는 항상 이상했기 때문에 새삼스럽게 신경 쓰지 않는지도 모른다. 모둠회, 조림 요리, 자가제 된장에 절인 미야자키산 소고기 구이. 요리가 잇따라 나와 테이블에 차려졌다. 그때마다 가구야는 앞접시 추가며 음료수 추가는 필요 없는지, 두루 자연스럽게 마음을 썼다.

"마지메한테 들었습니다. 가구야 씨죠? 이름이 예쁘시네요."

니시오카가 얼굴을 비스듬히 기울이고 가구야를 올려다보았다. 가장 자신 있는 각도이리라.

"고맙습니다. 폭주족이 벽에 한 낙서 같아서 저는 별로 마음에 들지 않습니다만."

"무슨 말씀을. 가구야. 아름다운 당신에게 안성맞춤이지 않습니까."

니시오카가 노래하듯이 찬양한 직후, 마지메는 정강이를 걷어차여 아픔에 꿈틀거렸다. 테이블 맞은편에서 아라키가 니시오카를 노려보았다. '닭살 돋는 대사 읊지 마'라고 말하고 싶은 것 같다. 어쩐지 니시오카의 정강이를 차려고 한 게 옆에 있는 마지메의 다리와 착각한 것 같다.

"보름달이 뜬 날 밤에 태어났을 뿐입니다만."*

가구야는 실례가 되지 않을 정도의 매정함으로 니시오카를 놀렸다. 니시오카는 기죽지 않았다.

"오오, 달님조차도 당신의 탄생을 축복했군요."

---

* '가구야'는 '다케토리 모노가타리'라는 일본에서 가장 오래된 설화의 주인공 이름에서 따온 이름. 대나무 안에서 발견된 손가락만 한 크기의 가구야 공주는 장성하여 보름달이 뜬 날 달나라로 올라간다.

마지메는 또 정강이에 충격을 느꼈지만 '그건 제 다리입니다'라고 말을 꺼낼 수도 없어 이를 악물고 참았다.

 요리를 다 먹고 술도 적당히 돌았을 즈음 가게를 나왔다. 겨울에 가까워지는 쌀쌀한 공기도 지금은 전혀 아무렇지 않았다.

 "아쉽네요. 다음에는 사사키 씨도 왔으면 좋겠군요."

 "선생님 마음에 드신다면 다음 회의 뒤 회식도 '우메노미'로 할까요?"

 마쓰모토 선생과 아라키가 온화하게 얘기를 나누자 "에이. 회사 경비가 아니어서 지갑이 버티지 못해요"라며 니시오카가 이의를 제기했다.

 "'칠보원'하고 번갈아가며 하는 게 어때요?"

 밤길을 가는 네 사람의 그림자가 길게 뻗었다. 달이 떴나 하고 마지메는 하늘을 올려다보았지만, 밝은 천체의 모습은 어디에도 없었다. 축 처진 잿빛 구름이 가로등에 비쳐 희미하게 빛날 뿐이었다.

 아라키에게 쫓겨난 니시오카가 마지메 옆에 나란히 섰다. 깊은 생각에 잠긴 얼굴로 한숨을 쉬었다.

 "나 말이야, 내가 무서워."

 "왜요?"

 "가구야 씨, 나만 보고 있었잖아? 난 언제나 그래. 마지메한테 미안하지만, 뭐 전부 나의 치명적인 매력 탓이지. 용서해 줘."

앞에 가던 아라키가 돌아보며 감탄과 어이없음이 반반 섞인 표정으로 말했다.

"참으로 한심하기 짝이 없는 놈이구나, 너는."

마지메도 니시오카의 발언에 약간 놀랐다. 농담인가 하고 옆얼굴을 살펴보았지만, 니시오카의 뺨에는 득의양양한 미소가 묻어 있다.

그 자신감은 대체 어디서 오는 걸까. 가구야가 정말로 니시오카만 보고 있었다 해도 그건 단순히 니시오카가 연신 가구야에게 말을 시켰기 때문이지 않은가. 오히려 가구야는 손님을 무시할 수도 없어, 당혹스러움을 애써 감추며 이름 관련 농담에도 일일이 응했던 것 같다.

그러나 세련된 슈트에 풍채도 좋고 화려한 분위기의 니시오카를 보니, '확실히 여자들은 니시오카 같은 남자를 좋아할지도 모르겠는걸' 하는 생각도 들어서 동요하지 않을 수 없었다. 적어도 촌스러운 슈트를 입고 항상 소극적이고 존재감 없는 나하고 사귀느니, 귀여운 도라나 쓰다듬으며 있는 편이 훨씬 낫다고 생각할지도 모른다. 마지메는 멋대로 가구야의 마음을 추측하며 멋대로 슬픈 생각에 젖었다. 연애에 익숙하지 않은 마지메는 자신의 매력에 근거 없는 공포를 느끼는 니시오카의 경지에는 절대로 이르지 못할 것 같았다.

"니시오카 씨, 마지메 씨네 하숙으로 옮기는 게 어때요?"

마쓰모토 선생이 웃으며 제안했다.

"예? 신겐장에요?"

"소운장'신겐'과 '소운'은 전국시대 무장인 다케다 신겐, 호조 소운에서 따온 이름입니다."

마지메가 작은 목소리로 정정하는 것도 개의치 않고 니시오카는 대화를 계속했다.

"싫습니다, 그런 낡아 빠진 하숙집."

"유감이네요. 소세키의 《마음》을 현대에 되살릴 수 있는 기회라고 생각했는데."

"《마음》이라면······."

니시오카는 잠시 고개를 갸웃거리는 자세 그대로 걸었다.

"아아, 국어책에 실렸었죠. 유서가 별나게 길어서 진짜 웃겼어요."

"《마음》에 대한 감상이 고작 그거냐!"

니시오카의 발언이 또 아라키의 심기를 건드린 것 같다.

"너 정말로 왜 출판사에 다니는 거냐?"

"왜라니요, 붙었으니 다녀야지 어쩔 수 없잖아요."

니시오카는 당연하다는 듯이 팔짱을 꼈다. "보통 말입니다,

이제 곧 자살하려고 하는 사람이 그렇게 장대한 유서 따위 쓰지 않잖습니까? 소포로 유서가 날아오면 누구라도 놀라 자빠질 겁니다."

"아뇨, 아마 유서는 소포가 아니라 반지(붓글씨 연습 등에 쓰는 일본 종이)에 싸서 풀로 붙여 품에 쏙 들어갈 크기의 등기 우편으로 보냈을 겁니다."

말하면서 마지메는 '이상하네' 하고 느꼈다. 다시 생각해 보니 《마음》에 나오는 선생의 유서는 확실히 너무 길어서 반지나 품에 들어갈 만한 부피가 아니었을 것 같았기 때문이다.

"그 해는 누가 채용 담당이었던 거야, 도대체."

아라키는 화를 냈지만, 마지메는 니시오카를 그렇게 나쁜 사원이라고 생각하지 않았다. 끈기 있는 작업에는 서툴지만 자유로운 발상이 있다. 실제로 지금도 《마음》의 이상한 부분을 아무렇지 않게 지적하고 있다.

나처럼 묵묵히 일만 하는 것이 능력 있는 남자가 아니라, 니시오카 씨처럼 분방한 비약력과 착안점이 있는 사람 쪽이 어쩌면 사전 만들기에 어울릴지도 모른다.

마지메는 발이 땅으로 무겁게 빠져드는 느낌이었다.

니시오카는 아직 《마음》 이야기를 하고 있다.

"그런데 어째서 제가 전국시대 장수 이름 같은 하숙집으로 이사를 가면 《마음》이 되살아나는 건가요?"

"니시오카 씨, 가구야 씨, 마지메 씨의 삼각관계가 하숙집을 무대로 펼쳐질 게 뻔하잖아요."

"마지메가 라이벌이라면 싸우고 싶지도 않은데요."

니시오카가 놀리듯이 말하자, 마쓰모토 선생이 진지한 얼굴로 덧붙였다.

"말로는 알고 있어도, 실제로 삼각관계에 빠져 보지 않고는 그 쓴맛도 괴로움도 충분히 자신의 것이 되지 않습니다. 자신의 것이 되지 않은 말을 바르게 뜻풀이할 수 없겠죠. 사전 만들기를 하는 사람에게 가장 중요한 것은 실천과 사고思考의 지치지 않는 반복입니다."

마쓰모토 선생은 삼각관계의 실상을 체득하게 하기 위해 마지메와 니시오카를 사랑의 진흙탕으로 밀어 넣으려고 한 것 같다. 그야말로 사전의 귀신이다. 마지메는 고목 같은 마쓰모토 선생의 등을 훔쳐보며 몸서리를 쳤다. 헌책으로 가득한 선생의 가방이 시커먼 정념情念덩어리처럼 느껴졌다.

"과연 마쓰모토 선생님이십니다."

니시오카는 정념 같은 모호한 것 따위에 관심 없다.

"사전을 위해 뭐든 경험하는 편이 좋다는 말씀이시군요. 하지만 그렇게 되면 동정인 마지메는 역시 불리하겠는걸. 마지메,

화·이·팅!"

 넉살 좋게 혼자 끄덕이며 무책임하기 짝이 없는 격려를 한다.

"그러나 선생님."

 마지메는 조심스럽게 마음에 걸린 모순을 질문해 보기로 했다.

"아까 선생님은 '유원지에 가 본 적이 없다'고 하셨죠? 그건 실천하지 않아도 되는 건가요?"

"나는 시끄러운 곳은 질색입니다."

 마쓰모토 선생은 태연하게 말했다. "하지만 여러분들은 아직 젊고 체력도 있으니 연애든 유원지든 마음껏 실천해 주세요."

 마쓰모토 선생 대신에, 라는 말인가.

 지하철을 타는 일행과 헤어져, 마지메는 가스가의 하숙집을 향해 혼자 걸어갔다. 사전에 바칠 실험체로서 되도록 가구야의 마음을 얻어 사랑의 미주美酒를 맛보고 싶다. 가구야가 원한다면 유원지에도 기꺼이 가겠다. 고라쿠엔 유원지는 하숙집 코앞이다.

 마지메에게 유원지는 물리적 거리와는 반대로 사막 저 너머에 잠든 고대 유적만큼이나 멀었다. 마지메는 어떻게 하면 마음을 전할 수 있는지, 또 그 마음을 받을 수 있는지, 무엇보다 어떻게 데이트 신청을 하면 좋은지 아무것도 모른다.

주 1회인 회의가 끝난 뒤에는 '우메노미'와 '칠보원'에서 번갈아 가며 저녁을 먹는 것이 습관이 되었다.

뒤늦게 가게에서 가구야를 본 사사키는 다음 날 용례채집카드가 있는 자료실에서 일부러 나와 편집부 책상 앞에 앉아 있는 마지메에게 말했다.

"그 아가씨 어렵지 않아요?"

"그 아가씨라니요?"

"가구야 양. 마지메 씨 노력 많이 해야겠던걸요."

"역시 가구야 씨는 니시오카 씨 같은 타입을 좋아할까요?"

사사키가 코웃음 쳤다.

"그런 타입을 좋아하는 여자 있으면 만나 보고 싶네요."

니시오카 씨는 본인이 말하는 것만큼 인기가 없는 것 같다. 그럼 대체 어떤 타입이 여성에게 인기가 있다는 말인가. 연애에 대한 마지메의 인식은 점점 혼미해졌다.

"너무 경박해요."

사사키는 그 자리에 없는 니시오카를 한마디로 깎아내렸다.

"게다가 가구야 양은 니시오카 씨보다 주인이나 선배한테 빠져 있는 것 같던걸요."

"예?"

마지메는 얼른 주인의 위엄 있는 얼굴과 선배 요리사의 세련된 태도를 비교 검토했다.

"그럼 가구야 씨는 선배 요리사를?"

"마지메 씨."

사사키는 동정 어린 시선을 보낸 뒤, 한숨과 함께 고개를 저었다. 이런 바보, 하고 말하고 싶은 것 같았다.

"가구야 양은 일에 빠져 있다는 의미예요. '가구야의 일을 방해하지 않고 적절한 타이밍에 말을 걸어 마음을 얻기'가 어렵겠다는 말이라고요. 할 수 있겠어요?"

못 한다. 마지메는 고개를 숙이고 책상에 흩어진 지우개똥을 그러모았다.

사사키가 나가자마자 니시오카가 손수건을 곱게 접으면서 자리로 돌아왔다. 니시오카는 지우개똥을 문지르는 마지메를 보고 말했다.

"어이, 코딱지 갖고 장난할 때가 아냐."

반론을 허락하지 않는 어조다. 마지메는 얌전하게 지우개똥을 쓰레기통에 버리고 물었다.

"무슨 일 있습니까?"

"본관 화장실에서 신경 쓰이는 얘길 들었어."

"여기도 화장실 있는데 본관까지 갔어요?"

"큰 거였단 말이야. 난 큰 거 때는 아는 사람이 적은 화장실에서 차분하게 볼일을 보는 파야."

섬세한 데가 있는 사람이구나, 하고 마지메는 의외로 감탄했다. 니시오카는 헛기침을 하고 원래 얘기로 돌아갔다.

"내가 볼일을 보고 있는데《대도해》편찬이 중지될 것 같다는 대화가 들려오더라고."

"정말입니까!"

놀란 마지메가 벌떡 일어났다.

"영업부 사람인 것 같은데 화장실에서 나왔을 때는 아무도 없어서 자세한 건 모르겠어. 마지메도 아무 소리 못 들었지?"

"예."

영업부 시절 마지메는 친한 동료도 하나 없고 꿔다 놓은 보릿자루 그 자체였다.《대도해》편찬이 마지메가 모르는 곳에서 암초에 부딪쳤다고 해도 친절하게 귀띔해 줄 사람은 없다.

"사전 만들기는 돈을 많이 먹으니까."

니시오카는 의자를 삐걱거리며 천장을 노려보았다.

"어떻게 할 거야? 마지메."

어떻게 해야 되지? 마지메는 재빨리 이런저런 생각을 했다. 회를 거듭한 회의는 드디어 열매를 맺어 편집 방침은 거의 굳어졌다. 여기서 계획이 좌절되면 아라키에게도 마쓰모토 선생에게도 면목이 없다.

"어느 정도 중지中止 쪽으로 기울었는지, 교섭의 여지는 없는지 정보를 모아 주세요. 그리고 우리는 우리대로 기성사실을 만듭시다."

"그래서?"

"사전 원고를 집필해 달라고 각 분야 전문가에게 의뢰하는 겁니다."

"과연."

마지메의 뜻을 헤아린 니시오카는 악덕 탐관오리처럼 웃었다.

외부에 원고를 의뢰하기 위해서는 몇 단계의 사전 준비가 필요하다.

일단은 용례채집카드를 바탕으로 수록한 표제어(항목)를 선정한다. 다음에 편집 방침을 정하고 '집필요령'을 작성해야 한다.

사전을 만들 때는 5천 명 이상에게 원고를 의뢰하는 것이 보통이다. 각자 마음대로 쓰면 문체가 통일되지 않아 아무리 시간이 지나도 한 권으로 정리되지 않는다. 그래서 집필요령이 필요하다. 한 가지 항목에 관해 '어떤 정보를, 어떤 문자로, 어떤 형식으로' 담아야 하는지 구체적인 예를 들어 제시한 것이다. 집필요령은 통상 사전편집부가 작성한다.

집필요령에 준하여 편집부원이 '견본 원고'를 쓴다. 이것은 편찬 책임자인 마쓰모토 선생과 상의해서 쓰게 될 것이다. 실제로 원고를 써 보고 집필요령 지시에 맞지 않거나 누락된 관점이 없는지 확인한다.

물론 견본 원고를 만드는 것은 수록될 예정인 표제어 중 극히 일부에 지나지 않는다. 대개 그리 중요하지 않은 작은 항목이지만, 견본 역할을 해내기 위해서는 다양한 요소가 포함되어야 한다. 지명, 인명, 숫자가 들어갈 항목, 도판을 넣을 항목 등을 다양한 품사에서 고른다. 편집부 내에서 견본 원고를 작성하고 검토하여 사전의 방향성과 질을 더욱 다듬는다.

견본 원고를 쓰면 글씨 크기나 조판, 페이지 디자인을 대충 정할 수 있고, 전체 페이지, 수록할 수 있는 표제어 수며 가격도 대략 산출할 수 있다.

여기까지 와서야 비로소 원고 의뢰를 하는 것이 보통이다. 그때 작성해 둔 집필요령과 견본 원고를 표준 양식으로 돌린다. 《대도해》 편찬 작업은 현재 겨우 집필요령 작성에 들어간 시점이어서 원칙대로라면 외부 전문가에게 의뢰하는 것은 시기상조다.

마지메는 굳이 이 단계에서 치고 나가는 것이 방법이라고 판단했다.

사전 만들기 세계는 의외로 좁다. 사전편집부가 있는 출판사는 한정되어 있다. 겐부쇼보 사전편집부는 부족한 패션 관계 용어만 먼저 전문가에게 연락을 취해 두었다. 그 탓인지 다른 출판사 사전 편집자들 사이에서는 "겐부쇼보에서 새로운 사전 편찬에 착수한 것 같아"라고 이미 소문이 나기 시작한 것 같았다.

그렇다면 소문을 더 퍼트리면 된다. 내로라하는 전문가에게 계속 원고를 의뢰하고, 겐부쇼보 사전편집부가 얼마나 진지한지 사내외에 알리도록 한다.

만드는 데 막대한 돈이 드는 것은 분명하지만, 사전은 출판사의 자랑이자 재산이다. 사람들에게 신뢰받고 사랑받는 사전을 제대로 만들면 회사의 뼈대는 20년은 흔들리지 않는다고 한다. 사전편집부가 목숨 걸고 작업하고 있는데도 회사가 중지 명령을 내린다면 "겐부쇼보는 그렇게까지 경영 상태가 좋지 않나?" "아냐, 아냐. 눈앞의 이익만 추구해서 그런 거 아닐까?" 하고 좋지 않은 평판이 날 것이다. 회사도 그런 사태에 빠지는 것은 피하고 싶을 터.

"너 제법 전술을 아는 녀석이었구나."

니시오카는 바로 본관에 가서 정보 수집을 할 생각인 것 같다. 편집부를 나서려다 문 앞에서 휙 돌아보았다.

"그 기세로 나를 추월해도 상관없어."

"예?"

"가구야 씨 말이야. 마지메는 다소 비겁한 수법을 쓰지 않으면 나를 이길 수 없을 테니. 하하하."

그럴지도 모르지만, 니시오카의 자신감의 근거는 여전히 불명확하다.

"자아도취에 빠진 사람이 있긴 하구나."

어이없어 하면서 니시오카를 지켜보던 마지메는 아라키와 마쓰모토 선생에게 급히 보고를 하기 위해 수화기를 들었다.

중지 명령은 아직 내리지 않았다. 회사를 견제하기 위해 마지메네는 모든 방법을 쓰기로 했다.

니시오카와 사사키는 집필자를 선정하여 원고를 내밀하게 의뢰하기 위해 전화도 하고 직접 만나러 가기도 했다. 아라키는 입원 중인 아내 간병을 하는 한편, 회사 높은 사람들에게 힘을 쓰기 바빴다.

마지메와 마쓰모토 선생은 연일 집필요령을 작성하느라 분투했다.

하나의 말을 정의하고 설명하려면 반드시 다른 말을 써야 한다. 말이라는 것을 이미지화 할 때마다 마지메의 뇌리에는 목제 도쿄타워 같은 것이 떠오른다. 서로 보충하고 서로 지탱하며 절묘한 균형으로 선 흔들리기 쉬운 탑. 이미 존재하는 사전을 아무리 비교해도, 아무리 많은 자료를 조사해도 잡았다고 생각한 순간부터 말은 마지메의 손가락 사이를 빠져나가 위태롭게 무너져 실체를 무산시킨다.

마지메는 주말에도 소운장에 틀어박혀 말에 관해 생각했다. 서고로 쓰는 1층 구석방에서 바닥이 비좁게 책을 펼쳐 놓고 지혜를 짜냈다.

"'아가루ぁがる'와 '노보루のぼる'*의 차이를 더욱 단적으로 표현할 수 없을까요?"

"또 사전 일? 일요일인데 고생이 많네."

"그러게요."

가구야와 도라가 방에 들어와서 마지메 맞은편에 쭈그리고 앉았다. '우메노미'는 일요일이 휴일이어서 평소에는 이른 아침부터 재료를 사러 나가지만, 오늘은 집에서 편한 차림이었다.

요리사 차림도 멋있지만, 청바지와 스웨터를 아무렇게나 입은 이런 차림도 좋다. 마지메는 심장 박동 수가 올라가 '이것이 바로 긴장한다는 뜻의 '아가루ぁがる'구나' 하고 생각했다. 함께

---

* **あがる**
  ① (위로) 오르다. 올라가다. 올라오다.
  ② (욕탕에서) 나오다.
  ③ (방에) 들어가다. 들어오다.
  ④ (지위·정도 등이) 오르다.

のぼる
  ① (높은 곳으로) 가다. 예)산에 오르다.
  ② 기어오르다.
  ③ 수량이 어느 정도에 이르다.
  ④ 상류로 가다. 예)강을 따라 올라가는 은어.

있는 것은 기쁘지만 도저히 심장이 버텨 내지 못할 것 같다.

"저기, 여긴 먼지가 많으니까."

"방해돼?"

자료를 넘어서 가까이 온 도라가 마지메를 격려하듯이 꼬리로 허벅지를 쳤다. 마지메는 당황해서 말했다.

"아니, 그렇지 않아요."

"요리책 있으면 좀 빌릴까 싶어서."

마지메가 사전 생각만 하는 것처럼 가구야도 휴일인데 일 생각으로 머리가 가득한 것 같다.

그렇지만 가구야는 집에서는 요리를 하지 않는다. 휴일만이라도 요리를 하지 않고 싶다고 한다. 다케 할머니는 "하여간 대책 없는 애라니까. 그래 가지고는 아무것도 안 돼"라며 한탄한다.

가구야가 만든 요리를 먹고 싶다는 가당찮은 야심을 품을 처지도 아닌 마지메는 자진해서 3인분의 '누포로 이치방'을 끓였다. 가구야는 '누포로 이치방'의 정크한 맛이 마음에 드는지 맛있게 먹어 주었다. 자기가 만든 요리가 가구야의 몸속에 들어가 가구야의 피가 된다고 생각하면, 마지메는 저도 모르게 몸을 앞으로 내밀고 식사하는 가구야를 넋을 잃고 보게 된다.

그런 나를 기분 나빠하지 않았으면 좋을 텐데. 그렇게 생각하면서 마지메는 서가 앞에 섰다. 공교롭게 요리책은 보이지 않았다.

"요리에 관련된 책은 현재 한 권 정도뿐인데요."

가구야는 마지메가 내민 《균류菌類의 세계》라는 제목의 책을 조금 못마땅한 듯이 바라보았다. 표지는 축축한 지면에 자란 시뻘건 버섯 사진이다. 도저히 식용이라고는 생각할 수 없다.

"앞으로는 요리책을 더 많이 모으겠습니다."

마지메는 미안해하며 덧붙였다.

"일단 빌릴게."

책장을 휘릭휘릭 넘기던 가구야는 《균류菌類의 세계》를 옆구리에 끼고 일어섰다.

"아, 날씨 좋다. 저기, 어디 놀러 가지 않을래?"

"어디로요?"

"가까우니까 고라쿠엔이나?"

격렬해진 심장 고동에 걷어차인 혼이 몸 밖으로 튀어 나오는 줄 알았다. '이것이 바로 하늘에라도 '올라가는노보루のぼる' 기분이구나' 하고 생각했다.

그 순간 마지메의 머릿속에서 '아가루'와 '노보루'의 차이가 명료해졌다. 혼돈스럽게 떠다니기만 하던 말이 급속히 모이고, 뭉쳐서 착착 짝을 맞추기 시작했다. 마지메의 뇌 속에서 '아가루' 탑과 '노보루' 탑이 완벽하고 아름다운 균형을 이루며 하늘을 향해 뻗었다.

마지메는 같은 방에 있는 가구야도, 고라쿠엔 데이트 신청도 잊고, 어지럽도록 빠르게 전개되는 생각을 좇았다. 흥분을 억누르며 "그런가, 그런 건가" 하고 중얼거린다.

'아가루'는 위쪽으로 이동하여 도달한 장소 자체에 중점을 두는 데 반해 '노보루'는 위쪽으로 이동하는 과정에 중점을 둔다. 예를 들어 "올라가서 차라도 하자"라고 할 때 '아가루'라고 하지 '노보루'라고 하지 않는다. 이 경우에 중요한 것은 '차를 마시기에 좋은 장소(즉, 실내라는 도착지)'이지, '마당에서 집 안으로 이동하는 과정'이 아니기 때문이다.

또한 산에 '오른다'고 할 때에도 '노보루'라고 하지 '아가루'라고는 하지 않는다. 등산이란 두 다리로 정상으로 올라가는 과정 전체를 가리키는 것이지, 정상에 선 순간만을 중시하는 게 아니기 때문이다.

그러면 '하늘에라도 올라가는 기분'에서 '노보루'를 쓰는 것은? 마지메는 조금 전 감정의 흐름을 반추했다. 역시 '아가루'를 써서 이야기하는 것은 이상하다. 내 기분은 아직 상승 중에 있는 것이지, 천계에 완전히 도달한 게 아니기 때문이다.

"그런데 기분이 고양되는 것을 '마이아가루舞いあがる'라고도 하잖아."

어째서 '마이노보루舞いのぼる'가 아니라 '마이아가루舞いあがる'라고 표현하는 걸까? 마지메는 서고 바닥에 앉은 채 팔짱을 꼈다.

이 경우에는 '날아올라마이아갓테舞いあがって 어디에 도달했는가(또는 날아올라마이노봇테舞いのぼって 어디로 향하는가)'에 중점을 두는 게 아니라, 위쪽으로 날아오르는 듯한 '기분 그 자체'에 중점을 둔 게 아닐까. 그렇게 되면 기분은 평상시보다 이미 상승한 상태이기 때문에 위쪽으로 이동하는 과정을 강조한 '마이노보루'보다 '마이아가루'라 표현하는 편이 어울린다.

'아가루'와 '노보루'의 차이에 대해 일단 결론지은 마지메는 뿌듯해하며 팔짱을 풀었다. 그제야 비로소 가구야와 도라가 서고에서 사라졌다는 사실을 깨달았다. 마지메는 황급히 복도로 나와 보았다. 1층은 쥐 죽은 듯 고요했다.

대화를 하다 말고 갑자기 입을 다문 탓에 가구야는 기분이 나빴을지도 모른다. 고라쿠엔에 가자고 한 말도 없던 일이 됐을까? 2층으로 올라가 보았다.

거실에서 가구야의 웃음소리가 들려왔다. 다케 할머니가 그런 가구야를 나무라는 소리도 들린다. 너무나 벽창호 같은 내 모습 때문에 웃는 거라면 어떡하지. 드물게 자신의 체면이 신경 쓰여 마지메는 비참한 생각이 들었다. 가구야에게 경멸받고 무시당하는 것은 그녀를 흠모하는 마지메에게 더할 나위 없이 슬픈 일로 느껴졌다. 그건 그렇다 치고 '벽창호'의 어원은 뭘까? 대륙의 사람 이름 같기도 한데, 아마 아닐 테지. 그런 생각도 스쳤다.

용기를 내서 다케 할머니의 거실 문을 열었다. 가구야와 다케 할머니는 전병을 먹으면서 텔레비전을 보고 있었다. 낮 시간의 인기 버라이어티 프로그램을 하고 있었다.

"다마 씨의 진행은 미묘하게 마음이 담기지 않았지?"
"너 그렇게 과자 먹으면 점심 못 먹는다."

가구야와 다케 할머니는 서로 동문서답을 하며 같은 타이밍에 차를 홀짝거렸다. 겉모습은 닮지 않은 두 사람 사이에 혈연의 신비를 느끼고, 마지메는 문 앞에 우두커니 서 있었다. 가구야가 텔레비전을 보고 웃고 있다는 걸 알고 안도했다.

이윽고 기척을 느낀 가구야가 마지메를 돌아보더니 활짝 웃었다.

"생각은 끝났어?"
"예. 죄송합니다."
"음, 그럼 갈까?"

마지메는 놀랐다. 가구야의 마음속에서 고라쿠엔에 가는 얘기가 아직 진행 중이었다니. 마지메의 생각이 끝나기를 기다려 주었다니. 마지메는 의외의 사실에 너무 충격을 받아서 기쁘다기보다 멍해져 버렸다.

반응이 없는 마지메를 버려두고 가구야는 점퍼를 걸치고 주머니에 지갑과 휴대전화를 찔러 넣었다.

"할머니도 갈래?"

"어디?"

"고라쿠엔 유원지."

다케 할머니가 손녀와 마지메를 번갈아 보았다. 뭔가 말하고 싶은 듯하다. 보온 물통 꼭지를 꾹꾹 눌러 찻주전자에 온수를 더 따랐다. 마지메는 매달리는 마음으로 다케 할머니를 보았다.

"아야야야야야."

다케 할머니가 갑자기 배를 잡고 몸을 동그랗게 말았다. 깜짝 놀란 가구야가 다케 할머니의 등을 문질렀다.

"왜 그래, 할머니?"

"지병인 위통인가 보네."

"할머니한테 지병 같은 것 없잖아. 위통이 뭐야?"

"위경련 말입니다."

마지메는 몸을 구부리고 앉아 다케 할머니를 부축하려고 했다. "괜찮으세요?"

다케 할머니는 마지메를 향해 두 눈을 감아 보였다. 한쪽 눈을 깜박일 생각이었으나 실패한 것 같다.

"좀 누워 있으면 나을 거야. 너희들은 고라쿠엔이나 다녀 와."

"그렇지만……"

다케 할머니는 위통이 생겼다고는 생각할 수 없는 힘으로 당황하는 가구야를 문 쪽으로 밀어냈다.

"괜찮아, 괜찮아. 신나게 돌고 올라가고 떨어지고 하다가 와."

다케 할머니는 놀이기구의 움직임을 그렇게 표현했다. 마지메는 '뭔가 수상한걸' 하고 생각했지만 '고마워요, 할머니' 하는 시선으로 꾸벅 인사했다. 다케 할머니는 또 두 눈을 감아 보였다.

이렇게 해서 마지메는 가구야와 고라쿠엔 유원지에 가게 되었다. 고다쓰 속에서 도라가 얼굴을 내밀고 "잘하고 와" 하듯이 야옹 울었다.

일요일의 유원지는 가족과 커플들로 북적거렸다. 히어로 쇼 방송이 흐르고, 제트코스터가 굉음과 함께 머리 위를 지나갔다.

해는 아직도 한참 높이 떠 있다. 마지메는 초등학생 때 이후로 처음 오는 유원지여서 안정이 되지 않는 기분으로 주위를 둘러보았다.

"요즘 제트코스터는 크기도 각도도 굉장하네요. 우와, 무섭겠다."

"할머니, 우리를 배려해 준 것 같지 않아?"

딴 얘기를 한다. 마지메는 가구야를 보았다. 가구야도 마지메를 올려다보고 있었다. 의지와 뭔가 또 다른 감정이 담긴 검은 눈이 반짝거렸다. 마지메는 가슴이 콱 막혀서 무슨 말이라도 해야 한다고 생각했지만, 아무리 큰 사전을 뒤져도 어울리는 말을 찾지 못할 것 같았다.

"뭐 탈까요?"

마지메는 시선을 피하며 물었다. 동문서답 한다고 느꼈는지 가구야가 조그맣게 한숨을 쉬었다.

"저것."

가구야가 가리킨 것은 회전목마였다. 화려한 색깔의 목마를 타는 것이 쑥스러웠지만, 제트코스터보다는 나았다. 끊임없이 쏟아지는 절규에 무서워서 몸을 떨고 있던 마지메는 얼른 끄덕였다.

마지메와 가구야는 회전목마를 세 번 탄 뒤 유원지 안을 산책했다. 별다른 대화는 나누지 않았지만, 숨이 막힐 것 같은 느낌은 들지 않았다. 오히려 평온한 기분이었다. 벤치에 앉은 마지메는 가구야의 옆얼굴을 보았다. 가구야도 그렇게 느끼는 것 같았다. 샌드위치를 먹으며 어린 형제가 부모의 손을 잡고 커다란 트램펄린 쪽으로 걸어가는 모습을 바라보았다.

"가구야 씨는 형제 있어요?"

"오빠 한 명. 결혼해서 지금은 후쿠오카에서 회사 다녀."

"우리 부모님도 후쿠오카에 전근 간 지 꽤 오래 됐는데."

"형제는?"

"외동입니다. 부모님하고도 1년에 한 번 보면 잘 보는 편입니다."

"성인이 되니 그렇더라고."

거기서부터 두 사람은 각자의 가족이 후쿠오카 어디에 사는지, 후쿠오카에 가면 뭘 먹는 게 좋은지, 특산품인 명란젓은 어느 회사 것이 맛있는지 서로 얘기했다. 비교적 화제가 빨리 떨어져 또 다시 침묵했다.

놀이기구가 작동하는 소리. 비명이라고도 환성이라고도 할 수 없는 아우성. 활기찬 음악.

"저거 타자."

가구야는 마지메의 팔꿈치를 가볍게 찌르며 거대한 관람차를 타자고 재촉했다. 가구야의 손가락은 바로 떨어졌지만, 마지메의 팔꿈치는 언제까지나 가느다란 손가락 끝의 감촉과 부드러운 압력을 느끼고 있었다.

관람차는 최신식으로 중심부에 방사형 지주가 하나도 없었다. 마치 지지대도 없이 커다란 원만 중천에 멈춰 있는 것처럼 보였다.

가구야가 고른 것은 움직임이 느린 놀이기구뿐이었다. 비명 지르는 놀이기구들을 싫어하는지, 그런 놀이기구를 무서워하는 마지메를 배려해 준 것인지는 알 수 없다. 줄을 설 것도 없이 작은 상자에 올라탄 두 사람은 점점 가까워지는 하늘과 발밑에 펼쳐진 시내를 바라보았다.
"관람차를 발명한 건 누굴까."
가구야는 창밖으로 시선을 보낸 채 말했다.
"즐겁지만 좀 쓸쓸한 놀이기구라고 생각해."
마지메도 마침 그렇게 느끼고 있던 참이었다. 이렇게 좁은 공간에 함께 있는데, 아니, 좁은 공간에 있기 때문에 더욱 서로 닿지 못하고 바라보지 못하는 부분이 있음을 절감했다. 두 사람을 태운 관람차 상자가 지상에서 떨어져 하늘 위에 둘만 되었을 때도 따로따로였다. 같은 풍경을 보고 같은 공기를 나누면서도 접촉하는 일은 없었다.
"요리를 하고 있으면 가끔 관람차를 탄 것 같은 기분이 들어."
가구야는 창가에 팔꿈치를 올리고 창에 닿을락 말락 하게 뺨을 갖다 댔다.
"왜요?"
"아무리 맛있는 요리를 만들어도 한 바퀴 돌고 나갈 뿐이잖아."
"아하."

관람차를 음식 섭취와 배설에 비유하다니 특이한 사람이다. 가구야가 말하는 허무함과 쓸쓸함은 사전 만들기와도 상통할 거라고 생각했다.

아무리 말을 모으고 뜻풀이를 하고 정의를 내려도 사전에 진정한 의미의 완성은 없다. 한 권의 사전으로 정리했다고 생각한 순간, 말은 다시 꿈틀거리며 빠져나가서 형태를 바꿔 버린다. 사전 만들기에 참여한 이들의 노력과 열정을 가볍게 비웃으며, 한 번 더 잡아 보시지 하고 도발하듯이.

마지메가 할 수 있는 것은 그저 끊임없이 운동하는 언어가 지니고 있는 방대한 열량이 한순간에 보여 주는 사물의 모습을 보다 정확하게 건져 내 문자로 옮기는 일이다.

아무리 먹어도 살아 있으면 반드시 공복을 느끼는 것과 마찬가지로, 아무리 잡고, 또 잡아도 마치 실체가 없는 것처럼 말은 허공으로 흩어져 간다.

"그래도 가구야 씨는 요리사 일을 선택하겠죠?"

포만감이 영원히 지속되지 않아도 맛있는 요리를 먹고 싶어 하는 사람이 있는 한, 가구야 씨는 계속 솜씨를 발휘할 것이다. 아무도 완벽한 사전을 만들 수는 없다는 걸 알면서도 말로 생각을 전하려는 사람이 있는 한, 나는 온 힘을 다해 이 일을 완성시킬 것이다.

"그러게, 역시 선택하겠지. 좋아하니까."

가구야는 끄덕였다.

마지메는 노을색으로 바뀌어가는 하늘을 바라보았다. 두 사람을 태운 작은 상자는 정점을 지나 서서히 지상을 향해 내려가기 시작했다.

이제 곧 원래의 장소로 돌아간다.

"난 유원지 놀이기구 중에서 관람차를 제일 좋아합니다."

조금 쓸쓸하지만 조용히 지속되는 에너지를 감춘 놀이기구여서.

"나도."

마지메와 가구야는 공범자처럼 서로 빙그레 웃었다.

"그럼 고백도 하지 않고 키스도 한번 하지 않았다는 거야? 유원지에 뭐 하러 간 거야?"

마지메는 옆에서 잔소리하는 니시오카에게 시달리며 책상 앞에 앉아 신음했다.

마지메의 우유부단함에 질린 것은 니시오카뿐만이 아니다. 오늘 아침에는 다케 할머니한테도 실컷 탄식을 듣고 온 참이다.

"그럴 거면 내가 뭐 때문에 위통이 났던 거야."

마지메는 대꾸할 말이 없어서 되도록 소리 나지 않게 단무지를 씹었다. 가구야는 이미 출근한 뒤였다.

"그렇게 한가하게 대처할 때가 아냐. 가구야 씨, '우메노미' 선배 요리사하고 그렇고 그런 사이일지도 모른다고."

니시오카의 잔소리는 끊이지 않았다.

"그건 아닙니다."

"어떻게 알아?"

"'지금 사귀는 사람 있습니까?' 물었더니 '없어. 일도 바쁘고 별로 흥미도 없고'라고 했습니다."

"그 말을 진짜라고 생각하냐, 바보탱아! '너한테는 흥미 없어'라고 말한 거야. 좀 알아차리라고! 거기서 빼지 말고 '그래도 사귀어 주세요'라고 말하고! 유원지 가까이에 도쿄돔 호텔이 왜 있겠냐?"

니시오카는 과격하게 단언했다.

가구야가 '흥미 없다'고 말한 건 아니다. '흥미 없었다'라고 과거형으로 얘기했다. 그렇다고 해서 마지메는 '지금은 내게 흥미가 있는가'라고 생각할 만큼 자만하지 않았다. 니시오카의 발언에는 여러 가지로 이의를 제기하고 싶은 점이 있었지만, 침묵으로 대응하기로 했다.

근무 시간이지만, 마지메는 지금 연애편지를 쓰느라 바쁘다.

니시오카나 다케 할머니에게 지적받을 것까지도 없이, 이렇게 소극적이고 뚜렷하지 못한 태도로는 안 된다고 생각한다. 생각하지만, 가구야 앞에서는 말이 나오지 않는다는 것은 이미 증명됐다. 단 둘이 관람차를 타고도 마음을 고백하지 못했으니 '누구를 좋아하는지 고백해!' 하고 강도가 칼을 들이대지 않는 한 고백은 불가능할 것이다.

입으로 말하지 못한다면 글로 하면 된다. 그렇게 생각한 마지메는 초특급으로 오늘 일을 마치고 편지지 앞에서 끙끙거리고 있는 참이었다. 니시오카를 상대하고 있을 때가 아니다.

"'근계謹啓, 부는 바람에 동장군의 방문이 머잖았음을 느끼는 요즈음입니다만, 하시는 일은 잘되리라 믿습니다.'라니, 뭐야, 이게!"

마지메가 연애편지 쓰는 걸 옆에서 지켜보던 니시오카가 턱을 괴고 있던 손을 빼고 몸을 내밀었다.

"진부하네, 마지메. 기업의 사과 광고도 이렇게까지 딱딱하진 않겠다."

"별로인가요?"

"더 편안한 마음으로 즐겁게. 그보다 요즘 세상에 편지가 뭐냐. 가구야 씨, 휴대전화 있지? 적어도 메일이라도 보내는 게 어때?"

"메일 주소를 모릅니다. 만약 안다고 해도 회사에서 보내나요? 그것도 멋없잖습니까."

"네가 휴대전화를 갖고 있지 않은 자체가 멋없는 거야. 얼른 개통하고 와. 안 그러면 너 별명을 '마지메'에서 '멋없는 놈'으로 바꿀 테니까."

"마지메는 별명이 아니라 본명입니다."

투덕거리는 마지메와 니시오카에게 땅속을 기는 듯한 목소리가 들려온 것은 그때였다.

"너희 일은 제대로 하고 있는 거냐?"

얼굴을 드니 아라키가 편집부 문 앞에 떡 버티고 서 있었다.

"사전은 내세에 완성하면 된다고 생각하는 건 아닐 테지?"

"무슨 그런 말씀을! 열심히 하고 있습니다."

니시오카가 일어서서 아라키에게 의자를 권했다. 마지메는 쓰고 있던 연애편지를 슬며시 서랍에 넣었다.

"회의도 없는 날인데 어쩐 일이세요?"

"임원 회의 결과를 갖고 왔지."

아라키는 의자에 앉아 검은 목도리를 풀었다.

"조건부로 《대도해》 기획을 속행하기로 했다."

마지메는 니시오카와 얼굴을 마주보았다. 회사에서 뭐라 하건 《대도해》는 절대로 출간한다. 그런 의욕으로 작업을 추진해서 되도록 간섭하지 못하도록 포석을 깔아 놓았다고 생각했는데, 조건이란 게 무엇인지 걱정됐다.

"한 가지는 《겐부학습국어사전》 개정. 또 한 가지는……."

"무리입니다."

마지메가 아라키의 말을 가로막았다. "20만 단어 이상 수록된 사전을 처음부터 만들어야 하는데, 다른 사전 개정 작업은 할 수 없습니다. 지금은 《대도해》 하나만 밀고 나가야 합니다."

"윗사람들은 사전 만드는 현장을 경험한 적이 없는 인간들뿐이라 '개정해!' 하고 쉽게 말하는 거라고요."

니시오카도 거들었다. "개정이라 해도 사전을 새로 만드는 것과 똑같은 노력과 수고가 들어간다는 건 아라키 씨가 제일 잘 아시잖아요."

"그래도 해야 한다."

아라키는 쓴 약초를 씹기라도 한 것 같은 표정으로 말했다.

"《대도해》를 만들려면 돈이 필요하다. 그 자금을 되도록 사전편집부에서 벌라는 것이 회사의 뜻이야."

사전은 개정하면 팔린다. 개정된 사전과 개정되지 않은 사전이 나란히 있으면 대부분 구매자는 기재된 정보가 새로운 쪽을 선택하기 때문이다.

《겐부학습국어사전》은 아라키와 마쓰모토 선생이 만든 소형 사전으로, 초중학생을 중심으로 안정된 판매를 보이고 있다. 회사는 거기에 주목하여 작년에 대규모 개정을 했으면서, 그새 또 개정을 명령한 것이다.

"마쓰모토 선생님은 뭐라고 하시던가요?"

"아마 승낙해 주실 거다. 개정 작업은 《대도해》를 만드는 데도 분명 도움이 될 거야."

아라키는 자신을 타이르는 것 같았다. "특히 마지메 군은 사전 만드는 것 처음이지? 처음부터 《대도해》에 도전하는 것보다 《겐부학습국어사전》으로 경험을 쌓는 편이 좋아."

고생 끝에 기획한 《대도해》 편찬. 찬물 세례를 받은 꼴이 되어 누구보다 분한 사람은 아라키다. 경험을 쌓으라는 구실도 지당했기 때문에, 마지메는 납득하고 물러설 수밖에 없었다.

총대를 멘 아라키의 말로는 《대도해》 편찬을 속행시키기 위해서는 달리 또 조건이 있다고 했다. 어떤 조건이든 전력으로 받아들이자. 마지메는 마음을 다잡고 아라키를 올려다보았다.

"'또 한 가지'라고 하셨는데 그건 뭐지요?"

"으음."

아라키는 마지메의 시선을 피하며 말하기 곤란한 듯 턱을 긁적거렸다.

"아냐, 아무것도. 니시오카, 잠깐 나 좀 보자."

아라키는 그대로 편집부를 나가 버렸다. 마지메와 니시오카는 또 서로 얼굴을 마주보았다.

"무슨 일일까요?"

"글쎄."

복도에서 "니시오카, 빨리 오지 않을 거야!" 하는 아라키의 고함 소리가 울렸다.

"예, 갑니다! 뭔지 모르지만 다녀올게. 퇴근할 때 열쇠 부탁해."

니시오카도 나가고 마지메 혼자 방에 남았다. 작성 중이던 연애편지를 마저 쓸까 하고 책상에 펼쳐 놓았지만, 아무래도 아라키와 니시오카가 신경 쓰였다. 차라도 마실까 하는 핑계를 대며 찻잔을 들고 복도로 나갔다.

어두컴컴한 복도에는 인기척이 없었다. 옆방 자료실 문에 귀를 대 보았지만, 아무 소리도 들리지 않는다. 아라키와 니시오카는 어쩐지 별관에서 나간 것 같다. 할 수 없이 허름한 다용도실에서 차를 타 편집부로 돌아왔다.

어둠이 밀려든 실내가 평소보다 더 고요하게 느껴졌다. 마지메는 자기 책상머리 위에 있는 형광등만 켰다. 그 탓에 실내에 드리워진 그림자가 점점 짙어져 벽 쪽에 붙어 있는 서가가 검은 숲처럼 보였다.

의자에 묶어 둔 방석을 가지런히 하고 앉았다. 차를 마시면서 연애편지 다음 문장을 생각했다.

불안한 일뿐이다. 사전 편찬의 진전도, 사랑의 행방도 전혀 앞이 보이지 않는다. 이 방은 많은 서적과 말로 넘치고 있지만, 그중 어느 것을 골라야 상황을 타개할 수 있을지 도통 모르겠다.

모른다고 해서 우두커니 서 있어 봐야 아무것도 달라지지 않는다.

머리 위를 덮칠 듯한 서가의 압력을 등으로 느끼면서 펜을 들었다. 한 글자, 한 글자, 정성껏 하얀 종이를 메워 나갔다. 마음을 형태로 만들기 위해.

오후 8시가 지나서야 간신히 연애편지를 완성했다. 니시오카는 아직 돌아오지 않았다. 마지메는 니시오카의 책상에 연애편지를 올려 두었다. 그랬다가 '이러니 니시오카 씨한테 보내는 편지 같네'라는 생각에 '평가 부탁드립니다' 하는 메모를 덧붙였다.

불을 끄고 편집부 문을 잠갔다. 그리고 자료실 문단속과 다용도실의 불단속도 꼼꼼히 했다. 돈이 될 것은 하나도 없는 편집부지만, 수집한 자료와 말의 축적은 금품으로 바꿀 수 없는 가치가 있다. 언제부터인지 누구에게 배웠는지 정확하지 않지만, 마지막으로 방을 나가는 사전편집부원은 문단속과 불단속을 하는 것이 습관이 되었다.

마지메는 겐부쇼보 별관 수위실에 열쇠를 맡기고 거리로 나왔다. 토하는 입김이 살짝 부옇다. 슬슬 두꺼운 코트를 꺼내야 한다. 목도리에 얼굴을 묻고 가스가의 하숙집을 향해 걸어갔다.

 귀가한 마지메는 소운장 1층 복도에서 다케 할머니와 마주쳤다.
 "아이고, 어서 와."
 목욕을 하고 나온 다케 할머니의 뺨이 발갛게 상기되었다. 그러고 보니 가구야 씨와는 생활 시간대가 전혀 달라 같은 하숙집에 있어도 목욕하고 나온 모습을 본 적이 없구나. 마지메는 조금 유감스럽게 생각하다 이내 그런 생각을 하는 자신을 부끄러워하며, 다케 할머니에게인지 가구야에게인지 모호했지만 '미안합니다' 하고 속으로 사과했다.
 "다녀왔습니다."
 "오늘은 춥네. 차라도 마시고 갈래?"
 "예, 그럼."
 손을 씻고 입을 헹군 뒤 다케 할머니의 거실로 갔다. 고다쓰에 발을 넣자 저절로 깊은 한숨이 새어 나왔다. 가부좌를 하고 앉은 마지메의 무릎에 부드러운 무게가 실렸다. 고다쓰 안에서 자고 있던 도라가 기어 올라온 것 같다.

"유원지 재미있었나 보더라."

다케 할머니는 차와 작은 접시에 담은 배추절임을 준비했다.
"가구야가 즐거워하며 얘기하대."

"그랬다면 다행입니다만."

마지메는 "잘 먹겠습니다" 하며 머리를 숙이고 배춧잎 조각을 이쑤시개로 찔렀다. 시끄러울 정도로 심장이 쿵쾅거렸다. 다케 할머니는 마지메의 연정을 좋지 않게 생각할지도 모른다. 그도 그럴 것이다. 단순히 세 든 총각인 마지메가 1층을 책으로 침식해 버렸을 뿐만 아니라, 손녀딸에게까지 마수를 뻗치려고 하니까.

이건 어쩌면 다케 할머니에게는 문자 그대로 '행랑 내줬더니 안채 내달란다' 식의 행위이지 않을까? 아니, '마수'랄 건 없다. 나는 진지하게 가구야 씨와 교제하고 싶다. 만약 가구야 씨가 받아 준다면.

"제가 말주변이 없어서 가구야 씨가 지루해하지 않았나 모르겠습니다."

다케 할머니의 기분을 건드리지 않기 위해 겸손하게 말했다. 사실은 기대하는 마음도 커서 감정 제어가 어려워진 마지메는 고속으로 배추절임을 씹었다. 사각사각, 햄스터가 푸성귀를 씹는 것 같은 소리가 방에 울렸다.

"그 애는 말이야, 좀 겁쟁이야."

다케 할머니가 한숨을 쉬었다.

"겁쟁이?"

마지메는 배추절임을 삼키고 고개를 갸웃거렸다. 평소 씩씩한 가구야에게 그런 단어는 어울리지 않는 것 같았다.

"예전 남자하고 헤어져서 그럴 게야. 남자가 결혼해서 해외 부임지에 같이 가자고 하는데 '요리사 수업을 계속하고 싶어' 하고 거절한 모양이더라고."

"저는 해외부임 할 일은 없습니다."

마지메가 엉겁결에 엉덩이를 드는 바람에 놀란 도라가 발톱을 세우며 울었다.

"뭐 남자 쪽에서 보면 '사랑스러운 여자'가 아닌 건 분명하지."

다케 할머니는 다시 한숨을 쉬었다.

"그러고는 가구야도 연애에 질렸는지 결국 요리사 수업에만 전념하더구먼. 교토 시절에도 사귀었던 사람은 있지만 잘되지 않았나 봐."

가구야는 다케 할머니와 함께 살기 위해 도쿄에 왔다. 교토에서의 수업이 일단락되어서 왔겠지만, 다케 할머니는 좀 걱정이 되는 것 같았다.

"요리사가 평생 배우는 것은 당연한 일입니다."

마지메는 다케 할머니를 위로하듯 말했다. "예전에 교제했던 분도 영원히 해외 부임을 하는 건 아니잖아요? 정말로 가구야 씨와 결혼하고 싶었더라면 결혼해서 잠시 따로 산다든가, 결혼 자체를 조금 뒤로 미룬다든가, 얼마든지 할 수 있었을 겁니다."

점점 화가 나기 시작했다. 질투다. 나는 교제조차 시작하지 못했는데 가구야 씨와의 결혼 기회를 날려 버린 남자. 그런 남자와의 사연 때문에 겁쟁이가 되었다는 가구야 씨. 부럽고 안타까웠다.

"가구야에게는 미짱 같은 사람이 좋을지도 몰라."

다케 할머니의 중얼거림을 듣고 마지메는 고개를 번쩍 들었다.

"정말로 그렇게 생각하세요?"

"응. 좀 둔하고 자신의 세계가 있는 사람이 나아. 가구야의 세계와 직업에도 참견하지 않을 테고. 서로 상대에게 너무 기대하지 않는다고 할까, 방임주의라고 할까."

그것도 조금 쓸쓸한 관계처럼 보이긴 하지만, 지금 칭찬받고 있는 건가? 마지메는 잠시 망설였지만 "서로 의지하고 부축하고 그러면 돼" 하고 전에 다케 할머니가 한 말을 떠올리며 사양하지 않고 의지하기로 했다.

"그럼 가구야 씨한테 자연스럽게 저를 추천해 주세요."

"뭐? 가구야의 생각이란 것도 있는데, 그런 걸 자연스럽게 추천하긴 어렵지."

마지메는 다케 할머니의 거실을 뛰쳐나와 방에 가서 사 모아 두었던 '누포로 이치방'을 한아름 안고 왔다. 마지메의 소유물은 책뿐이라 돈이 될 만한 것이라곤 '누포로 이치방'밖에 없었다. 모양새를 따질 때가 아니다.

"그 점을 어떻게 잘 좀 부탁드립니다!"

고다쓰에 푸짐하게 쌓인 '누포로 이치방'을 보고 다케 할머니는 세 번째 한숨을 쉬었다.

"할 수 없지. 할 수 있는 한 해 보겠지만."

웃음을 참는 듯한 표정이었다.

다음 날 니시오카는 드물게 마지메보다 일찍 출근해 있었다.

"여어여어, 마지메. 읽었다, 러브레터."

"어땠습니까?"

"좋던걸? 얼른 가구야 씨한테 전해."

웃음을 참는 듯한 표정이었다.

어째서 나는 남을 혼자 웃게 만드는 걸까. 진지하게 썼다고 생각하는데. 마지메는 납득이 가지 않아 뭔가 자신을 한심하게 생각하면서 니시오카에게 건네받은 열다섯 장의 편지지를 봉투에 담아 가방에 넣었다.

"그래서 어제 아라키 씨 얘기는 뭐였습니까?"

"아아, 그건 말이야."

니시오카는 컴퓨터를 켜서 메일을 체크했다.

"딱히 별 건 없었어."

"그렇지만……《대도해》편찬을 속행하기 위한 조건부 얘기였잖습니까?"

"아냐. 단순히 윗사람들의 푸념이었어. 늦게까지 같이 마셔주느라 애먹었다."

마지메는 수상하게 생각하며 니시오카의 옆얼굴을 바라보았다. 아라키는 분명 '한 가지 더'라고 말하려 했던 것 같은데 착각이었나. 만약 정말로 술집에서 푸념을 하는 것뿐이었다면 왜 니시오카만 불렀을까.

내가 사전편집부에 온 지 아직 얼마 되지 않아서인가? 내가 있으면 푸념을 마음 놓고 할 수 없어서인가?

친구와의 거리감에 고민하는 여중생 같은 사고 회로에 빠졌다. 여중생이었던 적이 없어서 어디까지나 '이런 느낌이지 않을까' 하는 추측에 지나지 않지만. 마지메는 너무 고지식한 자신의 성격이 아무리 시간이 지나도 그 자리에 적응하지 못하는 요인이란 걸 자각하고 있다. 그래도 사전편집부에서는 조금씩 마음을 열고 지내, 요즘은 니시오카와도 큰 무리 없이 잘 지내고 있다고 생각하던 터라 은근히 낙담했다.

니시오카는 콧노래를 흥얼거리며 "오, 역사학자 사이조 선생님한테 바로 원고가 들어왔네" 하고 있다. 니시오카처럼 호탕하고, 아무것도 두려워하지 않고, 타인과의 사이에 울타리를 치지 않는 성격이라면. 그러면 연애도 일도 더욱 원활하게 진행됐을 것이다. 마지메는 때로 무신경하게도 보이는 니시오카지만, 실은 남에게 상처 주는 행동을 절대 하지 않는다는 사실을 드디어 깨달았다.

"좋았어."

니시오카는 웃옷을 들고 일어섰다.

"연락이 없는 선생님들한테 독촉 좀 하고 올게."

갓 출근했으면서 부산하다.

"마감까지 시간이 있으니 아직 괜찮지 않을까요?"

"사전 원고는 특수하니까 말이야. 어떻게 써야 좋을지 고민하고 있을지 몰라. 일찌감치 꼼꼼히 챙겨 주는 것이 중요해."

니시오카는 "짠" 하는 효과음을 내며 수첩에 끼워 둔 종이를 펼쳐 보였다. 원고를 의뢰한 각 대학교 교수들의 강의 시간표였다. 확실히 시간표가 있으면 상대의 빈 시간을 노려 찾아가기 좋다.

그런데 언제 작성한 걸까? 외근에 관한 일만 되면 니시오카는 갑자기 생기가 돈다.

"대단하네요."

마지메는 감탄했다. 도착한 원고도 다듬고 용례채집카드도 체크하고 편집부 내에서 할 작업도 많지만, 모처럼 의욕이 발동한 니시오카의 기를 꺾을 수 없어서 굳이 말은 하지 않았다.

"돌아오면 《겐부학습국어사전》 개정판 스케줄에 대해 의논하자고."

"예."

마지메는 검은 토시를 끼고 오늘 할당량의 용례채집카드를 넘겼다.

"마지메."

부르는 소리에 시선을 들었다. 나간 줄 알았던 니시오카가 아직 문 앞에 서 있었다.

"예."

"너 말이야, 좀 더 자신감을 가져도 돼. 너 정도로 성실하면 분명 뭐든 다 잘 될 거야."

뜬금없이 무슨 소린가 하고 놀란 마지메는 연필을 놓았다.

"나도 되도록 협력할 테니까."

니시오카는 빠르게 덧붙이고, 이번에야말로 문 너머로 모습을 감추었다.

분명히 뭐가 있는 게 틀림없다. 다케 할머니한테 '둔탱이'라고 불리는 마지메지만, 그래도 그 정도는 확신했다. 니시오카 씨는 갑자기 고열이라도 났거나 아라키 씨에게 무슨 말을 들었거나, 둘 중 하나다.

심야에 귀가한 가구야는 소운장 복도에 구부리고 있는 마지메를 발견하고 깜짝 놀랐는지 막 닫은 현관문에 등을 부딪쳤다.
"악, 그런 데서 뭐하고 있는 거야!"
"놀라게 해서 미안합니다."
마지메는 복도로 들어오는 입구에 무릎 꿇고 앉아서, 나무토막처럼 서 있는 가구야에게 연애편지를 내밀었다. "읽어 주십시오."
"뭐야, 이게?"
"내 마음입니다."
마지메는 귀 끝까지 빨개져 있다는 걸 깨닫고 황급히 일어섰다. "그럼 안녕히 주무세요."
자기 방으로 뛰어 들어와 문을 닫고 이불 속으로 파고들었다. 가구야는 2층으로 올라간 것 같다. 편지를 읽은 가구야가 바로 답을 하러 올지도 모른다. 심장이 쿵쿵 뛰고 관자놀이가 화석이 된 것처럼 느껴질 만큼 긴장됐다.

마음은 전부 편지에 담았다. 어떤 답이건 냉정하게 받아들이자. 마지메는 이불 속에서 천장을 올려다보며 가만히 기다렸다. 빨래 너는 곳에서 도라가 울고 있다. 가구야의 방 창문이 열렸다가 바로 닫히는 소리가 났다. 주위는 고요해졌다. 물고기가 뛰었는지 나뭇가지라도 떨어졌는지 용수로에서 가벼운 물소리가 났다.

차가운 발끝이 완전히 따뜻해질 때까지 기다렸지만, 가구야는 찾아오지 않았다. 마지메는 유리창에 하얗게 아침 빛이 물드는 것을 바라보고 있었다.

일주일이 지나도 가구야에게서 대답이 없었다. 여전히 얼굴을 마주치는 일도 거의 없었다. '우메노미'가 휴일인 주말에도 가구야는 호텔에서 유명 주방장의 실연회가 있다며 아침 일찍 나가 버렸다. 피하는 걸까. 편지 같은 번거로운 수단을 쓰지 말걸 그랬다.

마지메는 우울한 시간을 보냈다. 우울하다고 해도 일손은 쉬지 않는 것이 마지메의 장점이다. 마쓰모토 선생과 《대도해》 편찬과 병행해서 《겐부학습국어사전》 개정을 진행하기 위해 어떻게 준비할지를 상담했다.

"큰 사전을 새로 편찬할 때는 크고 작은 차질이 있는 법입니다."

마쓰모토 선생은 참견이라고도 할 수 있는 회사의 판단을 너그럽게 받아 주었다.

"그러나 어쩌죠, 사람 수가 부족하네요. 《대도해》 완성까지 몇 년이 걸릴지……."

"회사는 정말로 사전을 만들 마음이 있는 걸까요?"

평소에는 감정을 거의 드러내지 않는 사사키가 이번만큼은 억울해하며 말했다.

"인원 보충도 없고 게다가 또 개정이라니. 우리가 포기하기를 기다리는 것 같아요."

마지메는 아라키와 니시오카가 재빨리 시선을 교환하는 것을 놓치지 않았다.

이 일주일 동안 마음에 걸렸던 것은 가구야 일뿐만이 아니다. 니시오카의 태도도 그랬다.

마지메는 니시오카한테 가구야에게 편지를 건넨 것, 답장을 아직 받지 못했다는 것을 얘기했다. 편지를 검토해 주었으니 보고하는 편이 좋을 거라고 생각해서였다. 니시오카는 그때마다 "호오" 하고 히죽거리거나, "뭐, 초조해하지 마. 가구야 씨는 러브레터를 무시하는 일은 하지 않을 거야" 하고 위로했다. 필요 이상 캐묻지 않았다. 뭔가 바쁜 것처럼 집필자들을 찾아다 니기도 하고, 편찬 작업 공정표를 다시 만들기도 했다. 평소의 니시오카라면 "그 뒤 어떻게 됐어?" 하고 성가실 정도로 물어 왔을 텐데, 역시 이상하다. 사사키는 갑자기 성실해진 니시오카를 기분 나빠할 정도였다.

"사전을 거의 혼자 완성시킨 선배도 있습니다."

마지메는 가라앉은 분위기를 바꾸려고 굳이 긍정적으로 발언했다.

"우리 편집부는 적어도 혼자가 아니잖습니까. 포기하지 말고 갑시다."

"그렇죠." 마쓰모토 선생이 믿음직스럽다는 듯이 마지메를 보며 끄덕였다.

"음, 아주 말하기 곤란한 얘깁니다만."

니시오카가 머뭇머뭇 말을 꺼냈다.

"아무래도 저, 봄에는 선전광고부로 이동이 될 것 같은데."

"예?"

"어째서?"

마쓰모토 선생과 사사키가 놀라서 소리를 질렀다. 니시오카는 조금 웃으며 고개를 숙였다. 아라키가 침울한 듯이 뒤를 이었다.

"회사 뜻입니다. 사전편집부에 인원을 할당할 수 없다는 거죠."
"그런……."
마쓰모토 선생은 책상에 놓인 보따리의 매듭을 꽉 쥐었다.
"그럼 내가 살아 있는 동안 《대도해》를 완성시킬 수 있을지 어떨지도……."
"그렇잖아도 일손이 부족하다고 우는소리 하는 참에!"
화가 난 사사키가 고개를 젓자, 어깨 결림이 누적된 탓인지 삐거걱 하고 큰 소리로 뼈가 울렸.

니시오카 씨가 이동한다? 마지메는 기가 막혀서 아무 말도 할 수 없었다. 아라키 씨는 촉탁, 마쓰모토 선생은 외부 감수자, 사사키 씨는 계약 사원이다. 그 말은 회사와 절충을 하는 것도, 편찬을 주도하는 입장에 있는 것도 사전편집부에서 나뿐이지 않은가!

혼자 사전을 편찬한 선배를 '위대하군요' 하고 우러러볼 때가 아니다. 겐부쇼보 편집부는 결국 마지메 한 사람뿐인 부서가 돼 버리고 말았다.

마지메는 엄청난 충격과 불안함에 비틀거리면서 업무를 마치고 소운장으로 돌아왔다. 방에서 '누포로 이치방'을 먹은 뒤 서고로 쓰고 있는 구석방에 틀어박혔다.

내일도 출근이지만 도저히 잠이 오지 않았다. 텔레비전도 없고 별다른 취미도 없는 마지메는 마음을 진정시키는 방법이라곤 독서밖에 몰랐다.

먼지내 나는 밤공기 속에 바로 앉아 심호흡을 했다. 책장에서 꺼낸 것은 네 권으로 나뉘어 나온 판본의 《언해言海》다. 일본 근대적 사전의 효시가 되는 《언해》는 메이지 시대에 오쓰키 후미히코가 혼자 편찬했다. 오쓰키 후미히코는 사재를 털고 갖고 있는 시간을 전부 쏟아 부어, 그야말로 자신의 생애를 바쳐 《언해》를 완성시켰다.

그런 기개와 각오가 내게 있을까?

헌책방에서 손에 넣은 《언해》를 무릎에 올려놓고 곰팡내 나는 페이지를 조심스럽게 넘겼다. '요리인'이라는 표제어에 시선이 멈추었다.

요리인 요리를 업業으로 하는 사람. 주인廚人.

'주인'이란 말은 최근에는 거의 듣지 못했다. 아무리 훌륭한 사전이어도 시대에 뒤처지는 숙명을 피할 수 없다. 말은 생물이기 때문이다. 《언해》가 현대에도 사용할 수 있는 사전인가 묻는다면 그러기에는 '낡았다'라고 대답할 수밖에 없다. 그러나, 하고 마지메는 생각한다.

《언해》의 사전으로서의 이념과 열정은 조금도 낡지 않은 채 이어지고 있다. 지금 많은 사람들이 애용하는 다양한 사전에. 사전 만들기에 임하는 이들의 가슴 속에.

마지메가 '요리인' 표제어에서 떠올린 것은 물론 가구야다. '요리를 업으로 하는 사람'. 이 '업'은 근무나 일이라는 의미이지만, 그 이상의 깊이도 느껴진다. '천명'에 가까울지도 모른다. 요리를 하지 않고는 견딜 수 없는 사람. 요리를 해서 많은 사람들의 배와 마음을 채우라는 운명을 지고 태어난 선택받은 사람.

가구야의 일상을 떠올리며, 마지메는 '직업과 관련해 '어찌할 수 없는 뭔가'를 '업'이라는 말로 설명하다니 과연 오쓰키 후미히코구나' 하고 감탄했다.

가구야 씨도, 《언해》를 만든 오쓰키 후미히코도, 아마 나도 '업'이라고밖에 표현할 수 없는 것에 의해 움직이고 있다.

마지메는 몇 번이나 몽상을 했다. 가구야 씨가 내 마음에 대답해 준다면 얼마나 행복할까, 미소 지어 준다면 기뻐서 죽을지도 모른다, 하고. 오늘날까지 운동과는 무관한 생활을 해 온 탓에 심폐 기능에는 자신이 없다. 거창한 비유가 아니라 가구야의 미소의 위력에 심장이 버틸 수 있을지 어떨지 몹시 의문이었다.

연애편지를 주는 게 아니었다. 가구야는 요리에 홀려 있다고 해도 좋을 정도로 요리사 수업에 매진하고 있다. 그런 가구야의 앞날을 방해하는 것은 마지메의 본의가 아니다. 마지메도 《대도해》를 편찬하기 위해 전력을 기울여야 하는 몸이다. 업에 얽매인다는 것이 어떤 것인지 잘 알고 있으면서 편지를 주고 말았다.

연애편지에 답장이 없는 것은 가구야의 곤혹스러움을 표현하는 것임이 틀림없다. 잠시라도 가구야를 고민하게 만드는 일은 하는 게 아니었다. 사랑이니 하는 연정은 마지메 혼자 가슴에 담아 두면 됐었다.

현관문이 조용히 열리는 소리가 났다. 가구야가 귀가한 것 같다. 그렇게 반성했음에도 마지메는 뭔가에 조종 당하듯이 벌떡 일어나 다리는 멋대로 방을 나가 복도로 향했다.

"가구야 씨."

목이 메었다. 가구야가 계단 중간쯤에서 돌아보았다. 검은 코트에, 머리는 풀고 있다. 피곤한지 평소에는 강한 빛이 서린 눈이 조금 졸린 듯했다.

"답장을 받고 싶습니다."

"답장……?"

가구야는 천천히 눈을 깜박였다.

"물론 거절이라면 사정없이 그렇다고 말해 주세요. 각오는 돼 있습니다."

"잠깐만. 그거 혹시 요전에 편지 이야기?"

"예, 여여여여."

긴장한 나머지 한참 더듬은 끝에 "연애편지 이야깁니다" 하고 간신히 대답했다.

가구야는 돌아본 자세 그대로 '우와'도 '으어'도 아닌 소리를 냈다. 가구야의 뺨이 점점 상기되더니 "미안!" 하는 조그마한 비명과 함께 몸을 돌려 2층으로 올라가 버렸다.

사과를 했다. 그 말은 거절인 걸까? 그렇다면 어째서 가구야 씨는 그렇게 얼굴이 빨개진 걸까? 차라리 오장을 도려내는 듯한 태도나 말을 던져 주면 좋았을 텐데.

엄청나게 귀여웠다.

스스로도 변태 같다고 생각했지만, 마지메는 "미안!" 하고 말할 때의 가구야 표정을 반추했다. 슬프다, 괴롭다, 귀엽다, 귀여워서 화가 난다. 다양한 감정이 소용돌이치는 가운데, 마지메는 복도에 우두커니 서 있었다. 밀려드는 냉기를 느끼지도 못했다.

마지메는 시간이 한참 흘러 잠옷을 입은 어깨가 싸늘해져도 우두커니 서 있었다. 2층에서 가구야가 바스타월과 갈아입을 옷을 들고 내려왔다. 아직 계단 아래 있는 마지메를 보고 깜짝 놀란 것 같았다.

"미안, 샤워하러 가야 해서."

빠르게 말하고 마지메 옆을 지나갔다.

두 번이나 사과를 받았다. 마지메는 그제야 천천히 움직임을 재개했다. 서고로 돌아가 다다미에 그냥 팽개쳐 둔 《언해》를 책장에 꽂았다. 그리고 자기 방에 가서 창을 조금 열어 둔 뒤 이부자리에 쏙 들어갔다.

형광등 줄을 당겨 불을 껐다. 불어오는 바람 탓에 실온이 점점 내려갔다.

"도라."

불러도 대답은 돌아오지 않았다. 어두운 천장을 올려다보던 마지메는 견딜 수 없어서 눈을 감았다. 그래도 부족해 팔로 눈을 가렸다.

아무리 진하고 깊은 검은색이어도 지금의 기분을 칠할 수 있을 것 같지 않다.

"도라, 도라."

마지메는 중얼거리다 결국 조금 오열했다. 정말로 부르고 싶은 이름은 따로 있다.

형광등 줄에 달린 방울이 맑은 소리로 살짝 울렸다. 잠시 잠이 들어 버린 것 같다. 회사에서도 소운장에서도 급격히 감정이 흔들릴 뿐만 아니라, 자신도 모르는 사이 피로가 쌓여 도피하듯이 의식을 놓고 있었던 것 같다.

이불 위로 희미한 무게와 온기를 느꼈다. 도라. 마지메는 얼굴을 가리고 있던 팔을 내리고 매끄러운 털을 쓰다듬어 주려고 배 주변을 더듬었다.

"왔니?"

마지메의 손가락 끝이 고양이 털과는 명확히 다른 물체를 감지한 것과 가구야의 소리가 난 것과는 거의 동시였다.

"응, 왔어."

"으악."

마지메는 놀라서 소리 지르며 얼른 몸을 일으키려고 했지만 그러지 못했다. 그때는 가구야가 본격적으로 마지메의 배에 올라타 있었기 때문이다. 가구야는 마지메 위에 엎드린 꼴로 뺨을 갖다 댔다. 금방 목욕을 하고 나온 젖은 머리를 마지메 손가락에 맡긴 채 어두컴컴한 속에서 미소 짓고 있다.

"그렇게 정성껏 쓴 편지를 받고 안 올 수가 없잖아."

마지메는 심장이 뚫려 제대로 말을 할 수 없었다. 꿈이 아닐까? 몇 번이나 침을 삼키며 공기덩어리가 막힌 듯이 느껴지는 목을 벌렸다.

"그렇지만 편지를 드린 뒤 한참 시간이 지났는데."

"미안. 연애편지인지 뭔지 확신을 가질 수 없었어."

가구야의 손가락이 마지메의 뺨을 더듬었다. 빨래를 한 탓인지 거칠고 까칠한 감촉이 났다.

"주인아저씨는 '나 한자 못 읽어' 그러고, 선배는 웃기만 하고."

"가게 사람한테 보여 줬습니까?"

한자를 쓸 생각은 없었는데, 문장이 조금 딱딱했던 것 같다. 마음속을 전부 담은, 그러나 쓸데없이 난해한 편지를 당사자 이외에도 읽었다니. 마지메는 부끄러웠다.

"할머니는 '직접 물어보면 되잖아' 하고 부추겼지만. 미짱은 평소와 다름없는 태도여서 점점 확신을 가질 수 없더라고."

변하지 않는 게 당연하다. 처음으로 가구야를 만났을 때부터 마지메의 태도는 일관되게 수상했다. 모두 연정 탓이다.

"좋아합니다."

마지메는 지금까지 살아오면서 한 말 중 가장 진지하게 말했다.

"유원지에서 몇 번이나 '혹시나' 하고 생각했었어."

가구야는 마지메의 가슴팍에 이마를 대고 안심한 듯이 숨을 쉬었다.

"그렇지만 아무 말도 하지 않아서."

"미안해요. 익숙하지 않아 가지고."

"미안하단 말 하지 마. '그럼 좀 더 상태를 볼까' 하고 머리를 썼지 뭐야. 그걸 자백하고 싶었을 뿐."

"자백이라고요?"

"응."

얼굴을 든 가구야와 눈이 마주쳤다. 가구야가 즐거운 듯이 웃고 있어서 마지메도 웃었다. 심장은 한계까지 뛰었지만, 다행히 파열이나 기능이 정지되는 일은 없었다. 가구야의 얼굴이 가까이 다가오더니 마지메의 입술에 부드럽게 입술이 닿았다. 마지메는 코를 훌쩍거리지 않도록 주의하면서 신중하게 가구야의 머리에서 감도는 달콤한 향을 맡았다. 꿈이 아닌 것 같다는 걸 그제야 확신할 수 있었다.

"왜 그렇게 굳어 있는 거야?"

"미안합니다. 익숙하지 않아서."

"익숙한 게 필요해?"

가구야가 진심으로 이상하다는 듯이 물어서, 마지메는 용기를 내 행동으로 옮기기로 했다. 열정만이 아니라 이성도 가구야를 원한다고, 뇌를 포함한 몸 전체가 말하고 있었다.

마지메는 가구야를 안은 채 몸을 일으켜 일단은 가구야를 옆으로 치운 뒤 이불을 젖혔다. 살짝 잡은 손을 빼기도 전에 가구야가 이불 대신 덮쳤다. 마지메는 가구야의 몸에 두 팔을 둘렀다. 뚱뚱한 도라보다 훨씬 낭창하고 부드러웠다.

"그런데 다음부터는 좀 현대식 러브레터를 써 줄래? 해독하는 데 시간이 너무 걸려."

"고려하겠습니다."

창을 닫는 걸 잊었구나 생각했지만, 추위 따위 신경 쓰이지도 않았다.

실내에서 새어 나가는 소리를 지우듯이 도라의 울음소리가 용수로를 건너갔다. 이웃의 고양이를 모두 거느린 도라의 위엄 있는 포효. 달밤이다.

젖은 듯 파랗게 빛나는 가구야의 눈은 더할 수 없이 아름다웠다.

3

 오홍. 니시오카 마사시는 출근해서 마지메 미쓰야의 얼굴을 본 순간 모든 걸 간파했다.
 "굿모닝, 마지메. 뭐 좋은 일 있었어?"
 "아뇨, 딱히."
 마지메는 니시오카에게 시선도 보내지 않고 빨간 연필을 들고 속속 들어오고 있는 《대도해》 원고 교정을 보고 있다.
 사전 원고는 다소 특수하다. 잡지에 싣는 기사나 소설과 달라 집필자의 특성이나 문장의 개성 같은 것은 그리 존중되지 않는다. 사전에서 중요한 것은 '얼마나 간결하게, 적확하게 표제어를 말로 설명할 수 있는가'이기 때문이다. 사전 편집자는 모아 놓은 원고를 착착 손질하여 문체를 통일하고 뜻풀이의 정밀도를 높인다. 집필자와 되도록 협의는 하지만, 편집자가 문장을 수정할 수도 있다고 미리 양해를 구해 놓는다. 그만큼 사전

편집자의 부담과 책임은 크다.

집중해서 빨간 연필을 휘두르는 자세는 훌륭하지만, 지금의 마지메는 그저 단순히 수줍어하고 있을 뿐이다.

니시오카는 옆자리에서 마지메를 관찰하며 그렇게 결론지었다. 마지메는 일사불란을 가장하면서 자꾸 벌어지는 입을 이따금 어금니 악물며 다잡고 있다. 수면 부족인지 눈은 벌겋게 충혈됐는데 피부는 묘하게 반짝거린다.

틀림없다.

고교 시절에 어느 날 아침 갑자기 이런 피부의 질감으로 교실에 나타나는 놈이 더러 있었다. 설마 회사에서 서른 가까운 동료의 반짝반짝 번쩍번쩍거리는 피부를 목격하게 될 줄은 생각지도 못했지만.

뭐가 '딱히'야. 할 거 다 하고 와서는. 니시오카는 슈트 상의를 벗어 주름이 지지 않도록 의자 등에 걸쳤다.

이렇게 될 거라고는 생각했다. 니시오카에게 여자란 수수께끼 같은 생물이어서 '어째서 이런 놈을?' 하고 목뼈가 부러져라 고개를 갸웃거리고 싶어지는 남자를 고른다. 남자를 선별할 때 외모나 저축액이나 사회생활에서 요구되는 좋은 성격은 거의 관계없다. 니시오카는 여자가 중시하는 것이 '자신을 얼마나 소중히 하는가'라는 걸 수많은 경험으로 알고 있었다. "성실하네요"라고 여자가 말하면 대부분의 남자는 무시당한 게 아닌가 생각한다. 그러나 어쩐지 여자는 '성실함'을 진심으로 최상급 칭찬이라고 생각하는 것 같다. 게다가 그 '성실함'의 내실이 '나한테 절대 거짓말을 하지 않고 나한테만 자상하게 대해 주는 것'을 가리키기도 한다.

하여간 못 어울려 주겠다니까. 아니, 어울리고 싶은데 못하겠어.

물론 니시오카는 여자한테 "성실하네요" 하는 칭찬을 받은 적이 없다. 필요에 따라 거짓말도 하고, 기분에 맞춰 자상함의 양을 조절한다. 그게 진정한 성실이지, 뭐, 하고 반쯤 포기했다. 필연적으로 어느 여자와도 길게 가질 않는다.

결국 마지메 같은 녀석이 정말로 인기 있는 남자인 건가. 성실함만이 장점인 신통찮아 보이는 녀석이지만, 그래도 뭔가 매력이 없지는 않아서 일이나 취미에 열심히 빠져드는 녀석.

니시오카는 한숨 한 번 쉬는 걸로 기분 전환을 하고, 열심히 원고 독촉 메일을 쓰기 시작했다. 멍하니 있을 시간이 없다. 딱딱한 그루와 가지만 남은 벚나무 내부에서 은밀히, 그러나 확실하게 봄으로 향할 준비는 시작되고 있다. 선전광고부로 이동할 때까지 할 수 있는 일은 모두 해 놓기로 결심했다. 대외 교섭이 서툰 마지메를 위해.

사전편집부에 온 마지메를 가까이서 보았을 때 '이놈 또 장절하게 평사원으로만 지낼 것 같군'이라고 생각했다. 멋없는 사전편집부에 딱 어울리는 인재네, 라고도. 아라키에게 마지메의 존재를 알려 주긴 했지만 괜찮을지 불안했다.

마지메 이야기는 동기 중에 영업부에 있는 요쓰카이치 요코에게 들었다.

"새로 온 신입사원이 영 기분 나빠."

요코는 카레 먹던 손을 멈추고 그렇게 말하며 미간을 찌푸렸다.

"대학원에서 언어학을 전공한 우수한 남자라고 선전하더니만."

요코와는 동기 중에 비교적 마음이 잘 맞는 편이어서 함께 미팅을 주재하기도 하고 몇 개월에 한 번 정도는 술을 마시러 가기도 한다. 그래서 니시오카도 "호오, 어떤 식으로?" 하고 가벼운 마음으로 그다음 얘기를 재촉했다. 겐부쇼보 본관 지하에 있는 사원 식당에서의 일이다.

"머리는 맨날 덥수룩해."

"곱슬머린가 보네."

"자기 책상뿐만 아니라 영업부 책장을 전부 정리해."

"센스 있고 편리한 신입이네."

"정리 방법이 도토리를 숨기는 다람쥐 같아. 바지런한 작은 동물. 게다가 서점 순례를 가잖아? 돌아올 때는 반드시 '또야' 싶을 정도로 헌책방 종이 가방을 들고 와. 서점 순례는 제대로 하는 걸까? 게다가 월급날 전이면 생라면을 씹어 먹어. 역시 헌책을 너무 사 대서 돈이 없기 때문이겠지?"

"나한테 묻지 마."

"재수 없지 않니?"

"뭐 좀 특이하긴 하네."

"니시오카도 그렇고 신입 녀석도 그렇고 대체 우리 회사 채용 기준은 어떻게 된 건가 몰라."

탄식하며 요코는 카레를 깨끗이 먹어 치우고 숟가락을 컵의 물에다 저었다. 숟가락을 지저분한 채로 두는 게 마음이 놓이지 않는다고 한다. 밝고 현명하고 좋은 여자라고 생각하지만, 이 버릇만큼은 도저히 받아들이기 힘들다.

"앗, 낭패."

숟가락을 쟁반에 내려놓은 요코가 니시오카의 등 뒤를 보고 고개를 숙였다.

"그 신입사원이 있어. 어떡하지."

니시오카는 넌지시 돌아보았다. 조금 떨어진 테이블에서 키가 큰 남자가 일어서는 참이었다. 과연, 머리칼이 종횡무진 마구 헝클어져 있다. 샌드위치가 있었던 듯한 접시를 한 손에 들고, 다른 한 손에는 누런 문고판 책을 든 남자는 페이지에 시선을 떨어뜨린 채 식기 반납구로 걸어갔다. 그리고 그 직후, 관엽식물 화분과 정면충돌했다. 잎에 쌓인 먼지가 후루룩 날려 회사 식당 안의 시선이 모였다. 내려온 안경을 바로 쓰지도 않고 남자는 화분을 향해 머리를 숙였다.

"못 듣지 않았을까?"

자신의 세계에 빠져 있는 타입이군. 다시 요코 쪽을 향한 니시오카는 마지메를 그렇게 분석했다. 니시오카가 가장 고역으로 생각하는 부류다.

'그렇게 생각했는데 어째서 이렇게 돌봐 주려는 건지.'

니시오카는 맞은편 자리에서 국수를 후루룩거리는 마지메를 바라보았다. 오전 일을 마치고 항상 돈이 없어서 허덕거리는 마지메를 회사 근처 국수집으로 부른 것이다. "내가 쏜다"라고 하자, 마지메는 조심스럽게 메밀국수를 주문했다. 그래도 충분히 만족스러운지 맛있게 먹었다.

"무슨 얘긴데요?"

네 이야기야, 하고 대답할 수도 없어 니시오카는 "그냥" 하고 얼버무렸다. 국수를 다 먹어 치운 마지메는 양념 장국을 국수물에 부었다. 니시오카가 먹은 것은 닭고기 계란 덮밥이어서 무료했다.

"어이, 번쩍번쩍."

"저 말입니까?"

마지메는 의아하다는 듯이 머리에 손을 올렸다.

"머리숱만큼은 풍성한 편이라고 생각합니다만."

"가구야 씨하고는 어떤 느낌이었어?"

"덕분에."

마지메는 얼버무리려 했지만 니시오카의 날카로운 눈빛에 더 이상 피하는 건 불가능하다고 깨달은 것 같다. 양념 장국 그릇을 테이블에 내려놓고 깍듯하게 얘기했다.

"믿기 어렵겠지만, 가구야 씨도 나를 밉지 않게 생각했던 것 같습니다. 그러나 사전 만드는 데 방해가 되면 안 될 것 같고, 요리사 수업에 방해를 받아도 곤란하고, 그래서 오만 갈래로 마음이 갈라지는 사이 시간이 지났다고 하더군요."

"오, 그래. 잘 됐네. 동정도 버리고."

겐부쇼보 사원들이 종종 이용하는 가게여서 일단 '동정' 부분은 배려하여 목소리를 낮추었지만, 마지메는 쑥스러워하지도 않고 "예" 하고 끄덕였다.

"얘기를 나누어 보았는데요, 서로 방해받고 싶지 않은 세계가 있기 때문에 우리는 잘 맞지 않을까 하는 결론에 이르렀습니다."

"오오, 그랬어?"

아, 정말 못 들어 주겠네. 기가 막혀서 말이 안 나오는군. 확실히 너한테는 잘 어울려, 마지메. 사전편집부도, 가구야 씨도.

나는 지금까지 뭔가에 빠져 있었던 적이 한 번도 없다. 앞으로도 없을 것이다.

마지메는 니시오카의 미소를 어떤 의미로 받아들일지 양념장국 그릇을 들고 구김살 없는, 하지만 조심스런 미소로 바라보았다.

마지메가 사전편집부에 이동해 왔을 때부터 니시오카에게는 예감이 있었다. 나는 버림받겠구나, 하는 예감이.

니시오카도 입사 이후 나름대로 사전 편찬 작업에 최선을 다해 왔다. 사전에는 아무런 흥미도 관심도 없었지만, 사전편집부에 배치된 뒤로는 내 일이라 생각하고 열심히 했다.

사사키의 쌀쌀맞음에 견딜 정신력을 키웠다. 마쓰모토 선생의 행동 패턴과 음식 기호를 꼼꼼히 조사했다. 아라키의 사전에 대한 별나기까지 한 고집을 자연스럽게 받아넘기는 기술을 익혔다.

그래도 아라키에게는 늘 야단맞았다.

"'집착'은 좋은 의미로 쓰이면 안 되는 말이야. '장인이 고집한 일품'이라는 표현을 흔히 쓰는데, 그건 오용이야. '고집'의 본래 의미는 '구애하는 것. 트집 잡는 것'이니까."

니시오카는 아무리 야단을 맞아도 주눅 들지 않았다. "아라키 씨는 사전에 구애하고 있는 것이니 오용이 아니죠"라고 말하고 싶었지만 "예, 예" 하고 그냥 들어 두었다.

사전 만들기에 임하려면 아무래도 어두컴컴한 편집부에 틀어박혀 있기 마련이다. 조금이라도 분위기를 부드럽게 하고, 전원이 기분 좋게 일할 수 있도록 니시오카 나름대로 신경을 써 왔다.

사전편집부에서 5년을 보내는 동안 편집부 내에서 자신의 위치와 존재 의의를 찾게 되었다. 약간 애착도 생겼다. 사전에 대해서도, 사전을 사랑하지 않을 수 없는 사람들에 대해서도.

그런데 마지메의 등장으로 상황은 돌변했다.

아라키는 마지메에게 높은 기대를 품고 있음을 감추지 않았다. 마쓰모토 선생도 말은 하지 않지만, 마지메의 근무 태도를 바람직하게 생각하는 것 같다. 상대가 누구건 발사되는 사사키의 쌀쌀함조차 그렇게 생각해서인지 엄마나 누나 같은 친밀함이 느껴졌다.

니시오카를 대할 때와 전혀 다르다.

그것도 어쩔 수 없다. 마지메의 사전 만들기 센스와 적성은 차원이 달랐다. 마지메가 이동해서 한 달도 지나지 않은 사이 니시오카도 인정할 수밖에 없었다. '이 녀석은 그릇이 다르구나'라는 걸.

마지메는 말은 잘 못하지만 언어에 대한 감각이 예리하다. 니시오카가 오랜만에 만난 조카 얘기를 하며 "요즘 애들은 조숙해ぉませ"라고 했다.

"그렇지!"

마지메는 갑자기 소리치며 가까이 있는 사전을 찾기 시작했다.

"'조숙하다ぉませ'는 아이의 성별에 관계없이 사용하지만, '깜찍하다ぉしゃま'는 여자아이에게밖에 쓰지 않죠. 그 뉘앙스의 차이를 어떻게 표현하면 좋을까."

마지메는 이내 다른 생각을 하기 시작해서 대화가 중단되는 일이 종종 있다. 그때도 니시오카는 마지메를 도와서 '조숙하다'와 '깜찍하다'에 대해 용례채집카드며 각종 사전을 조사했다.

마지메가 만든 용례채집카드는 빼곡한 서가 속에서 빛을 발하는 것 같았다. 지금까지 마쓰모토 선생과 대대로 내려오는 편집부원이 모은 방대한 양의 카드 틈을 적확하게 메워 나갔다.

마지메의 집중력과 지속력도 놀라울 만한 것이었다. 집필요령을 쓰거나 용례채집카드를 정리할 때는 니시오카가 말을 걸어도 전혀 귀에 들어오지 않는 것 같다. 점심도 먹지 않고 몇 시간이나 책상 앞에 앉아 있다. 검은색 팔 토시가 종이에 문질러져 발화할 것 같은 기세다. 정리가 제대로 안 된 곱슬머리가 드디어 자유분방하게 중력을 거스르는 것 같아 보인다.

"최근에 물건을 집기 힘들어졌어요."

마지메는 웃으며 말했다. 자료를 너무 뒤져서 지문이 닳아버린 것 같다고 했다. 니시오카는 5년째 사전편집부에 있지만, 지문은 아직 건재한데.

마지메는 평소 외모도 자신에 대한 타인의 평가도 전혀 신경 쓰지 않고 당당하면서, 말이나 사전에 관한 일이면 사람이 달라진다. '집념이 깊다'고 해도 좋을 만큼 끈질겨서 납득이 갈 때까지 생각하며 편집 회의에서도 의견을 분명히 주장한다.

위험해, 하고 니시오카는 생각했다. 사전은 상품이다. 빠져들어서 만드는 것도 중요하지만, 어딘가에서 절충해야 한다. 회사의 의향, 발매 시기, 페이지 수, 가격, 많은 집필진 등과. 아무리 완벽을 기해도 말은 생물처럼 움직인다. 사전은 진실한 의미에서 '완성'을 하지 못하는 서적이다. 너무 빠져들면 '여기까지 하고 그다음은 세상에 물어보자' 하는 결단을 내리지 못하게 된다.

니시오카는 선망도 질투도 있지만, 도저히 마지메를 미워할 수 없었다. 그 심상찮은 열의도 포함하여 마지메는 눈을 뗄 수 없는 존재였다. 마지메의 위태로움을 지켜보며 장사가 되는 사전 만들기로 유도할 수 있는 것은 자기밖에 없다고 믿었다.

내가 선전광고부로 이동하면 사전편집부는, 마지메는, 어떻게 될까.

불안한 마음에 니시오카는 드물게 일에 매진했다. 집필진에게 꼼꼼하게 연락하고 원고를 걷고, 아직 쓰지 않은 사람에게는 "부디 마감까지" 하고 다짐을 받았다. 그런 대외 교섭은 마지메에게 가장 취약점이라고 판단했기 때문이다.

전부 니시오카의 기우일 수도 있다. 니시오카가 없어도 사전편집부의 하루하루는 의외로 평온하게 지나갈지도 모른다. 사전에 대한 끓어오르는 열정과 말에 대한 날카로운 감성을 무기로 마지메는 유유히 《대도해》를 편찬할 것 같은 느낌이 든다.

니시오카는 혼자 초조해했던 건지도 모른다.

'우메노미'에서는 손가락이 오그라들 것 같은 광경이 전개되었다.

마지메는 최대한 가구야와 눈을 마주치려고 하지 않았다. 그릇을 받아들 때 조금이라도 손가락 끝이 닿을라치면 얼굴이 빨개졌다. 가구야는 지금까지보다 더 자주 "미짱"이라고 불렀다. 그러면서도 편애로 보이면 안 된다고 의식한 나머지 마지메의 앞접시에만 명백하게 양이 적었다.

뭐야, 뭐야. 너희들 중학생이냐. 뭘 하고 싶은 거야.

니시오카의 초조함은 최고조에 이르렀다.

아라키, 마쓰모토 선생, 사사키도 역시 두 사람의 관계가 진전됐다는 사실을 깨달은 것 같다.

"그런 상태로 사전 만들기에도 힘을 쏟아 주게."

"《마음》이 재현되지 않은 것은 유감입니다만."

"그런데 대체 언제?"

저마다 마지메를 놀리며 축복했다. 마지메는 마른 등을 구부리며 "하아" "아이고"라고만 했다.

"니시오카 씨, 유리한 노선으로 가고 있었던 것 아니에요?"

니시오카는 사사키에게 차가운 시선을 받고 웃었다.

"아무래도 함께 살고 있으니 마지메가 유리했죠."

"늘 말로만 잘났다니까."

"그게 니시오카 씨의 장점이죠."

니시오카는 거들어 주는 마쓰모토 선생에게 술을 따랐다.

"과연 마쓰모토 선생님은 저를 이해해 주시는군요!"

"말로만 잘난 게 장점이라니."

사사키는 어이없다는 듯이 고개를 저으며 "술 두 병 추가요" 하고 카운터를 향해 말했다.

가구야는 숭어 소금구이를 하는 주인의 손놀림을 열심히 지켜보고 있다. 술을 가져온 사람은 선배 격인 요리사였다. 무뚝뚝하긴 하지만 남자답다.

"주방장님은 가구야 씨하고 같이 일하면서 아무 생각도 없었어요?"

니시오카가 적당히 데워진 잔을 받아들면서 물었다.

"아무 생각도, 라니요?"

"귀엽고 일도 열심히 하잖아요. 그런데 이런……."

턱으로 마지메를 가리켰다. "변변찮은 놈과 짝이 되다니, 아깝지 않아요?"

"니시오카 씨, 취했군요?"

마지메가 당황한 것 같았다. 니시오카의 발언을 분산시키려는 듯이 테이블 위에서 바쁘게 두 손을 흔들었다. 선배 요리사는 재미있다는 듯이 한쪽 눈썹을 올렸다.

"저는 유부남이니까요."

아내가 있어도 물고 늘어지라고. 니시오카는 조그맣게 혀를 찼다.

"다만 하야시가 가는 길을 막는다면 가만 안 둘 겁니다 しめます. 기본형 시메루 しめる. 저한테는 소중한 여동생이거든요."

요리사는 입술 끝에 미소를 지으며 주방으로 돌아갔다.

"멋있다."

니시오카는 사사키가 뺨을 붉히는 걸 처음 보았다.

"젊다는 건 저런 걸 말하는구나."

아라키도 감탄한 듯이 중얼거렸다.

정작 '가만 안 둔다'는 말을 들은 마지메 본인은 마쓰모토 선생하고 "'응징하다코라시메루こらしめる'라는 의미의 '시메루'는 역시 '히키시메루ひきしめる 세게 죄다. 죄어 매다'에서 온 걸까요?"

"저 요리사가 가만 안 둔다고 하니 뭔가 식초로 응징할 것 같군요" 하는 얘기를 태평스럽게 나누고 있다.

재미없다.

"슬슬 시메しめ, 이것저것 먹어 본 뒤 마무리 하는 음식를 주문하겠습니다! 우동이 좋은지, 오차즈케가 좋은지 손들어 보세요오."

살짝 약이 오른 니시오카가 큰 소리로 말했다. 마지메가 조심스럽게 우동에 손을 들었다.

아사가야에 있는 집으로 돌아왔다. 텔레비전을 보고 있던 미요시 레미가 거실 소파에 누운 채로 니시오카를 맞이했다.

"어서 와."

"여전히 눈이 번쩍 뜨일 만큼 못생겼군."

니시오카는 코트를 벗어 들고 레미를 내려다보며 조용히 말했다.

"그런 말 하면 상대가 상처 입을 거라 생각하는 마사시의 잠이 올 것 같은 한심함에 진심으로 질렸어."

레미는 소파에서 일어나 손발에 바른 매니큐어의 건조 상태를 확인했다. 옅은 펄 베이지색 바탕에 반짝거리는 조그만 돌까지 붙여 놓았다. 쓸데없이 꼼꼼한 여자라고 생각하면서 니시오카는 "미안"이라고 했다.

레미와의 사이는 악연이라고 표현하는 것이 가장 어울린다. 레미는 미인은 아니지만, 깔끔하고 성격이 밝아서 이성에게나 동성에게나 호감을 사는 타입이다. 니시오카도 레미를 '귀여운 후배'라고 생각했다. 학교 다닐 때 누구하고 사귀었는지도 아마 서로 전부 파악하고 있을 것이다.

두 사람의 관계가 변화한 것은 니시오카 기수의 졸업생 송별회 날 밤부터다. 싫지는 않아서 술기운에 섹스를 했다.

니시오카는 다음 날 아침 화장을 지운 레미의 얼굴을 보고 속으로 경악했다. 눈이 쌍겹에서 외겹이 되어 있었고, 속눈썹 양이 7할 정도 줄었고, 눈썹은 안개처럼 희미하게 사라져 있었기 때문이다. 한마디로 말해서 못생겼다.

사실 놀라기는 했지만 싫지는 않았다. "특수 분장 버금가는 화장 기술을 갖고 있네" 하고 솔직하게 감탄하며, 귀여워지기 위해서라면 노력을 마다 않는 자세에 감동도 했다.

그 이후 서로의 집을 오가게 되었다. 니시오카 앞이라면 레미는 바로 화장을 지운다. 니시오카도 레미에 대해서는 별로 신경 쓰지 않고 말하고 싶은 대로 내뱉는다.

그렇지만 "사귀냐?"라고 누가 물으면 "잘 모르겠어"라고 대답할 수밖에 없다.

니시오카는 미팅에 나가서 잘되면 다른 여자와 잤다. 단기간이지만 교제로 발전하는 일도 있었다. 레미는 거기에 대해 아무 말도 하지 않았다. 니시오카에게 여자가 생겼다는 걸 눈치채면 집에 오지 않다가, 헤어졌을 무렵에 다시 어슬렁어슬렁 나타난다.

어쩐지 레미도 다른 남자가 있을 때가 있었던 것 같다. 니시오카는 따지고 묻는 것이 옳은지 그른지 판단이 서지 않아 잠자코 있었다. 학생 시절이라면 그런 일 아무렇지도 않게 서로 지껄일 수 있었겠지만. 섹스를 하면 되레 거리가 멀어지니 거 참 묘한 일이다.

니시오카는 '상대 남자는 레미 민얼굴을 모를 거야'라고 생각하는 것으로 마음속의 안개를 잠재웠다. 안개의 정체가 레미에 대한 애정에서 나온 질투심인지, 단순히 아이 같은 독점욕인지 그것도 판단이 서지 않았다.

지지부진한 인연은 계속되었다.

"방금 가구야 씨의 눈부심을 보고 오는 길인데, 한참 차이가 나서 말이야."

"가구야 씨라니?"

"가끔 가는 일식집 아가씨."

"미인이구나."

"좀 보기 힘든 레벨이지."

"하여간 밝히기는. 저질."

뾰루퉁해진 레미는 소파에 앉아 있는 니시오카에게 몸을 부딪쳤다. 호박이 그런 표정 지으면 더 못생겨 보이니 관둬. 그렇게 생각했지만 레미의 체온을 느끼자 왠지 모르게 기분이 풀린 것도 사실이다.

레미의 머리칼에서는 좋은 향이 났다. 언제나처럼 남의 집 욕실을 멋대로 사용한 것 같다. 같은 샴푸일 텐데 레미가 사용하면 달콤함이 더하다. 몸으로 쿵쿵 치면서도 레미의 눈은 웃고 있다.

이래서 니시오카는 안심하고 말할 수 있다.

"좋잖아, '좀 보기 힘든 레벨'과 비교하니."

"비교하는 게 실례라고."

잠시 소파에서 서로 밀고 밀리기를 한다.

마지메는 어떤 식으로 가구야 씨를 안았을까. 니시오카는 상상력이 풍부한 편이 아니어서 구체적인 영상이 떠오르지 않았다. 다만 왠지 모르게 가구야는 행복하게 웃으며 마지메를 올려다보았을 것 같다.

'미인은 3일이면 질린다'고 하지만, 마지메는 가구야 씨하고, 나는 결국 이런 느낌인 채로 레미와 결혼하게 되는 걸까. 너무 하지 않아, 그거?

니시오카는 아랫입술을 가볍게 깨물며 눈앞의 풍경으로 의식을 되돌렸다. 아주 가까운 거리에서 레미의 당당한 외겹 눈을 들여다보았다. 매일 아침 레미가 어떻게 외겹을 쌍겹으로 만드는지 자세한 기술은 모른다. 화장 가방을 들고 세면실에 들어가서 나올 때는 쌍꺼풀이 되어 있다. 변신 마법 같다고 늘 생각한다.

"사실은 그냥 종업원이 아니지?"

레미는 나른한 듯이 속삭였다.

확실히 가구야는 종업원이 아니라 요리사지만, 그걸 말하는 것은 아닌 것 같다.

"무슨 뜻이야?"

"요즘 왠지 힘이 없더라. 단순히 미인 종업원이란 것뿐만이 아니라 뭔가 좀 더……."

소파 위에서 무릎을 껴안은 레미는 니시오카의 가슴 언저리에 시선을 떨어뜨렸다.

"정말로 좋아하는 거 아냐?"

예리하다. 레미의 이런 부분이 지지부진한 인연을 이어가게 하는 한 요인일지도 모른다.

니시오카는 팔을 펴서 레미를 끌어당겼다.

"그럴 리 없잖아."

일부러 밝게 말했다. "내가 아무 생각 없이 말하는 놈인 건 레미가 제일 잘 알 줄 알았는데."

레미는 살짝 몸을 비틀어 포옹하는 틈으로 니시오카의 표정을 엿보았다. '겁쟁이인 건 알지만'이란 말을 하고 싶어 하는 것 같다. 니시오카는 조금 유쾌해졌다. 못생긴 주제에 눈 치뜨는 건 좀 그만두라고. 한이 맺혀서 노려보는 것 같으니까.

"목욕하고 올게."

니시오카는 소파에서 일어섰다.

"너 내일 회사는?"

"당근 가지."

"그럼 일찍 자."

아직 취기가 조금 남아 있어서 샤워만 하기로 했다. 니시오카는 뜨거운 물세례를 맞으면서 생각했다.

레미에게 들키지 않았을까. 레미가 말한 대로 가구야는 내게 '단순히 예쁜 종업원'이 아니었다. 그렇다고 정말로 좋아한 것도 진지하게 넘어뜨리고 싶다고 생각한 것도 아니지만.

나는 다만 마지메를 이기고 싶었다. 만약 가구야가 나를 선택해 주었다면 이 열등감도 조금은 옅어지지 않을까 하고, 바보 같은 몽상을 했다. 그런 사태를 진지하게 믿었던 것도, 실현하기 위해 전력으로 공격하려고 생각한 것도 아니지만.

니시오카에게도 자존심은 있다. 어떤 것에도 그리 빠져들지 못하고, 일은 무난히 하고 있지만 바람직한 평가는 얻지 못하고, 늘 타인과 능력을 비교하며 초조해했다. 그런 비굴한 자신을 아무에게도 알리고 싶지 않았다.

니시오카의 한심하고 시시한 모습을 계속 지켜보아 온 레미에게조차도.

쓸데없는 자존심만 비대해져서 '무턱대고 덤벼드는 것'은 못할지도 모르지만 말이다.

탈모 예방으로 발모제를 두피에 스며들게 바르고 꼼꼼하게 말린 뒤 침실로 향했다. 레미는 세미더블 침대 끝에 누워 눈을 감고 있었다.

니시오카는 빈 공간에 파고들어 한숨을 한 번 쉬었다.

좁고 답답하지만 레미와 자는 것이 싫지 않다. 옆 탁자 위의 스탠드 불을 껐다. 잠시 후 어둠에 익숙해지자, 커튼 틈으로 들어오는 가로등 불빛만으로 천장 구석구석까지 볼 수 있게 되었다. 농담濃淡이 생긴 파란 밤의 그림자.

"고민 있으면 말해도 돼."

이미 잠든 줄 알았던 레미의 목소리가 들렸다. 니시오카는 얼굴을 옆으로 돌렸다. 레미는 눈을 감은 채다.

"자기 억지로 태연한 척하고 있는 거잖아."

뭐야, 너. 애인인 척하는 거냐. 아니면 엄마나 누나라도 되냐? 너 따위는 그저 섹스 파트너일 뿐이라고.

니시오카는 공연히 짜증이 나서 차라리 그렇게 내뱉어 버릴까 하는 충동이 끓어올랐다. 그런데 두꺼운 눈두덩을 감고 반쯤 꿈의 세계에 가 있는 듯한 표정을 바라보다, 자기도 모르게 레미의 머리칼을 쓰다듬고 있었다.

"내가 그렇게 힘이 없어 보이냐?"

"응."

"그렇지 않다는 걸 증명할까?"

"바-보."

레미가 팔을 밀치며 니시오카에게서 몸을 떼려고 했다. 간지럽다는 듯이 웃고 있다. 어느새 니시오카도 웃고 있다. 레미의 머리를 조금 억지로 껴안았다. 부드러운 머리칼이 코끝을 간질여서 다시 한 번 한숨을 쉬었다. 이번에는 보다 심호흡에 가까운 한숨이었다.

따로따로 잠이 들어도 서로의 고동만은 들렸다.

사전편집부에서는 《겐부학습국어사전》 개정 작업이 진행 중이다.

마쓰모토 선생은 하나의 사전이 무사히 출판까지 이르러도 절대 긴장을 늦추지 않았다. 언제나 "거기서부터가 진짜 시작입니다"라고 한다. 궁금한 표현이나 젊은이들의 유행어를 발견해서는 날마다 새로운 용례채집카드를 만든다.

개정 작업은 그 용례채집카드를 검토하는 것부터 시작했다. 《겐부학습국어사전》 개정판에 표제어로 새롭게 채택할 만한 말은 어떤 것인지.

반대로 일단은 표제어로 채택했지만 "이건 별로 《겐학》(편집부 내에서는 《겐부학습국어사전》을 이렇게 줄여서 부른다)에는 필요 없었어" 하는 말도 있다. 그것들은 개정판에서 제외한다.

사전에 한번 실린 말을 삭제하는 것은 새로운 말을 추가하는 것보다 더 신경이 쓰인다. 거의 사어에 속할 만큼 현재에는 사용 빈도가 낮은 말이라 해도 사전을 찾는 사람이 절대로 없을 거라고 단정할 수는 없기 때문이다.

신중한 토론이 거듭되었다. 주로 마쓰모토 선생과 마지메가 채택과 삭제를 판단하는 담당이었다. 독자들이 보낸 지적과 요망 사항도 검토의 대상이 된다. 실제로 사전을 사용하는 사람들의 의견은 《겐부학습국어사전》을 보다 좋게 만들기 위해 유효한 것이 많았다.

사전은 감수자와 원고 집필자와 편집자만 만드는 것이 아니다. 사전의 사용자도 포함해서 많은 지혜와 힘을 집약하여 긴 시간에 걸쳐 다듬어 간다.

표제어를 추가하거나 삭제할 게 생기면 경우에 따라서는 주위의 항목 자수도 조정해야 한다. 사전은 한 페이지 속에 정연하게 여분의 공백 없이 문자가 들어가 있다. 최종적으로 문자가 보기 좋게 들어가도록 앞뒤 몇 페이지에 걸쳐 꼼꼼하게 손질할 필요가 있었다.

또 어떤 말을 찾아보니 '○○를 봐라' 하는 지시가 있는데, 정작 '○○'라는 표제어가 개정판에서는 삭제되어 어디를 찾아도 보이지 않는다, 하는 사태가 일어나면 큰일이다. 사전의 신용 문제여서 개정 작업으로 모순과 차질이 생기지 않았는지 면밀히 체크해야 한다. 이 작업에는 마쓰모토 선생과 마지메뿐만 아니라 겐부쇼보 내외의 교열자도 동원되었다. 방대한 교정지에 묻혀 주야장천 빨간 펜을 휘두르는 날들의 연속이다.

새로 보탠 표제어의 용례가 타당한지도 검토해야 한다. 국어학이나 국문학 등 주로 인문 계열을 전공하는 대학원생을 아르바이트생으로 20인 정도 채용했다. 용례로 인용된 문언文들이 원전에 충실한지, 표제어의 구체적인 사용례로서 적확한지 확인하기 위해서다.

아르바이트생의 근무 시간은 특별히 정해져 있지 않다. 학업에 지장이 없는 범위에서 자유롭게 편집부에 와서 타임카드를 찍는 식이다. 편집부에 들인 커다란 책상에 앉아 서가에서 빼 온 자료를 참조하여 용례를 체크한다. 자료 관리와 작업 분담은 사사키가 담당하고, 아라키가 아르바이트생의 작업을 감독했다.

편집부는 약간 활기가 돌았지만, 니시오카는 할 일이 없어 무료했다. 봄에는 선전광고부로 이동할 몸이다. 개정 작업에 참여한다 해도 결국 도중에 그만두어야 한다는 걸 알기 때문에 아무래도 조심하게 된다.

할 수 없이 편집부의 구조 바꾸기를 하기로 했다. 별관 창고에서 아르바이트생을 위한 커다란 책상을 편집부까지 날라 온 것은 니시오카다. 정확하게 말하자면 니시오카 혼자서는 들 수 없어서 수위에게 도움을 청했다. 자료실도 정리 정돈하여 비어 있는 서가는 편집부로 옮기기도 했다. 대량의 교정지를 올려놓을 수 있어서 다들 좋아했다.

책상과 서가를 이동할 때 방해가 된 것이 편집부 문이었다. 놋쇠 손잡이가 달린 옛날 것이지만, 니시오카는 큰마음 먹고 떼어 버리기로 했다. 수위실에서 드라이버를 빌려 와 경첩의 나사를 풀었다. 경첩 아래 세월이 지났지만 변색하지 않은 생생한 판자가 나타났다.

"별관은 대체 지은 지 몇 년 됐을까요?"

니시오카가 아라키에게 물었다.

"전후 바로 지었으니 60년 이상이겠지."

그렇게 오래 이 자리에 있던 문을 편집부에 5, 6년밖에 있지 않은 내가 제거했다. 니시오카는 그 모순에 '미안하다' 하고 속으로 문에게 사과했다. 포장재로 조심스럽게 싸서 창고 방에 넣어 두었다.

문을 뜯어낸 편집부는 복도에서 그대로 안이 들여다보였지만, 아무도 신경 쓰지 않았다. 니시오카 이외의 사람들은 개정 작업에 열중하고 있었고, 별관 복도를 오가는 사람은 사전편집부 관계자 외에 전무했기 때문이다.

니시오카는 며칠 동안 요통으로 고생했다. 재채기를 하는 데도 용기가 필요했다. 섰다 앉았다 할 때는 먼저 책상에 두 손을 짚고 '가자, 파이팅, 조심해서' 하고 호흡을 다듬으면서 자신을 타일러야 했다.

그런 니시오카를 마지메는 마지메 나름대로 생각했던 것 같다. 어느 날 아침 출근했더니 니시오카의 의자에 마지메가 사용하던 방석이 놓여 있었다. 책상에는 작은 튜브에 든 연고가 있고 '건강하세요' 하는 메모가 있었다.

"치질이 아니라고!"

니시오카는 튜브를 마지메 책상에다 던졌다. 그러나 걱정해서 준 것이고 장래에 필요하게 될지도 모른다 싶어서, 다시 주워 자기 책상 서랍에 넣었다.

니시오카보다 조금 늦게 출근한 마지메는 꽃무늬가 있는 새 방석을 안고 있었다.

"주인 할머니가 만들어 주셨어요."

뭐냐. 기왕이면 새 걸 주면 좋을 텐데. 그렇게 생각했지만, 니시오카는 대충 무난한 인사로 때웠다.

마지메가 물려준 방석을 깔고 앉은 니시오카를 보고 몹시 기뻐하는 것 같았기 때문이다.

정작 중요한 《대도해》 편찬은 《겐부학습국어사전》 개정 작업 탓에 정체되고 있는 상황이었다. 그래도 견본 조판이 완성되어, 마쓰모토 선생과 아라키는 이런저런 의견을 나누고 있다.

견본 조판은 완성된 원고를 바탕으로 몇 페이지분만 시험 삼아 인쇄해 본 것이다. 완성된 원고는 아직 한참 적어서 인쇄할 수 있는 것도 몇 페이지뿐이다. 그렇지만 예정된 크기대로 인쇄소에서 찍어 보면 지면 이미지를 떠올리기 쉬워진다.

글씨 크기며 서체며 행간의 여백은 이것으로 좋은가. 도판 위치는 적당한가. 숫자와 기호는 알기 쉬운가.

읽기 쉽고 보기 쉬운 사전을 만들기 위해 견본 조판을 참고하여 기능성을 높이고, 외양도 보기 좋게 만든다.

마쓰모토 선생과 마지메와 아라키는 진지한 표정으로 견본 조판을 둘러싸고 있지만, 어딘지 모르게 들떠 있는 것 같다. 극히 일부이긴 하나 《대도해》의 내용물을 처음으로 구체적인 형태로 볼 수 있어 기쁜 것이다.

"검은색 원에 흰색으로 숫자 기호를 쓰니 숫자 부분이 짜부라져 읽기 힘들지 않습니까?"

"더 선명할 줄 알았더니 그렇지가 않군요. 숫자 기호를 다른 서체로 고치도록 하겠습니다."

"어이, 마지메 군. 왜 '버섯' 항목에 독버섯 같은 엉터리 그림이 실린 거야?"

"아, 그건 제가 그렸습니다. 도판이 아직 완성되지 않아서 위치 확인만이라도 하려고요."

"그렇다고 이런 그림을 굳이 인쇄까지 하는 건 좀 그렇지 않나."

"이런, 버섯이었습니까? 난 딸기인 줄 알았네."

"'버섯' 항목에 있는데……. 너무합니다, 마쓰모토 선생님."

니시오카는 여기서도 뭔지 모르게 모기장 밖에 있는 기분이었다.

《대도해》 완성까지 앞으로 몇 년이나 걸린다. 아니, 회사에서 언제 또 참견할지 모르는 상태다. 편찬이 완전히 엎어지는 일도 있을 수 있다.

완성을 하건 도중에 흐지부지되건, 그 무렵에는 나는 이미 사전편집부에 없다.

《대도해》와 관련된 기쁨도 괴로움도 나눌 수가 없다. 기획을 시작한 당초부터 사전편집부에 있었던 것은 마지메가 아니라 나인데.

온천처럼 콸콸 솟아나는 괴로운 감정의 원천을 더듬다 보면 참으로 한심한 결론에 도달한다. 요컨대 질투다. 나는 마지메만큼 사전에 대한 열의도 없는 주제에 시샘을 뿌리칠 수 없다. 일에서 뒤처진 느낌이 들어 도저히 초조함을 억누를 수 없다.

선전광고부에서 열심히 하면 된다. 니시오카는 자신을 격려했다. 마지메는 죽었다 깨어나도 선전광고부 같은 데서는 활약하지 못할 것이다. 나는 다르다. 어떤 부서에 있어도 문제없이 일을 해낼 자신이 있다. 선전광고부에 가면 열심히 일해서 화려하게 공을 세울 것이다.

사전과 마찬가지로 광고에도 아무런 흥미 없지만.

대체 어떻게 하면 무언가에 몰두할 수 있을까? 어떻게 하면 이것밖에 없다고 작정하고 한 가지 일에만 매달릴 수 있을까? 니시오카는 알 수 없었다.

지금까지 니시오카 주위에 마지메나 아라키나 마쓰모토 선생 같은 사람은 없었다. 학생 시절 친구들은 뭔가에 빠져드는 것을 오히려 꺼리는 경향이 있었다. 니시오카도 기를 쓰는 모습을 보여 주는 것은 꼴불견이라고 생각했다. 니시오카의 아버지도 샐러리맨이지만, 자신의 일을 좋아하는지 싫어하는지 불명확하다. 단순히 그게 직업이니까 회사에서 일할 뿐이다. 가족을 위해, 회사의 업적을 위해, 월급을 받아 생활하기 위해.

지극히 당연한 현상이다.

니시오카는 사전에 매료된 사람들을 도저히 이해할 수 없었다. 먼저 일을 일이라고 생각하긴 하는지부터 궁금했다. 월급을 전혀 안중에 두지 않고 자비로 자료를 구입하기도 하고, 마지막 전철을 놓친 사실도 모르고 조사를 하느라 편집부에서 자는 날도 있다.

그들에게는 일종의 광적인 열기가 소용돌이치는 것 같다. 그러나 니시오카는 그게 사전을 사랑하는 것과는 좀 다르지 않을까 생각한다. 사랑하는 것을 그렇게 냉정하고도 집요하게 분석하고 연구할 수 있는 건가? 그건 얄미운 원수의 정보를 마구 모으는 것 같은 집념 아닌가?

어떻게 그렇게까지 몰두할 수 있는지, 수수께끼라고밖에 할 수 없다. 보기 괴로울 때조차 있었다. 하지만 만약에 내게도 마지메의 사전에 해당하는 것이 있다면. 니시오카는 문득 그런 상상을 했다.

분명 지금과는 완전히 다른 형태의 세계가 눈에 비치겠지. 가슴 터질 것 같은 빛을 띤 세계가.

옆자리에서 마지메가 다양한 종류의 사전을 펼쳐 놓고 있다. 어디서 가져온 것인지 돋보기로 숫자 기호를 확대해 보며 자세히 비교하고 있다. 여전히 수습이 안 되는 곱슬머리가 한가롭게 살랑거리는 것을 보고 니시오카는 엉겁결에 마지메의 머리를 칠 뻔했다.

"대학 순례하고 올게."

기세 좋게 일어서는 바람에 허리에 전기 충격이 달렸다. 신음을 죽이고 있는 니시오카를 전혀 알아차리지 못하고, 마지메는 돋보기를 들여다보는 채로 "예, 수고하십쇼" 하고 건성으로 대꾸했다.

'하십쇼'는 뭐냐, '하십쇼'는.

니시오카는 씩씩거리며, 그러나 과격한 움직임은 허리에 충격을 주므로 실제로는 도둑처럼 살금살금 편집부를 나왔다.

겨울 오후 햇살이 모자이크가 박힌 층계참을 엷게 비추고 있다.

예스럽고 중후한 연구동의 계단을 목제 난간에 의지하며 4층까지 올라간 니시오카는 연구실 문 앞에서 코트를 벗었다. 한 손으로 허리를 주무르며 한 손으로 노크를 한다.

대답을 기다렸다가 문을 열자, 교수는 도시락을 먹고 있는 참이었다.

"아아, 니시오카 씨."

일본 중세 문학 전공인 교수는 커다란 손수건으로 얼른 도시락을 쌌다.

"죄송합니다, 식사하시는 데 방해를 했나 봅니다."

"아뇨, 아뇨. 마침 다 먹은 참입니다. 자, 앉아요."

권하는 대로 니시오카는 책에 묻힌 의자를 끌어당겨 앉았다.

"사모님이 싸 주신 도시락인 모양입니다?"

"아뇨, 뭐."

교수는 멋진 로맨스그레이 머리를 어색한 듯이 쓸어 넘겼다.

"원고라면 미안하지만 아직 덜 됐어요."

"마감 때까지 잘 부탁드립니다."

니시오카는 거듭 다짐을 한 뒤 자세를 바로 했다.

"오늘은 인사를 드리러 찾아뵈었습니다. 실은 내년부터 선전광고부로 이동하게 되었습니다. 앞으로는 사전편집부의 다른 담당자가 선생님께 연락 드릴 것입니다."

교수는 약간 미간을 찡그리고 니시오카 쪽으로 몸을 내밀었다. 걱정하는 것으로도 보이고, 호기심거리를 찾아서 들떠 있는 것처럼도 보이는 표정이었다.

"혹시 그 소문은 사실입니까?"

"소문이란?"

"겐부쇼보는 새 사전 편찬에 의욕이 없는 건 아닌지? 그래서 편집부 인원을 줄인 거 아닙니까?"

"설마요."

니시오카는 웃어 보였다.

"그렇다면 원고 집필을 부탁드리지 않았겠죠."

"그렇다면 다행입니다만."

교수는 물러나는 척하며 빈틈없이 덧붙였다. "이런 말 하긴 뭣하지만 노력에 비해 원고료가 적어요. 물론 사전은 중요한 것이니 만전을 기하겠지만, 나도 회의며 학회며 바쁜 사람이니까요. 편집부만 앞질러 가는 거라면 곤란합니다."

"중세 문학을 부탁드릴 수 있는 분은 선생님뿐입니다. 인수인계 시기가 가까워지면 새 담당자와 함께 다시 찾아뵙겠습니다. 부디 잘 부탁드립니다."

정중하게 머리를 숙이면서 니시오카는 속으로 중얼거렸다. 대학교수란 건 세상물정 모르는 전문 바보이거나 묘하게 정보가 빨라 정치력이 뛰어난 사람이거나 둘 중 하나다.

정보 수집 능력이라면 니시오카도 지지 않는다. 교수가 먹고 있는 것이 부인 못잖은 애인의 도시락이란 걸 잘 알고 있다.

여차하면 협박해서라도 원고를 뜯어낼 수 있다. 니시오카는 결의를 새롭게 다졌다.

신사적이면서 악랄한 교수의 독기가 닿았는지 귀가한 니시오카는 욕조에 몸을 담근 채 잠이 들어 버렸다. 정신을 차렸을 때는 차갑게 식어 가는 물에 코까지 잠기고 있었다.

"아무리 그래도 너무 오래 목욕한다고 생각하지 않았어?"

니시오카는 거실에 있는 레미에게 투덜거렸다.

"하마터면 익사할 뻔했다고."

"어머나, 큰일날 뻔했네. 미안."

레미는 텔레비전에서 눈을 떼지 않고 말했다.

"생각은 잠깐 했는데 바빠서 보러 가지 못했어."

화면 속에서는 개그맨이 자기가 좋아하는 전자 제품에 대해 열심히 떠들고 있다. 묘한 프로그램이라고 늘 생각하지만, 하고 있으니 니시오카도 따라서 보게 된다. 어떤 사람이나 물건의 좋은 점을 열변하는 모습은 성가시고 우스꽝스럽지만, 어딘가 미워할 수 없다. 웃으면서 보고 있다가 결국에는 순수하게 감탄하거나 흥미를 느끼고 있는 자신을 발견한다. 마지메네와 가까이 접하며 느끼는 기분과 비슷할지도 모른다.

프로그램이 끝나고 니시오카와 레미는 소파에 앉아 따뜻한 차를 마셨다.

"사전이란 걸 어떻게 생각해?"

니시오카는 아무 생각 없이 물었다. 비어 있는 공간에 관엽 식물 화분을 놓는 것 같은, 단순한 화제 제공에 지나지 않았다.

니시오카의 예상 이상으로 진지한 표정의 레미는 고개를 돌렸다.

"어떻다니?"

"아니, 그러니까. 어떤 사전을 좋아하는가, 학생 시절에 어떤 사전을 사용했는가 그런 것."

"엥?"

느닷없이 저승에서 들려오는 목소리라도 들은 것처럼 레미가 눈을 부릅떴다.

"사전이 좋고 싫은 게 있어?"

그런가, 그렇구나. 이게 보통 반응이구나.

모르는 사이 니시오카도 사전편집부 색에 물들어 있었던 것 같다. 그런 기분이 무섭기도 했지만, '좋아하는 사전 이야기'로 몇 시간씩 보낼 수 있는 마지메네는 역시 상식에 벗어난 사람들이었는가 하고 안심도 했다.

"뭐, 일부 사람들에게는."

"오오, 그렇구나. 난 사용했던 사전 이름 같은 건 기억나지 않아."

레미는 탁자에 찻잔을 내려놓고 소파 위에서 무릎을 감싸 안았다.

"그런데 그러고 보니 중학교 때 말이야."

"응."

"영어 교과서에 'fish & chips'라고 나와 있는데, 무슨 말인지 몰라서……."

"너 술집도 없는 깡촌에서 태어났다고 했지?"

"시끄러워. 중학생이니까 술집 유무는 관계없잖아."

레미는 니시오카의 무릎을 가볍게 차고 말을 계속했다. "어쨌든 사전에서 'fish & chips'를 찾았더니, 설명에 '피시 & 칩스'라고 나와 있더라."

니시오카는 웃음을 터트렸다.

"의미 없잖아!"

"그렇지? 너무하지?"

레미도 웃으며 엉덩이를 꼭짓점으로 몸을 앞뒤로 흔들면서 말했다.

"마사시, 좋은 사전 만들어 줘."

아픔을 느낄 정도의 속도로 열 덩어리가 니시오카의 목을 치고 올라왔다.

헤어지지 못하고 지금까지 질질 끌어 온 건 좋아하기 때문이었다. 이 세상 무엇보다도 나를 초조하게 할 때가 있지만, 차마 버릴 수가 없다. 버리고 싶지 않다. 레미를 좋아한다. 못생겼지만 귀엽다.

그렇게 말하려고 입을 벌렸지만, 귀에 닿은 자신의 쉰 목소리는 전혀 다른 의미의 말을 하고 있다.

"안 돼."

목뿐만 아니라 눈두덩까지 뜨거워져 니시오카는 고개를 숙였다.

"선전광고부로 이동해. 나는 사전편집부에서 잘렸어."

이런 약한 소리를 하다니 분하다. 한심하다. 그러나 겨우 남한테 털어놓았다. 작은 돌멩이처럼 딱딱하고 차갑게 살에 박혀 있던 나의 분함과 한심함을.

레미는 한동안 움직이지 못하고 가만히 있었다. 그리고 아무 말 없이 니시오카의 머리를 가슴에 껴안았다.

수면에 떨어진 예쁜 꽃을 떠올리는 손길로.

애인 도시락 교수에게 원고가 온 것은 2월 말의 일이었다. 메일에 첨부된 파일을 열고 원고를 읽어 본 니시오카는 "맙소사" 하고 신음했다.

교수가 집필한 것은 일본 중세 문학에 관한 용어와 대표적인 작품과 작자에 관한 백과 항목이다. 집필요령과 견본 원고를 덧붙여 의뢰했음에도 보내온 원고는 규정 글자 수를 넘는 데다 개인적인 생각이 많은 문장이었다.

예를 들면 '사이교【西行】' 항목은 이런 식이다.

사이교【西行】 (1118~1190) 헤이안 시대부터 가마쿠라 시대에 걸쳐 활약한 가인이자 승려. 출가 전 이름은 사토 노리키요. 도바상황鳥羽上皇을 호위하는 궁중 무사였지만, 23세 때 생각한 바가 있어 울며 매달리는 자식을 뿌리치고 출가했다. 그 후 여러 나라를 여행하며 많은 노래를 지었다. '부디 벚나무 아래에서 꽃필 무렵에 눈감고 싶구나. 그해 음력 2월 보름달이 뜰 무렵에'는 현재에 이르기까지 인구에 회자되는 노래다. 일본인이라면 누구나 사이교가 그린 이 정경에 감명을 받아 자신도 그러고 싶다고 바랄 것이다. 자연과 심정을 꾸밈없이 노래하여 인생무상이라는 세계관을 바탕으로 표현한 독특한 시 스타일을 구축했다. 가와치의 히로카와 절에서 죽음.

나는 일본인이지만 교수가 거론한 사이교의 유명한 노래에서 그리 감명을 받지 못했는걸. 니시오카는 곤혹스러워하며 일단 원고를 출력했다. 정확함을 취지로 하는 사전 원고인데 '누구나'라고 간단히 말해 버려도 되는 걸까. 나와 마찬가지로 감명을 받지 못한 사람에게 불평이 들어오면 어쩔 셈인가.

아마 교수는 '2월도 벌써 끝나가네? 음, 그러고 보니 겐부쇼보에서 사전 원고를 의뢰 받았지. 사이교에 대해 한 줄 써 볼까' 하고 아무 생각 없이 집필했을 것이다. '적당히 썼습니다' 하는 기운이 배어나는 원고군. 니시오카는 화가 났다.

"이봐, 마지메. 이거 어떻게 생각해?"

조그만 칼로 빨간 연필을 깎고 있는 마지메에게 출력한 원고를 내밀었다. 마지메는 "한번 보겠습니다" 하고 종이를 공손하게 받아 얼굴 앞에 들고 읽기 시작했다. 국어 교과서를 읽는 신입생 같다.

빨간 연필은 깎다 만 상태로 마지메의 책상에서 뒹굴었다. 작은 칼로 진지하게 깎는 데 비해서는 심지가 뭉툭하다. 장난으로 칼을 대 본 것처럼 나무 부분이 울퉁불퉁하다. 이 녀석, 손재주 더럽게 없군. 니시오카는 마지메를 대신해서 빨간 연필을 깎아 주기로 했다.

열심히 원고를 읽는 마지메 옆에서 묵묵히 칼을 움직였다. 오전이라 아르바이트생도 아직 출근하지 않았다. 편집부에 있는 이는 니시오카와 마지메뿐이어서 아주 조용하다.

마른 나무를 깎고 빨간 연필심을 뾰족하게 만들었다. 니시오카는 작은 칼과 커터로 연필 깎는 걸 좋아했다. 뼛속에서 타액이 넘치는 모습을 연상한다. 비밀이, 생명력이 넘쳐난다. 초등학생 시절에는 갓 깎은 나무향이 나는 연필을 사용하여 연습장에 로봇과 괴수를 그렸다. 손으로 깎으면 더 잘 그려지는 것 같아서 연필깎이는 사용하지 않았다.

반갑다. '연습장'이라는 말, 20년 만에 떠올렸다. 니시오카는 빨간 연필을 들고 상태를 확인했다. 연필심의 끝은 공기에 녹아들듯이 가늘다. 연필 깎는 솜씨는 녹슬지 않았다는 사실에 만족하고, '마지메는 연필깎이를 사는 편이 낫지 않나' 생각했다. 내가 이동하면 마지메는 작은 칼로 손가락까지 깎는 건 아닐까? 걱정이네.

"흐음."

마지메가 신음하며 원고를 책상에 내려놓았다. 왼손으로 머리를 벅벅 긁으면서 뭔가를 찾아 오른손이 책상 위를 헤매고 있다. 니시오카가 빨간 연필을 쥐어 주자 마지메는 얼굴을 들었다.

"고맙습니다. 그런데 니시오카 씨, 이 원고는 손을 많이 볼 필요가 있을 것 같습니다."

"역시 그렇지?"

"집필한 교수님에게 수정 허락은 받았습니까?"

"그건 물론 의뢰할 때 '이쪽에서 손을 댈 수도 있다'고 말해 두었어. 그런데 꽤 까다로운 사람이라서 말이지."

니시오카는 원고를 들여다보았다.

"만일을 위해 어디를 어떻게 변경할지 전해 두는 편이 좋을지도 모르겠어."

마지메는 끄덕이며 빨간 연필로 원고를 고쳤다.

"먼저 쓸데없는 말이 너무 많습니다. 사전에 집필자의 주관은 필요 없어요. 사실만을 열거해야 합니다. 그리고 교수님 원고에는 고어 표기가 없어요. 인용한 와카和歌, 일본 고유의 정형시도 현대식으로 표기해서 원전에 맞지 않습니다."

"이 와카 필요한 건가?"

"그 점은 검토할 여지가 있습니다. 현 단계에서는 일단 빼도 좋겠지요."

사이교【西行】 (1118~1190) 헤이안 말·가마쿠라 초기의 가인, 승려. 법명은 엔이, 속명은 사토 노리키요.

"사이교라는 건 스님이 된 뒤의 이름 아닌가?"
"사이교는 호고, 법명은 엔이라고 합니다."
"오호. 그러나 이것만으로도 꽤 깔끔한걸. 다음은 어떻게 고칠 거야? '생각한 바가 있어 출가'라니, 이 부분은 트집 잡힐 일이 많겠는걸."
"그렇겠군요. 사이교의 출가 이유는 친구의 죽음에 무상함을 느꼈기 때문이네, 실연했기 때문이네, 여러 설이 있어서 잘 모르겠습니다."
"그야 그렇지. 본인도 자기가 왜 출가했는지 확실한 이유는 말하지 못할 거야."
니시오카의 말에 마지메는 조금 웃었다.
"마음속은 때로 자기 자신에게조차 수수께끼니까요."
"'울며 매달리는 자식을 뿌리치고'라는 것도 '누가 봤냐?'고 묻고 싶은걸."

"이 부분이 너무 모호한 문장으로 되어 있으니 전부 뺍시다. 아직 더 다듬어야겠지만, 이런 느낌으로 가면 어떨까요?"

궁중 무사로서 도바상황을 섬겼으나 23세에 출가. 그 후 여러 곳을 여행하며 자연과 심정을 노래한 독자적인 가풍을 구축했다. 《신고킨와카슈新古今和歌集》에는 94수로 최다 노래를 수록. 가집으로 《산카슈山家集》등. 가와치의 히로카와 절에서 죽음.

과연, 이거라면 사전답다. 니시오카는 군더더기를 쫙 뽑은 수정 원고를 바라보며 감탄했지만, 마지메는 아직 만족스럽지 않은 것 같았다.

"다만 '**사이교【西行】**' 항목에 인물 설명만으로는 사전으로서 부족할 것 같군요."

"인명 이외에 다른 의미가 있어?"

"아마 '불사신'이라는 의미가 있을 겁니다."

"뭐라고?"

"'사이교가 여행 도중에 후지 산을 보는 모습'을 그림 제재로 즐겨 사용했던 시기가 있었다고 합니다. '후지 산을 보는 사이교 씨'에서 '사이교=불사신'이 된 것 같습니다."

"유치한 개그군."

"재치죠."

니시오카는 힘이 빠졌다. 왜 '후지 산을 보는 사이교'를 다투어 그렸는지 그것부터 이해할 수 없다. 승려를 그리는 게 재미있는가?

"그리고······."

"또 있어?"

"있습니다. 사이교가 여러 지방을 여행했다는 사실에서 '여기저기를 편력하는 사람'이나 '떠돌이'를 '사이교'로 표현하기도 합니다."

니시오카는 서가에서 《일본국어대사전》 가운데 한 권을 빼왔다. '**사이교【西行】**' 항목을 폈다. 마지메의 말대로 인명 설명뿐만 아니라, 인물로서의 사이교에서 파생된 다양한 의미가 실려 있었다. 사이교 법사가 그 후 많은 사람들에게 친숙한 존재가 되었다는 증거일 것이다.

"그밖에는?"

니시오카는 마지메를 시험해 보고 싶어 《일본국어대사전》을 가리고 보면서 질문했다.

"우렁이도 '사이교'라고 부른 적이 있었던 것 같습니다. 노能.

가부키, 분라쿠와 더불어 일본 3대 전통극의 하나로, 서민을 위한 인형극에도 '사이교 사쿠라'라는 작품이 있고, 삿갓을 뒤로 젖혀 쓰는 것을 '사이교카즈키', 붓짐을 비스듬하게 등에 걸머지는 것을 '사이교조이'라고 하고요, 사이교의 기일 '사이교키 西行忌, 음력 2월 15일'에 관한 설명도 필요할지 모르겠군요."

니시오카는 《일본국어대사전》뿐만 아니라 《고지엔》《다이지린》까지 꺼내서 마지메의 발언을 검증했다. '대단해!'를 넘어 무서운 느낌이 들었다.

"……설마 너, 사전을 다 외우냐?"

"그게 가능하면 좋겠지만요."

마지메는 면목 없다는 듯이 몸을 움츠렸다.

"그런데 '사이교'의 모든 의미를 다 싣는 것은 공간적으로 무립니다. 니시오카 씨는 《대도해》에 어떤 의미를 실었으면 좋겠습니까?"

"여기저기를 편력하는 사람, 떠돌이, 그리고 불사신."

"……어째서요?"

마지메가 차분하게 물어서, 니시오카는 팔짱을 끼고 천장을 올려다보았다. 단순한 직감인데 어째서냐고 물으면 곤란하다.

"굳이 말하자면 요즘은 삿갓이나 붓짐을 사용하는 사람이 별로 없으니까. 그래도 뭐 내가 붓짐을 등에 비스듬하게 걸머지고 길을 간다고 쳐. 친구를 딱 만났는데 '그거 사이교조이네'라고 들었다 쳐."

"그런 상황은 만에 하나도 없을 것 같습니다만."

"어디까지나 가정이야. 그 말을 들은 나는 '그런가, 이렇게 메는 걸 사이교조이라고 하는구나'라고 생각하겠지. 또 이런 패턴도 생각할 수 있어. 회사에서 '내일은 전 사원 사이교조이로 출근하도록'이라는 통보를 받아."

"그런 상황은 억에 하나도 없을 것 같습니다만."

"가정이라니까. 통보를 받은 나는 '사이교조이가 뭡니까?' 묻겠지. 설명을 들으면 바로 이해가 돼. 즉, '사이교조이'나 '사이교카즈키'는 문맥으로 말의 의미를 추측하기 쉽고, 의미를 아는 사람에게 설명을 들으면 어떤 차림인지 쉽게 그릴 수 있어."

"과연. '사이교조이'나 '사이교카즈키'를 굳이 사전에서 찾을 필요성은 낮다는 말이군요."

"응. '사이교사쿠라'도 그 말을 눈으로 보고 귀로 듣는 단계에서 노의 공연 작품이란 걸 알아차릴 확률이 높아. 아무런 전제도 없이 느닷없이 '사이교사쿠라야' 하고 말하거나 글을 쓰는 일은 없을 테니까. 노에 관계된 말이란 추측만 하면, 나머지는 《노가쿠能樂사전》이든 뭐든 찾으면 되지."

"'사이교키'도 글자를 보고 의미를 추측하기 쉽죠. 그럼 우렁이를 '사이교'라고 부르는 것은요? 의미를 추측하기 아주 어려울 텐데요."

"먼저 현대인은 우렁이를 사이교라고 부르지 않아. 부르는 사람이 있다면 '무슨 말이야?'라고 물으면 돼."

"터프하군요."

마지메는 유쾌해 보였다. 니시오카는 상관하지 않고 지론을 펼쳤다.

"하지만 '사이교'에 '불사신'이란 의미가 있다는 것은 '후지산 구경을 하는 사이교'의 설명도 포함해서 꼭 기재가 필요하다고 생각해. 예를 들면 '나는 사이교다, 으하하하'라는 문장을 만났을 때 '사이교=불사신'이란 걸 모르면 전혀 의미를 헤아릴 수 없으니까."

"같은 이유로 '편력하는 사람, 떠돌이'도 실어야 한다고 생각하는 거군요?"

"그것도 있지만……."

니시오카는 잠시 망설이다 덧붙였다. "실제로 떠돌이가 도서관 같은 데서 사전을 보는 장면을 상상해 봐. '**사이교【西行】**' 항목에 '(사이교가 여러 지방을 편력한 데서) 편력하는 사람, 떠돌이라는 뜻'이라고 나와 있는 걸 발견하면? 그 사람은 분명 든든하게 느낄 거야. 사이교 씨도 나와 마찬가지였구나, 하고."

니시오카는 뺨 언저리에 시선을 느끼고 옆을 보았다. 마지메가 어느새 사무용 의자를 돌려 니시오카 쪽을 향하고 있었다.

"그런 생각은 미처 해 보지 못했습니다."

마지메의 어조는 열을 띠고 있다. 니시오카는 쑥스러워져서 황급히 말을 덧붙였다.

"사전에 말을 채택하는 기준으로는 잘못됐다고 생각하지만."

"아닙니다."

마지메는 진지한 표정으로 고개를 저었다. "니시오카 씨. 저는 니시오카 씨가 다른 부서로 이동되는 것 정말로 유감입니다. 《대도해》를 피가 흐르는 사전으로 만들기 위해서도 니시오카 씨는 사전편집부에 절대로 필요한데."

"바아보."

니시오카는 차갑게 말하고 마지메의 손에서 원고를 낚아챘다. 마지메가 빨간 연필로 쓴 수정안을 바탕으로 교수에게 확인 메일을 보냈다.

되도록 눈을 깜박이지 않고 컴퓨터 화면을 응시하려고 했다. 자칫하면 울어 버릴지도 모른다.

기뻤다. 만약 마지메가 아닌 사람이 말했다면 동정이거나 마음에도 없는 위로라고 받아들였을 것이다. 니시오카는 안다. 마지메의 말은 진심에서 우러나온 것이다.

니시오카는 마지메를 사전 천재지만 요령이 없고 자신과는 전혀 통하는 데가 없는 괴짜라고 생각해 왔다. 지금도 그렇게 생각하고 있다. 학생 시절에 마지메와 같은 반이었다면 분명 친구가 되는 일은 없었을 것이다.

 그런 마지메의 말이기 때문에 니시오카는 위안이 됐다. 요령이 없어 거짓말도 빈말도 못하고 진지하게 사전을 생각하는 능력밖에 없는 마지메의 말이기 때문에 믿을 수 있다.

 나는 필요한 사람이었다. '사전편집부의 쓸모없는 인원'이 절대 아니었다.

 그걸 깨달은 기쁨. 솟구치는 긍지.

 마지메는 지금 자신이 니시오카를 구원했다는 생각은 꿈에도 하지 못한 분위기로 책상으로 향했다. 왼손으로 머리를 긁으면서 다른 원고 교정을 보고 있다. 마음을 솔직하게 표명하는 것 이외의 방법을 모르는 마지메는 방금 한 말을 조금도 쑥스러워하지 않는 것 같다. 니시오카는 기쁘지만 오글거려서 몸이 꼬이는 것 같은데.

 하여간 마지메는 무적이다.

 니시오카는 절실히 그런 생각이 들었다.

 호출이 와서 대학 연구실에 갔더니 교수는 또 애인 도시락을 먹고 있는 참이었다.

 "니시오카 씨. 대체 어떻게 된 건가요?"

"어떻게라니, 무슨 말씀이신지?"

니시오카는 문 앞에 서서 공손하고도 조심스럽게 되물었다.

"어제 당신이 보낸 메일 말입니다. 내 원고에 손을 대다니 어떻게 된 거냐고요."

"의뢰드릴 때 교정볼 수 있다고 미리 전했습니다만."

"그랬다고요?"

그래. 니시오카는 예의 바른 미소를 지은 채 잠자코 있었다.

"그래도 그렇지, 그렇게 대폭으로 고친다는 말은 듣지 못했습니다."

교정 당하기 싫으면 더 진지하게 쓰라고. 그런 원고를 써먹을 수 있을 리 없잖아. 사전 본 적 없냐고, 이 아저씨야. 니시오카는 미소를 지우지 않고 입을 열었다.

"대단히 죄송합니다. 그러나 사전은 문체를 통일해야 하기 때문에……. 부디 이해해 주시기 바랍니다."

"그 교정을 본 사람이 니시오카 씨인가요?"

"……아뇨."

니시오카는 솔직하게 대답하기로 했다.

"제가 편집부의 마지메라는 동료에게 상담을 했습니다."

"그럼 그 마지메 씨인가 하는 사람이 원고를 다 쓰라고 하세요. 난 손을 떼겠어요. 그건 내가 쓴 원고라고 할 수 없으니까요."

"선생님!"

니시오카는 자기도 모르게 교수 옆으로 달려갔다.

"부디 그런 말씀하지 말아 주십시오. 마지메는 신뢰할 수 있는 사람입니다. 제가 이동한 뒤에는 마지메가 성심성의껏 선생님을 담당할 겁니다. 이번 건도 선생님이 좋은 원고를 주신 덕분에 문체만 통일하는 걸로 끝났다고, 저도 마지메도 감사하고 있습니다."

실제로는 문체라기보다 전체를 고쳐야 했지만. 마지메와 달리 니시오카는 필요하면 얼마든지 거짓말을 할 수 있다.

"여기서만 하는 얘깁니다만, 다른 선생님들 원고는 더 많이 고쳐야 했거든요."

일부러 목소리를 낮추어 쐐기를 박자 교수의 태도가 약간 부드러워졌다.

"그런가요?"

계속 저자세인 니시오카를 곁눈으로 보면서 교수는 애인이 싸 준 도시락을 보자기로 쌌다. "그래도 원고에 손을 대는 건 별로 기분 좋은 일이 아니군요."

'네가 무슨 대문호냐!'라고 생각했지만, 니시오카는 미소 조각상이 되어서 교수의 불만을 묵묵히 들어 넘기기로 했다. 여기서 정말로 교수가 손을 떼면 곤란하다.

사전은 예쁜 말로 이루어진 게 아니다. 상품인 이상 품질을 보증하는 이름값은 절대로 필요하다. 감수자로서 마쓰모토 선생의 이름을 표지에 올리는 것은 품질 보증의 일례다. 마쓰모토 선생의 경우 실제로 《대도해》 편찬에 깊이 관여하고 있지만, 감수자 중에는 명의를 빌려 줄 뿐 실무는 거의 하지 않는 사람도 있을 정도다.

 원고 집필자도 전문 분야에서 신뢰할 수 있는 학자를 선별한다. 집필자의 이름은 사전 권말에 열거되어 사람들이 보면 인선人選이 적확한지 어떤지 알기 때문이다. 집필자의 면면으로 사전의 정밀도와 센스를 어느 정도 잴 수가 있다.

 이 교수로 말하자면 인선은 실패했을지도 모른다. 니시오카는 몹시 불쾌하게 생각했다. 그렇지만 교수가 중세 문학의 권위자로 인정받는 것은 사실이다. 이름을 이용하는 것보다 좋은 것은 없다. 원고의 정밀도를 올리는 작업은 마지메에게 맡기면 틀림없을 것이다.

 "뭐, 제대로 머리를 숙인다면 개정안을 받아 주는 것도 어렵지 않겠지만."

 교수는 식후 차를 마셨다. "엎드려 사죄라도 하라는 건 아니지만."

 "엎드려 사죄라고요?"

"아뇨, 아뇨. 그러니까 그렇게까지는 말하진 않겠지만."

교수의 입가에는 참을 수 없는 미소가 서려 있다. 니시오카가 강하게 나갈 수 없는 입장이라는 걸 알고 있어서 골리는 것이 즐거워 미치겠다는 모습이다.

성격 더럽네. 니시오카는 먼지 나는 바닥에 시선을 떨어뜨렸다. 오늘 입은 슈트, 세탁소에서 막 찾아온 건데. 그러나 뭐 그걸로 교수의 마음이 풀린다면 엎드려 사과하는 것쯤 얼마든지 해 주지.

할 수 없이 무릎을 꿇으려고 니시오카의 근육이 희미하게 반응한 그때. 이성의 지령이 번개처럼 몸을 달려 움직임을 멈추게 했다.

잠깐. 《대도해》가 그렇게 싸구려 사전인가?

마음이라곤 조금도 담기지 않은 사죄에 대체 무슨 의미가 있을까. 마지메가, 아라키 씨가, 마쓰모토 선생님이 혼을 담아 만든 사전이 내 사죄 따위로 이렇게 저렇게 될 물건이 아니다. 물론 교수의 스트레스 발산 도구도 아니다.

관둬, 관둬, 한심해. 교수를 즐겁게 해 줄 이유는 없다.

니시오카는 무릎을 꿇으려던 걸 멈추고 교수의 책상에 한 손을 짚었다. 도시락 통 바로 옆에. 몸을 살짝 구부리고 교수의 귓가에 얼굴을 갖다 댔다.

"선생님, 농담도 잘하시네요."

"뭐, 뭡니까, 갑자기."

거리를 좁혀 오는데 당황하여 교수는 의자째로 몸을 빼려고 했다. 니시오카는 교수가 피하지 못하도록 비어 있는 쪽의 손으로 등받이를 잡고 고정시켰다.

"저는 잘 알고 있습니다. 선생님은 상대의 성의를 시험하실 분이 아니죠. 엎드려 사죄하라는 건 농담하신 거죠?"

불온한 기운을 감지했는지 "아니, 뭐" 하고 교수는 우물거렸다.

"그래도 저는 그런 농담을 좋아하지 않습니다. 누군가를 시험하는 짓은 하고 싶지 않다고 늘 생각하죠."

마지메에게 사이교에 관한 지식을 시험한 것은 빼고. 니시오카는 할 수 있는 한 날을 세운 목소리로 말을 이었다.

"예를 들면 선생님에게 애인이 있다고 합시다."

"뭐얏!"

교수는 의자 위에서 펄쩍 뛰어올랐다.

"가정입니다."

재미있네. 약점을 잡아 이렇게 사람을 골리는 것. 잠들어 있던 가학심을 자극 받아, 니시오카는 악인에게나 어울릴 법한 미소를 입술 끝에 지어 보였다.

"뭘 그리 동요하십니까?"

책상에 짚은 손을 떼어 자연스럽게 도시락을 건드린다. "나는 애인의 존재를 알고 있습니다. 어디 사는 누군지, 선생님에게 어떤 식으로 몸 바치고 있는지 등등."

 "어떻게……."

 "사전을 만들려면 많은 분의 협력이 필요하니까요. 통솔하기 위해 정보 수집은 필수죠."

 니시오카는 근거 없이 공갈을 치는 건 아니다. 각 대학 교수를 찾아다니는 길에 조교들이 모이는 휴게실에도 얼굴을 내밀고 꼼꼼하게 간식을 넣어 주는 배려를 해왔다. 그 성과가 이것이다.

 "그래도 그걸 빌미로 수정안을 허락하라고 강요하는 짓은 하지 않습니다. 선생님과 마찬가지로 품성이라는 말을 알고 있으니까요."

 니시오카는 도시락 통에서 손을 뗐다. 등을 펴고 "아시겠습니까?" 하고 공손하게 물었다. 교수는 묵묵히 몇 번이고 끄덕였다.

 "고맙습니다. 그럼 수정안으로 진행하는 것으로."

 여기서 더 이상 볼일은 없다. 니시오카는 돌아서서 책더미를 비켜가며 연구실을 나가려고 했다. 손잡이를 돌리다 문득 생각난 게 있어서 돌아보았다.

 "선생님."

불렀더니 교수는 가련한 작은 동물처럼 움츠러든 채 니시오카를 보았다.

"저희 출판사의 마지메는 분명 긴 세월 사랑받고 신뢰받을 사전을 만들 겁니다. 선생님의 이름은 그 사전의 집필자 일람에 실리겠지요. 원고를 쓴 것은 실질적으로는 마지메입니다만."

과연 교수도 참을 수 없었던 모양이다. 사실을 지적 받고 파랗게 질리면서도 "무례하군" 하고 분노로 떠는 목소리를 쥐어짰다.

"당신은 대체 무슨 말을 하고 싶은 거요?"

"선생님은 지금 실리보다 명분을 택하는 아주 현명한 판단을 하셨다는 말입니다. 실례하겠습니다."

니시오카는 손을 뒤로 하여 문을 닫고 어두컴컴한 복도를 걸어갔다. 말이 지나쳤구나 하는 감은 있었지만, 걸어가는 동안 웃음이 터져 나왔다.

아아, 시원하다. 나중에 교수가 화를 내며 쳐들어오건 집필자에서 빠지겠다고 하건, 알 게 뭐냐.

《대도해》는 그 정도로 흔들릴 사전이 아니다. 편찬에 임하는 마지메와 사람들의 각오는 지구의 핵보다 단단하고 마그마보다 뜨겁다. 교수와의 사이에 문제가 생겨도 개의치 않고 《대도해》 완성을 향해 돌진할 것이다.

어차피 난 봄에는 부서 이동을 할 것이고, 문제가 생기면 처리는 마지메한테 맡길 수밖에 없다. 미안하지만 잘해 봐, 마지메.

니시오카는 무책임하게 그런 생각을 하면서 속으로 결심하고 있었다.

나는 명분보다 실리를 택하자고.

아라키는 종종 "사전은 팀워크의 결정체야"라고 했다. 그 의미를 이제야 제대로 알았다.

교수처럼 적당히 원고를 써서 사전에 형식적으로 이름만 남기는 게 아니라, 나는 어느 부서에 가도 《대도해》 편찬을 위해 전력을 다할 것이다. 이름 따위 남지 않아도 좋다. 편집부에 있었다는 흔적조차 사라지고 "니시오카 씨? 그러고 보니 그런 사람도 있었지" 하고 마지메가 말하더라도 상관없다.

중요한 것은 좋은 사전을 완성하는 일이다. 모든 것을 걸어 사전을 만들겠다고 하는 사람들을 회사 동료로서 혼신의 힘을 다해 서포트 할 수 있는가, 이다.

니시오카는 계단을 내려가 연구동에서 나왔다. 겨울 오후의 옅은 햇살이 캠퍼스를 비추고 있었다. 잎이 진 은행나무 가지가 하늘에 금을 만들고 있다.

누군가의 열정에는 열정으로 응할 것.

니시오카는 지금까지 겸연쩍어서 피해 왔던 일을 '그렇게 하자'라고 마음먹고 나니 의외로 후련하고 가슴이 설렜다.

 편집부로 돌아와 교수와의 일을 마지메에게 보고했다. 작업하던 손을 멈추고 이야기를 다 들은 마지메는 니시오카에게 존경스러운 눈길을 보냈다.
 "굉장합니다, 니시오카 씨. 공갈범 같았군요?"
 니시오카는 마지메의 표정과 발언의 차이에 당황했다.
 "으음. 지금 얘기를 듣고 느낀 감상이 그거야?"
 "예. 나라면 허둥대거나 엎드려 빌거나 교수가 원하는 대로밖에 반응하지 못했을 것 같습니다."
 마지메에게는 빈정거림이나 모순을 말할 정도의 기술이 없다. 어쩐지 니시오카의 대응을 진심으로 칭찬하는 것 같았다.
 "이봐, 마지메."
 "예."
 니시오카는 사무용 의자를 90도로 회전시켜 이쪽으로 향하고 있는 마지메와 무릎을 맞대고 앉았다. 그 바람에 의자에 묶어 둔 방석이 미끄러졌다. 의외로 꼼꼼한 면이 있는 니시오카는 방석을 바른 위치로 돌려놓았다. 마지메는 "예" 하고 대답한 채 니시오카가 무슨 말을 꺼낼지 얌전하게 기다렸다.
 이윽고 방석에 엉덩이를 붙인 니시오카가 진지하게 얘기했다.

"나는 내 대처 방법이 나빴기 때문에 교수가 따지러 올지도 모른다는 말을 하는 거야."

"괜찮겠죠."

마지메는 '뭐야, 그런 얘기였어' 하는 표정이다.

"니시오카 씨가 말한 대로 교수는 실리보다 명분을 택했다고 생각하니까요."

"만약 집필자에서 빠지겠다고 고집부리면?"

"그럼 빼 주면 되죠."

마지메가 차가울 정도로 단호히 말해서 니시오카는 놀랐다. 마지메도 자신의 어투가 너무 날카로웠다고 느꼈는지 쓴웃음을 지으며 덧붙였다.

"미안합니다. 상대에게도 동등하거나 그 이상의 진지함을 요구하는 게 내 단점입니다."

아냐. 니시오카는 모호하게 고개를 저었다. 뭔가에 진심으로 마음을 기울인다면 기대치가 높아지는 것은 당연하다. 사랑하는 상대의 반응을 기대하지 않는 사람이 없는 것처럼.

동시에 마지메의 속에서 소용돌이치는 감정의 밀도와 농도가 예사롭지 않다고도 생각했다. 마지메의 기대와 요구에 계속 응하는 건 상당히 어려울 것이다.

어수룩해 보이는 주제에 마음속 에너지는 너무 뜨거워, 너는.

니시오카는 살짝 한숨을 쉬었다. 가구야 씨는 힘들겠다. 이런 마지메와 개인적으로 사귀어야 할 테니. 앞으로 사전편집부에 새 부원이 온다면 그 녀석도 꽤 고생하겠군.

힘을 좀 빼, 마지메. 그러지 않으면 네 주위 사람들은 전부 언젠가 숨이 막힐 거야. 너무 큰 기대와 요구는 독이야. 너 자신도 원하는 만큼의 반응을 얻지 못해 이윽고 지쳐 버릴 테고. 지치고, 포기하고, 누구에게도 의지하지 못하고 혼자가 돼 버릴 거라고.

니시오카가 생각에 잠긴 동안 퇴근 시간이 되었다. 마지메가 드물게 바로 귀가 준비를 했다.

"어쩐 일이야, 벌써 가려고?"

"가구야 씨가 오늘 처음으로 조림 요리를 맡게 됐나 봐요. '우메노미'에 가서 먹어 볼까 하고요."

마지메는 기쁜 듯이 자료와 원고 꾸러미를 가방에 찔러 넣었다.

"니시오카 씨도 같이 갈래요?"

마지메의 사랑의 불길에 달궈져 조림 요리가 숯이 돼 버리는 건 아닐까.

"사양할게."

니시오카는 손을 흔들며 마지메를 쫓아냈다. 마지메는 아르바이트생 전원에게 "오늘은 먼저 실례하겠습니다" 하고 머리를 까딱거리는 장난감처럼 일일이 인사를 하며 돌았다.

겨우 마지메가 편집부를 나갔다. 니시오카는 책상 앞에 앉아 계속 자료를 만들기로 했다.

언제 사전편집부에 니시오카를 대신할 인원이 올지 모른다. 어쩌면 정사원은 마지메뿐인 상태가 계속될지도 모른다.

그래도 만약을 위해서다. 아르바이트생들이 작업에 열중하는 소리를 등지고, 니시오카는 기력을 다했다. 오늘처럼 교수가 억지를 부리는 경우, 마지메라면 제대로 대응하지 못했을 것이다. 대외 교섭 시에 마지메를 도울 인재는 꼭 필요하다. 니시오카는 언젠가 오게 될 신입 편집자를 위해 자기가 알고 있는 것을 남겨 두고 가고 싶었다.

많은 집필자의 버릇, 기호, 약점, 근무지에서 처한 입장, 사생활. 지금까지 모아 온 모든 정보를 컴퓨터에 입력했다. 발생할 가능성이 있는 트러블, 그때 취해야 할 대처법도 되도록 상세하게 썼다.

완성한 문서를 출력하여 파란색 표지의 파일에 넣어 두었다. 유출되면 곤란하므로 컴퓨터 데이터는 삭제하고 파일에는 '[대외비] 사전편집부 내에서만 관람가'라고 매직으로 크게 써 두었다.

제법 읽을 만한 파일을 만들었지만, 아직 뭔가가 부족하다.

니시오카는 잠시 생각한 뒤에 "그렇지" 하고 책상 서랍을 열었다. 꺼낸 것은 마지메가 쓴 러브레터다. 마지메에게 평을 부탁 받고 꼼꼼하게 복사해 두었다.

편지지 15매에 걸친 대작을 바라본다. 몇 번이나 읽어도 웃겼지, 이거.

아르바이트생 중 한 명이 어깨를 흔드는 니시오카를 이상하다는 듯이 보고 있다. 니시오카는 얼른 표정을 바꾸고 러브레터를 숨길 장소를 찾았다.

서가가 최적이지만, 책 사이에 있으면 바로 발견될 것이다. 니시오카는 책을 죽 둘러보는 척하며 숨길 만한 장소를 여기저기 물색했다. 결국 《편지 쓰는 법》 《관혼상제의 상식》 같은 잡학 책 서가의 북엔드 바닥에 붙여 두기로 했다.

러브레터를 감추고 책상으로 돌아온 니시오카는 파일의 투명한 주머니에 새 종이를 추가했다. 종이에는 이렇게 써 두었다.

사전 편찬 일에 지쳤다. 기분이 좋아졌으면 좋겠다. 그렇게 생각하는 편집부원은 니시오카 마사시에게 연락을.
masanishi@genbushobo.co.jp

이걸로 됐다. 대외비 파일은 서가에서 눈에 띄는 곳에 꽂아 두었다.

니시오카는 기지개를 켜고 가방을 들었다. 어느새 저녁 9시가 지나 학생들도 대부분이 돌아갔다. 남아 있는 아르바이트생 두 명에게 말을 걸었다.

"그만하고 가자. 가는 길에 저녁 사 줄게."

"야호. 중화요리 먹고 싶어요."

"나는 고기가 좋은데."

남학생 둘은 기뻐하며 씩씩하게 타임카드를 찍었다.

"그런 거 사 주다 나 파산한다. 라면이나 덮밥으로 통일해."

"에이."

"치사해."

투덜거리면서도 학생들은 웃고 있다. 니시오카는 화기火氣 점검을 마치고 사전편집부의 전기를 껐다. 편집부 문은 떼어 버려서 옆 자료실 문만 잠갔다.

정리되기를 기다리는 방대한 말의 기운이 밤의 복도에 배어 나오는 것 같다.

"사전 일, 즐겁냐?"

니시오카는 별관 출입구 쪽으로 나란히 걸어가면서 물었다.

"즐거워요. 그렇지?"

"응. 처음에는 지루하다고 생각했는데, 해 보니 시간 가는 걸 모르겠더라고요."

그래, 나도. 니시오카는 소리는 내지 않고 동의했다.

한정된 시간밖에 갖지 못한 인간이 힘을 다해 넓고 깊은 말의 바다로 저어 나간다. 무섭지만 즐겁다. 그만두고 싶지 않다. 진리에 다가서기 위해 언제까지고 이 배를 계속 타고 싶다.

학생들은 거리에 나선 순간 라면을 먹을지 덮밥을 먹을지 가위바위보를 했다. 니시오카는 웃으며 승부의 행방을 지켜보았다.

레미에게 프러포즈를 해 볼까 하는 생각이 문득 들었다.

레미가 어떻게 느낄지 어떻게 반응할지 전혀 예측할 수 없지만, 내 마음속의 열정을 외면하는 짓은 그만둘 것이다.

니시오카는 더 이상 속이고 싶지 않았다. 사실은 꽤 오래 전부터 레미 이외의 여자와는 자고 싶지 않았고, 그건 아마 앞으로도 변하지 않을 것이다. 그렇게 말하고 싶었다.

저녁은 라면으로 정했다. 마늘 냄새 풍기며 프러포즈 하는 건 좀 그런가? 신경 쓰였지만, 레미를 상대로 그러는 것도 새삼스럽다. 휴대전화를 꺼내 재빨리 문자를 보냈다.

수고. 지금 어디? 혹시 우리 집에 있으면 가지 말고 기다려 줘. 너희 집에 있으면 내가 그쪽에 들러도 돼? 저녁 먹고 바로 갈게.

진보초 사거리를 지나갈 즈음 코트 주머니에 넣어 둔 휴대전화가 문자 수신을 알리며 진동했다.

수고. 오늘은 우리 집에 있어. 몇 시든 상관없으니 서두르지 말고 와. 기다릴게.

니시오카는 미소 지으며 내용을 두 번 읽었다. 이모티콘은 하나도 없다. 레미의 문장은 평소와 다름없이 건조했다. 그래도 음성 지원이 되는 것 같다. 따뜻한 뭔가가 전해진다.

문자와 말의 신기함이다.

"좋아, 기세를 올리기 위해 삶은 달걀 토핑도 허락한다."

"뭡니까, 갑자기. 무슨 기세를 올려요?"

"니시오카 씨, 차슈 더 올려도 돼요?"

"오케이."

주머니에 휴대전화를 넣고, 니시오카는 학생들을 재촉하며 힘차게 라면 가게 문을 열고 들어섰다.

4

 겐부쇼보에 입사한 지 3년. 기시베 미도리는 처음으로 한 귀퉁이에 있는 별관에 발을 들였다. 그 순간 삼연발 재채기가 나왔다.

 기시베는 기온차 알레르기와 먼지 알레르기가 있어서, 갑자기 체감 온도가 바뀌거나 청소를 제대로 하지 않은 방에 들어가면 재채기와 콧물이 멎지 않는다. 겐부쇼보 별관은 알레르기원으로 가득했다. 묵직한 목제 현관문을 열자 어두컴컴한 복도에는 서늘한 공기로 꽉 찼다. 도서관처럼 퀴퀴한 종이 냄새도.

 현대적인 본관 빌딩과는 사뭇 다르다. 정말로 이곳에서 일할 수 있을까? 불안해졌다. 기시베는 별관 존재를 알고는 있었지만, 창고 같은 걸로 사용하는 줄 알았다. 너무나도 오래된 서양식 목조 건축이기 때문이다.

실제로 별관 안에 들어가 보니 오래됐지만 사용하고 있는 듯한 느낌이 감도는 건물이었다. 나무를 깐 바닥도 안쪽으로 보이는 계단 난간도 짙은 물엿 색으로 변색됐다. 벽은 하얀 회반죽이고, 높다란 천장은 유려한 아치형이다. 기시베의 민감한 코가 간질간질했지만, 복도 구석에 먼지가 솜처럼 쌓인 곳은 없다. 누군가가 매일 출입한 기미가 있었다.

"저기, 실례합니다."

복도 끝을 향해 불러 보았다.

"뭐요?"

바로 옆에서 대답이 들려 기시베는 깜짝 놀랐다. 멈칫거리며 시선을 옆으로 돌렸다. 어두컴컴한 데다 긴장해서 미처 보지 못했는데, 현관을 들어가서 바로 있는 벽에 작은 창이 나 있고, 거기로 수위로 보이는 아저씨가 얼굴을 쑥 내밀고 있었다. 창에는 색 바랜 종이가 붙어 있고 손글씨로 '접수'라고 쓰여 있다. 창 너머는 조그만 방인 듯 아저씨는 선풍기 바람을 쐬면서 텔레비전을 보고 있었던 것 같다.

본관에는 로비에 금속 재질의 현대식 카운터가 있고 웃는 얼굴의 여성이 방문자를 맞이하는데, 엄청난 차이네. 기시베는 내심 한숨을 쉬며 자기 이름을 말하려고 했다.

"아아."

기시베가 아직 한마디도 하기 전에 아저씨는 오른손을 아무렇게나 흔들었다. "2층, 2층."

창이 닫히고 아저씨는 다시 텔레비전 쪽을 향했다.

아저씨가 알려준 대로 2층으로 올라가기로 했다. 기시베의 구두 소리가 복도에 울렸다. 본관의 타일 박힌 바닥이라면 8센티미터 힐이 기분 좋은 소리를 내지만, 별관의 나무 바닥에서는 희미하게 들린다. 뭔가 작은 새가 먹이를 쪼는 소리 같다.

기시베가 체중을 실을 때마다 계단은 음산하게 삐걱거렸다. 혹시 내가 살이 찐 건가. 허리 치수는 달라지지 않았는데, 요즘 스트레스로 과자를 마구 먹어서인가. 소심하게 발끝으로 조심조심 계단을 올라갔다.

복도 창으로 해가 비치는 덕분에 2층은 1층보다 조금 밝았다. 몇 개 나란히 있는 문 가운데 한 곳만 열려 있다. 기시베는 그쪽으로 갔다.

가까이 가서 본 결과, 문은 열려 있는 게 아니라 떼어져 있어 원래부터 문이 없다는 것을 알았다. 실내에는 서가가 빼곡하고 모든 책상이 '종이산'에 묻혀 있다. 또 재채기가 삼연발로 나왔다. 안에 들어가기가 망설여졌다. 먼지 동굴이라는 것은 새삼 들어가 보지 않아도 알 수 있었고, 아까부터 이상한 신음 소리도 들려왔기 때문이다.

"아-우-아-우-."

그 소리는 나직하게 끊임없이 계속되었다. 산기産氣를 느끼는 호랑이라도 키우는 걸까?

"아, 기다리고 있었습니다."

머뭇머뭇 방을 들여다보고 있던 기시베는 뒤에서 나는 소리에 짧게 비명을 질렀다. 돌아보니 좀 전까지 아무도 없었던 복도에 여자가 서 있다. 50대일까. 야윈 몸에 안경을 끼고 어딘지 모르게 신경질적인 분위기였다.

"저어, 저는."

"예, 예. 알고 있어요."

기시베는 또 이름을 말하지 못했다. 여자는 기시베 옆을 지나 방으로 들어가 종이산 사이를 뚫고 앞으로 나아갔다.

"주임님! 마지메 주임님!"

여자가 부르는 소리에 대답하듯이 신음 소리가 멈추었다. 잠시 후 제일 안쪽 종이산이 무너지며 한 남자가 모습을 나타냈다.

"예, 여깁니다. 무슨 일입니까, 사사키 씨?"

지금까지 책상에 엎드려 자고 있었던 것 같다. 일어난 남자의 뺨에 종이의 흔적 같은 빨간 자국이 남아 있다. 이 사람 역시 거의 살집이 없는 체형이지만, 사사키라고 하는 여자와 달리 어딘지 모르게 초라한 차림새다. 셔츠는 온통 주름이고, 머리는 곱슬머리인지 부하고 덥수룩했다.

 이 사람 아마 마흔 살 정도겠지. 폭발할 것 같은 남자의 머리에 흰머리가 드문드문 섞여 있는 걸 보며 기시베는 생각했다. 그런데 이렇게 외양에 신경 쓰지 않는 건 너무하지 않나. 이런 사람이 주임이니 겐부쇼보 사전편집부는 '종이만 먹는 돈벌레'라고 사내에서 험담을 하는 게 아닌가.

 주임의 위엄이라곤 눈곱만치도 보이지 않는 남자는 책상 위를 손으로 더듬거렸다. 이윽고 찾아낸 안경을 끼고 그제야 겨우 기시베의 존재를 깨달은 것 같다. 또 책상을 마구 뒤졌다.

 뭐하는 걸까? 인사를 하는 편이 좋을지 방해하지 않는 편이 좋을지 몰라 기시베는 사사키 쪽을 보았다. 사사키는 '달관의 경지'에 이른 표정으로 남자를 재촉하지도 않고 서 있다. 기시베도 할 수 없이 남자의 다음 동작을 기다렸다.

 "있다."

 남자는 기쁜 듯이 말하며 은색 명함 지갑을 꺼내 기시베에게 다가왔다. 바닥까지 침식한 종이산을 피해야 해서 또 조금 시간이 걸렸다.

 "처음 뵙겠습니다. 마지메 미쓰야입니다."

 내민 명함에는 이렇게 인쇄되어 있었다.

주식회사 겐부쇼보 사전편집부

주임 마지메 미쓰야

눈앞에 서 있는 마지메는 제법 키가 컸다. 마지메는 허리를 조금 구부리듯이 해서 기시베를 보고 있다. 안경 너머의 눈은 졸린 듯하지만 까맣고 반짝거린다.

기시베는 얼른 슈트 주머니에서 자신의 명함집을 꺼냈다. 취직할 때 큰마음 먹고 산 에르메스의 갈색 명함집이다. 안에는 새로 나온 명함이 들어 있다.

"오늘부터 사전편집부에서 일하게 된 기시베 미도리입니다. 잘 부탁합니다."

같은 회사 사람끼리 명함을 교환한다는 애긴 들은 적이 없군, 생각했다. 사사키는 명함을 꺼내지 않고 구두로 소개를 했다.

"사사키예요. 주로 옆에 있는 자료실에서 작업하고 있어요."

거봐, 역시 주임이 이상하구나. 기시베는 안심하고 사사키에게 인사를 건네면서 명함집을 주머니에 넣었다.

사전편집부에 달리 사람은 없었다. 다들 외근 중인가 생각했더니, 상근은 마지메와 사사키와 기시베 세 사람뿐이라고 한다.

"그밖에 감수인 마쓰모토 선생님과 외부 스태프로 아라키 씨가 있습니다."

마지메는 상냥하게 말했다. 세 사람밖에 없는 부서에서 주임이고 뭐고 할 것도 없다. 그런데도 기시베는 상냥한 마지메가 야심 없는 남자 같아서 좀 한심한 생각도 들었다. 그러잖아도 별로 없던 의욕이 더욱 사그라져 가는 걸 느꼈다. "빅 프로젝트여서"라고 들었는데, 이거야 좌천이나 다름없지 않은가.

나, 무슨 실수라도 한 걸까?

몇 번이나 생각했던 일을 또 생각하니 우울해진다.

기시베는 입사한 뒤 3년 동안 여성 대상 패션지〈노던 블랙〉 편집부에서 보냈다. 20대 여성을 타깃으로 한 패션지는 각 회사마다 공을 들여 발행하고 있는데,〈노던 블랙〉은 그중에서도 꽤 잘 나가는 잡지다. 겐부쇼보의 꽃으로서〈노던 블랙〉편집부는 명실 공히 빛났다.

기시베도 학생 시절부터 즐겨 읽던 잡지여서 이곳으로 배치됐을 때는 정말로 기뻤다. 화려한 선배들을 따라 배우며 최신 패션을 빠짐없이 체크했고, 자신도 할 수 있는 범위 내에서 되도록 좋은 옷을 입으려고 신경 썼다. 입고 생활해 보지 않으면 그 옷이 정말로 뛰어난지 어떤지 잘 알 수 없기 때문이다.

마감이 끝난 뒤 아무리 녹초가 되어 돌아와도 피부 손질을 게을리 하지 않았다. 인터뷰를 위해 연예인들의 시시한 자서전도 모조리 다 읽었다.

대학 동기였던 남자 친구에게 "너는 너 혼자 먼저 앞질러 나가는 사람이야" 하는 말과 함께 버림받고도 무너지지 않고 일에 전념했는데.

어째서 사전편집부로 이동이냐고. 일본을 찾아온 할리우드 스타 인터뷰와도, 파리 컬렉션 무대 뒤의 모델들 난투극과도 가장 먼 곳으로 밀려나야 한다.

지구와 게성운의 거리 만큼 떨어진 듯한 이 부서에서 대체 무엇을 해야 좋을지, 무엇을 할 수 있을지 모르겠다.

불안했다.

기시베의 그런 심경을 알 리 없이 마지메와 사사키는 태평스러운 대화를 나누고 있다.

"아까 엄청 신음하던걸요?"

"그랬습니까? 그러고 보니 재교를 보낼 날인데 정자正字가 아닌 글자체가 섞여 있는 걸 발견하는 꿈을 꾼 것 같군요."

"어머나, 꿈도 기분 나쁘네."

"정말 악몽이었습니다."

정자? 의미는 잘 모르겠지만 얘기 내용과 템포가 일반적이지 않다는 것은 안다. 기시베는 머뭇머뭇 말을 꺼냈다.

"저기, 저는 뭘 하면 될까요?"

일은 직접 찾아서 하는 거야, 라는 말을 전 편집부에서 들었지만, 잡지와 사전은 너무나도 차이가 난다. 편집 작업 공정부터 배우지 않으면 편집부 내에서 움직이는 것조차 불가능하다.

그런데도 마지메의 대답.

"천천히 해도 됩니다."

기시베는 '나를 원하지 않는 건가' 하고 낙담했지만, 어쩐지 심술을 부리는 것 같지는 않다. 마지메는 진지한 표정으로 덧붙였다.

"오늘 밤에는 기시베 씨 환영회를 할 예정입니다. 굳이 말하자면 6시까지 위와 간의 기능을 안정시키는 것이 기시베 씨가 오늘 할 일입니다."

"도착한 짐은 저기 있어요."

사사키가 방 한쪽 구석을 가리켰다. 〈노던 블랙〉 편집부에서 옮겨진 박스 몇 개가 가지런하게 쌓여 있다.

"마음에 드는 책상을 써도 돼요. 도와 줄 일 있으면 불러 줘요."

사사키는 그렇게 말을 남기고 편집부에서 나갔다. 자료실인가 뭔가 하는 곳으로 돌아가는 거겠지. 어쩌면 마지메가 제대로 신입을 맞이하지 못할 거라 생각해서 기시베가 언제 오는가 하고 신경 써 주었던 것일지도 모른다. 무뚝뚝하긴 하지만 나쁜 사람 같지는 않다.

그런데 '마음에 드는 책상'이라니……. 기시베는 편집부 안을 둘러보며 황당해했다. 종이나 책이 쌓여 있지 않은 책상이 없는데.

마지메는 이미 자신의 자리로 돌아가 있다. 책상 위에는 교정지인지 대량의 종이가 쌓여 있어 빈 공간이 거의 없다. 컴퓨터조차도 차양처럼 내달린 자료 아래에서 불편한 듯이 몸을 움츠리고 있다. 책상 주변 바닥에는 책이 몇 겹으로 쌓여, 의자에 앉은 마지메의 모습을 감춰 버릴 기세다. 요새나 동면 중인 짐승의 소굴 같은 양상이었다.

기시베는 책의 요새 틈으로 마지메를 들여다보았다. 마지메의 사무용 의자에는 낡은 꽃무늬 방석이 묶여 있다.

뭐라고 부를지 망설였지만, 평소에는 기시베와 마지메 두 사람밖에 없는 모양인 이 방에서 '주임님'이라고 부르기도 좀 뭣했다.

"마지메 씨."

"예?"

마지메는 책에서 얼굴을 들었다. 이집트의 고대 신전에 조각되어 있을 법한 상형문자가 즐비한 책이었다. 바라보기만 하는 거겠지? 설마 읽는 건 아니겠지? 기시베는 약간 당황했다. 어느 책상을 사용하면 좋을지 물을 수 없게 됐다.

마지메는 얼굴을 들고 늠름하게 기시베의 말을 기다리고 있다.

"정자가 뭐예요?"

기시베는 얼른 질문을 바꾸었지만 이내 후회했다. 분명 사전에 관계된 용어일 것이다. 마지메는 특이한 사람 같은데, 성실해 보여도 의외로 신경질적인 사람일지 모른다. 그런 것도 모르다니 전혀 도움 안 되는 신출내기가 왔군. 그렇게 말하며 화내는 건 아닐까.

예상과 달리 마지메는 여전히 온화한 태도로 말했다.

"기본적으로는 《강희자전康熙字典》에 기초한 정규 글자체를 말합니다."

도통 무슨 말인지 알아듣지 못하겠는 데다 '강희자전'이라는 들어 본 적도 없는 단어까지 나와 버렸다. 기시베의 곤혹스러움을 눈치챘는지, 마지메는 책을 무릎 위에 놓았다. 가까운 종이 더미에서 한 장을 뽑더니 뒷면에 뭔가 적었다.

"예를 들면 '소로우そろう, 갖추어지다'라는 말을 컴퓨터로 한자 변환하면 '揃う'가 되는 경우가 많죠. 그러나 실제로 출판된 소설이나 사전을 보면 대부분이 '揃う'로 되어 있습니다. 정자로 수정하도록 교정 인쇄 단계에서 지시를 내리기 때문이죠. '揃'이 정자고 '揃'은 이른바 속자입니다."

기시베는 마지메가 쓴 '揃'과 '揃'을 신중하게 비교해 보았다.

"정자 쪽은 '月' 부분의 횡선이 비스듬하네……."

그러고 보니 〈노던 블랙〉 기사를 쓸 때 교열자에게 한자 정정 지시가 들어온 적이 있다. 패션지에서 중요한 것은 게재된 상품의 색감이 제대로 인쇄에 반영되었는가, 가게 정보가 정확한가 하는 것이다. 기시베는 교열자가 지시하는 의미 따위 생각한 적도 없었고, 그것이 정자와 관련된 지적이란 건 더욱 모르고 있었다.

"손으로 쓸 때는 '揃'으로 써도 됩니다."

마지메는 다시 책으로 시선을 떨어뜨렸다. "여기서 말하는 정자란 오자誤字의 반대어가 아닙니다. 활자로서 정통한 글자체라는 말이죠. 사전에서 사용하는 한자는 정자를 사용합니다. 《상용한자표》와 《인명용한자별표》에 실려 있는 한자는 신자체新字體로 표시하고 있습니다만."

상용한자표? 잘 모르는 단어가 또 등장했지만, 어쨌든 사전은 면밀한 규칙 아래 한자漢字 한 자에 이르기까지 세심한 주의를 기울여 만들어진다는 사실은 제대로 알았다.

해낼 수 있을까, 나. 기시베는 정신이 아득해졌다. 아까 무리해서 종이를 뽑은 탓인지 이제야 책상 위의 종이산이 균형을 잃고 와르르 무너져 마지메의 손을 덮었다.

기시베는 5회 연속 재채기를 했다. 코를 풀고 싶었지만, 이 방 어딘가에 있을 티슈를 찾아내려면 시간이 꽤 걸릴 것 같았다.

기시베는 자신의 공간을 확보하기 위해 짐을 풀기 전에 사전 편집부 청소부터 하기로 했다.

막 7월에 들어선 이 시기에 마스크 같은 건 팔지 않을지도 모른다고 생각했지만, 요즘은 계절을 불문하고 신형 인플루엔자니 뭐니 시끄러운 탓인지 회사 근처 편의점에는 부직포 마스크가 진열되어 있었다.

기시베는 면장갑도 사고 마스크를 두 장 겹쳐서 끼고 편집부 청소를 시작했다. 마지메가 도와 줄까 물었으나 정중히 거절했다. 처음 만난 사람에게 실례이긴 하지만, 겉으로 보기에 별로 도움이 되지 않을 거라고 판단했기 때문이다.

마지메는 얌전하게 물러나 책상 앞에 앉아 일을 했다. 무슨 일인지는 불확실하다. 상형문자 책과 씨름하며 뭔가 메모를 하고 있다. 넌지시 들여다보았더니 '왕王인 새는 밤으로 향한다' 어쩌고 하며 일본어로 휘갈겨 놓았다. 설마 정말로 상형문자를 읽을 줄 아는 것일까?

청소는 생각보다 의의가 있었다.

책은 책, 교정지는 교정지, 서류는 서류대로 분류하여 큰 작업 책상에 쌓아 올렸다. 어느 정도 정돈한 시점에서 어느 것을 버려도 되는지 마지메에게 물어보았다. 책은 자료가 꽂혀 있는 서가로, 서류는 분류해 파일로 만들어 사무 서랍장으로, 종이

쓰레기로 판단되는 것은 끈으로 묶어 복도로.

보관해야 할 교정지가 가장 정리하기 힘들었다. 한 권의 사전을 만드는데 초교에서 5교까지 교정지가 다섯 번이나 편집부와 인쇄소 사이를 왔다 갔다 하는 것 같다. 교정지에 수정을 해서 인쇄소로 돌려주고, 수정이 반영된 것을 인쇄소에서 보내오면 또 확인하고, 그런 작업을 5회 반복하는 것이다.

잡지는 특별히 문제가 없으면 초교 한 번으로 끝난다. 많아야 재교까지인 경우가 대부분이어서 '5교'라는 도장이 찍힌 교정지를 보고 놀랐다. 교정지는 인쇄소에서 인쇄하기 때문에 물론 공짜가 아니다. 사전 만드는 데 대체 시간과 수고와 돈이 얼마나 드는 거냐.

도처에 종이산을 쌓고 있는 것은 《자현》이라는 한화漢和사전 개정판의 교정지 같았다. 3교에서 5교까지 제각각으로 섞여 있어서 요주의다. 교정별로 나누어 페이지 순이 되도록 포개서 묶었다. 엄청난 두께여서 적당한 페이지에서 나누어 커다란 클립으로 철했다.

첫날을 거의 통째로 소비했지만 책상 주변 청소밖에 못했다. 정리를 다 하지 못한 《자현》 교정지가 아직도 작업 책상에 남아 있다.

그래도 한결 깔끔해졌고, 사전편집자가 교정지를 어떻게 고치는지도 많이 볼 수가 있었다.

 기시베는 보람을 느끼며 짐이 든 박스를 열었다. 마지메에게서 제일 먼 자리에 있는 책상에 자신의 문구류며 파일이며 컴퓨터를 놓았다. 청소에 비하면 짐 풀기는 금세 끝났다. 원래 기시베는 정리 정돈이 제대로 되어 있지 않으면 안정이 되지 않는 타입으로, 그래서 소지품도 최소한으로 줄이려고 신경 써 왔다.
"슬슬 가게로 갈까요?"
5시 반이 지났을 즈음에야 마지메가 일어서서 기지개를 켰다.
"와아, 깨끗해졌네요."
편집부 내를 둘러보며 연신 고개를 끄덕인다.
"자료 책도 제자리를 잘 찾아서 꽂아 놓았군요."
"초등학교부터 고등학교 때까지 줄곧 도서위원이어서 좀 익숙한 편이에요. 그래도 잘못된 게 있으면 말씀해 주세요."
 기시베는 마스크를 벗고 쑥스럽기도 하고 자랑스럽기도 한 마음으로 말했다. 자기도 모르게 푹 빠져서 정리했다. 아침에 기껏 말고 온 머리는 땀으로 다 풀어졌다. 좀 무리해서 산 고급 슈트도 먼지투성이다.
"기시베 씨는 사전 만들기에 딱 어울리네요."
 마지메가 감탄한 듯이 말해서 기시베는 황급히 손을 저었다.
"설마요. 저는 정자도 모르고 교정지도 거의 교열자한테 맡겼었는데요."

"그런 건 지금부터 배우면 됩니다. 잡지와 사전은 일의 포인트가 다르니 당연해요. 나도 패션지 색 교정을 확인해 달라고 하면 어떻게 해야 할지 몰라 난감할 겁니다."

마지메는 부드럽게 미소 지었다.

"저의 어떤 부분이 사전 만들기에 어울린다고 생각하세요?"

기시베는 조금이라도 자신감을 갖고 싶어서 큰마음 먹고 물어보았다.

"요령 있게 물건을 제자리에 수납할 줄 아는 점이요."

"예?"

고작 청소 능력을 평가받아서 맥이 풀렸다. 기왕이라면 더 폼 나는 부분을 인정받고 싶었다.

무엇보다 사전 만들기에 어울리는 사람들이 모인 장소일 텐데, 어째서 이 편집부는 물건이 제자리에 있는 게 없는가. 이상하지 않은가?

기시베의 의혹을 눈치 챘는지 마지메가 난감한 듯이 웃었다.

"평소에는 이것보다 상태가 좀 낫답니다. 《자현》 개정이 끝나자마자 《소케부 대백과》 편집 작업이 들어와 버려서 요즘 한동안 북새판이었던 탓에."

실제로 '북새판'이라고 말하는 사람을 처음 보았다. 기시베는 미처 반응하지 못하고 잠시 멍청한 얼굴을 하고 있었다. 아니다, 마지메 씨는 지금 '북새판'보다도 위화감 있는 단어를 말한 것 같다.

"소케부?"

잘못 들었는가 하고 기시베는 똑같이 따라하며 물었다.

"예, 소케부."

마지메는 고개를 갸웃거리며 기시베를 보았다. "모르세요?"

'소켓 부스터', 통칭 '소케부'라면 물론 알고 있다. 애니메이션으로 만들어지기도 한 아이들에게 인기 만점인 게임이다. 열 살 소년, 소켓 부스터 군이 우주를 여행하며 가는 곳곳의 혹성에서 다양한 생물과 친구가 된다.

잔뜩 등장하는 우주 생물의 형상은 귀엽기도 하고, 그로테스크하기도 하고, 워낙 다양한 데다 색채도 선명하다. 주인공인 소켓 부스터 군보다 인기 있는 우주 생물도 있다. 게임을 한 적도 애니메이션을 본 적도 없는 기시베조차 캐릭터 두세 가지는 알고 있을 정도다.

소케부와 사전편집부 사이에 무슨 연관이 있을까. 기시베는 마지메에게 묻고 싶었지만, 화기 점검을 한 마지메는 옆 자료실에 있던 사사키를 불러 바로 별관에서 밖으로 나가 버렸다.

장마는 아직 끝나지 않았다. 빌딩의 불빛과 차의 헤드라이트에 비친 구름이 진보초 하늘을 잿빛으로 덮고 있다. 사사키의 재촉으로 기시베도 마지메의 뒤를 쫓았다. 마지메는 빠른 걸음으로 지하철 계단을 내려갔다.

기시베는 환영회가 어디서 열리는지 듣지 못했다. 그런데도 마지메는 기시베를 안내하려는 기색도 없다. 오로지 자기 방식대로 어딘가로 향해 가고 있다. 소케부에 대해 질문할 수 있는 상황이 아니다. 사사키가 없었더라면 미아가 되었을 것이다.

마지메의 뒷모습을 관찰했다. 흰색 와이셔츠에 검은색 토시를 낀 채로다. 저런 차림으로 밖에 나오다니 믿을 수 없다. 패션이나 옷매무새에 대해 어떻게 생각하는 걸까? 아무 생각도 없을 테지, 분명. 한숨이 나왔다. 대체 슈트 웃옷은 어쩌고 온 걸까. 편집부에 놔두고 온 건가.

"늘 저런 식이어서."

기시베의 마음의 소리를 들은 것처럼 옆에서 걷고 있던 사사키가 말했다.

지하철을 한 번 갈아타고 10분 정도 더 가서 가구라자카에 도착했다. 〈노던 블랙〉 편집부라면 환승이 귀찮아서 경비로 쓰면 되니까 택시로 이동했을 터. 사전편집부에는 자금이 별로 없는지, 택시를 탄다는 발상 자체가 없는지, 마지메도 사사키도 불만 없는 모습으로 지하철에 흔들리며 계단을 오르고 내려

205

갔다. 마지메는 무거워 보이는 검은 가방까지 들고 있다. 그러고 보니 회사를 나오기 전에 책을 잔뜩 쑤셔 넣고 있었다. 편집부에서도 줄곧 상형문자 책을 읽고 있었으면서 집에 가서도 또 독서를 할 생각인 것 같다.

믿을 수 없다. 기시베는 또다시 한숨을 쉬었다.

가구라자카의 좁고 복잡한 길을 지나 도착한 곳은 좁은 골목의 막다른 곳에 있는 오래되고 자그마한 단독 주택 앞이었다. 처마에 네모난 외등이 달려 있다. 오렌지색의 부드러운 빛을 뿌리는 외등에는 '달의 뒷편'이라고 쓰여 있다.

미닫이문을 열고 들어가니 주방장 차림의 청년이 깍듯하게 맞아 주었다. 댓돌에서 신발을 벗었다.

들어가자마자 판자벽의 방이 있었다. 넓이는 15조 정도 될까. 왼쪽에 민나무 카운터가 있고, 그 앞에 오각 나무 의자가 있었다. 그밖에 4인석 테이블이 네 개. 자리는 8할이 차 있었다. 접대 중인 샐러리맨도 있고 전문직 종사자로 보이는 젊은 남녀도 있었다.

"어서 오세요."

카운터 안에서 인사하는 사람은 여성 요리사였다. 마흔이 될까 말까 해 보였다. 검은 머리를 뒤로 묶은, 꽤 예쁜 사람이다.

청년의 안내로 사전편집부 일행은 현관 오른편에 있는 계단을 올라갔다. 2층은 8조 다다미방으로 간소한 도코노마바닥을 한 층 높여 만들어 놓은 곳에 꽃이 핀 댕강목 가지가 꽂혀 있었다. 그다음은 복도를 사이에 두고 화장실 문과 직원들 방으로 보이는 문이 나란히 있을 뿐이었다.

좌탁에는 이미 두 명의 남자가 앉아 있었다.

"감수를 맡고 계신 마쓰모토 선생님과 외부 편집자인 아라키 씨입니다."

마지메의 소개로 기시베는 명함을 건네고 인사를 했다. 마쓰모토 선생은 꼬챙이처럼 몸이 야위고 머리가 반들반들한 대머리 노인이다. 아라키는 마쓰모토 선생보다 약간 연하로 보이지만 완고할 것 같다.

안내해 준 청년은 술 주문을 받고 1층으로 내려갔다가 바로 병맥주와 2홉짜리 술병과 안주를 쟁반에 담아 들고 왔다. 손바닥에 올린 접시에 광어 고부지메생선살을 다시마로 말아 숙성시킨 회 요리가 담겨 있다. 다시마 맛이 고급스럽게 배어 있어, 입에 넣는 순간 배가 고팠다는 사실이 떠올랐다.

맥주를 주거니 받거니 하며 기시베의 환영회는 화기애애하게 진행됐다. 마쓰모토 선생은 자작으로 청주를 홀짝홀짝 마셨다. 소케부의 수수께끼는 아라키가 설명해 주었다.

"사전과 자전 종류는 전부 사전편집부에서 만드는 것이 겐부쇼보의 관례지. 그래서 《소케부 대백과》도 마지메 군이 만든 거지."

"주임님은 한 가지 일에 무섭게 몰두하는 타입이라 애를 먹었어요."

사사키가 뒤를 이었다. "등장하는 우주 생물을 어린이 취향으로 소개하는 것이 목적입니다, 하고 말해도 전혀 듣질 않아요. 페케포 혹성인의 평균 체중은 지구의 중력 아래서 환산하면 몇 킬로그램입니까? 아와무 별의 귀족은 텔레파시로 대화를 한다고 설정 자료에 있는데, 아와무 별의 계급 제도를 가르쳐 주십시오. 또 텔레파시 대화란 구체적으로 어떤 것입니까? 뇌에서 뇌로 언어를 전달하는지 영상이나 음악 같은 것을 전달하는지? 귀족 이외에는 지구인과 마찬가지로 소리 내어 말하는 걸로 하면 될까요? 등등등, 애니메이션이나 게임 제작 회사에다 어찌나 자세하게 묻는지. 나중에는 그쪽도 두 손 들고 '그런 건 마지메 씨가 생각해 주셔도 됩니다. 우리가 앞으로 그 설정에 따를 테니까요' 하고 나자빠졌을 정도죠."

"사사키 씨가 이렇게 말을 많이 하는 건 처음 들었는데요."

마쓰모토 선생이 감탄과 놀라움이 섞인 표정으로 고개를 젓자 "마지메 군을 지키는 일이 어지간히 힘들었나 봅니다" 하고 아라키가 사사키에게 동정의 시선을 보냈다.

기시베는 어안이 벙벙했다. 어린이 대상 캐릭터 사전에 과열 정성이다.

어째서 사전의 사 자도 모르는 내가 사전편집부로 이동됐을까 생각했었다. 어쩌면 마지메 씨 '지키기 요원'으로 온 걸지도 모른다. 그렇다면 납득이 간다. 항상 같은 방에서 감시하는 이가 없으면 마지메 씨는 타산을 도외시한 사전을 만들 것 같다.

"덕분에 《소케부 대백과》는 호평이어서 사전편집부 체면을 세웠습니다."

마지메는 기쁜 것 같다.

"오랜 세월 찬밥 신세였지만, 이제 드디어 《대도해》 편찬에 힘을 쏟을 수 있겠어."

아라키는 탁자 위에서 주먹을 불끈 쥐었다. "기시베 씨도 와 주었고."

"대도해?"

고개를 갸웃거리는 기시베에게 마쓰모토 선생이 보충 설명을 해 주었다.

"우리가 간절히 출간을 희망하는 국어사전입니다. 기획을 한 지 13년이 돼 가는군요."

"13년!"

기시베는 깜짝 놀랐다.

"13년이 지났는데 아직 발매가 되지 않은 거예요? 뭐 하셨어요, 그동안?"

"그러니까 다른 사전을 개정하기도 하고 《소케부 대백과》를 만들기도 하고……."

마지메가 태평스럽게 대답했다.

"마지메 씨는 결혼도 했잖아요?"

"맞아, 맞아. 난 기적이라고 생각했어."

마쓰모토 선생과 아라키의 훼방에 마지메는 쑥스러운 듯이 웃었다.

기시베는 너무 놀라서 더 이상 무엇을 어디서부터 질문해야 좋을지 몰랐다. 보기에는 변변찮아 보이는 사람인데 결혼? 나는 남자 친구와 헤어졌는데 이 아저씨는 기혼자! 세상이란 얼마나 불공평한지. 아니, 중요한 건 그게 아니다. 아무리 그래도 사전 한 권 만드는 데 13년이라니, 시간이 너무 걸리지 않는가.

"어쩔 수 없었어요."

사사키가 도미 회를 먹으면서 말했다.

"회사 뜻으로 《대도해》 편찬이 자주 중단됐으니까."

"좋은 사전을 만들어서 잘만 하면 대박이지만, 아무래도 못 미덥지. 회사는 어떡하든 눈앞에 보이는 이익을 추구하기 마련이니 사전처럼 만드는 데 시간과 돈이 드는 것은 이해를 얻기 어려워."

아라키는 맥주잔을 비우고 마침 간단한 요리를 들고 온 청년에게 추가 주문을 했다. 안주는 흰 파와 자사이와 닭고기를 버무려 후추를 뿌린 것이었다. 산뜻한 식감에 톡 쏘는 매콤한 맛 때문에 맥주가 잘 들어갔다. 간단한 요리라기보다 안주다. 사전 편집부 일동이 너무나도 기세 좋게 먹고 마셔서 요리가 쫓아가지 못했을지도 모른다.

"《소케부 대백과》가 잘 팔리고 있으니 이번에야말로《대도해》를 완성시킵시다. 아니, 완성시켜야만 합니다."

마지메는 차가운 맥주를 각자의 잔에 따라 주었다. 마쓰모토 선생은 술이 든 잔을 한 손에 들고 미묘하게 웃으면서 중얼거렸다.

"그러지 않으면 내 수명이 다해 버릴 테니까요."

전혀 농담이 아니다. '그렇군요'라고도, '괜찮습니다'라고도 말할 수 없어 일동은 모호한 미소로 순간 침묵했다. 마지메가 다시 힘을 낸 듯이 헛기침을 했다.

"자, 기시베 씨도 편집부에 와 주었으니 모두 전력을 다해 봅시다. 건배!"

어, 요리도 술도 실컷 먹고 마시다가 이제 와서 건배? 기시베는 당황했지만, 다른 사람들은 때와 경우를 가리지 않고 마음

가는 대로 건배를 하는 것 같다. 네 개의 컵과 한 개의 잔이 허공에서 부딪쳤다.

"말씀 나누시는 가운데 실례합니다."

아까 카운터 안에 있던 여성 요리사가 2층에 얼굴을 내밀었다. 쟁반에 담아 온 조림 요리 그릇을 나눠 준 뒤, 다다미에 바로 앉아 기시베를 향해 가볍게 두 손을 짚고 고개를 숙였다.

"'달의 뒷편'을 운영하고 있는 하야시 가구야입니다. 앞으로 잘 부탁드립니다."

기시베가 인사를 건넬 틈도 없이 아라키가 "그건 좀 무리일지도" 하고 웃었다.

"오늘은 환영회니까 분발했지만, 평소에는 '칠보원'이 고작이야. 그렇지, 마지메 군?"

"늘 경비가 부족해서 말이죠, 면목 없습니다."

마지메는 기시베를 손바닥으로 가리켰다.

"가구야 씨, 이쪽은 기시베 미도리 씨입니다."

"회식 때뿐만 아니라 데이트할 때도 이용해 주세요."

가구야는 살살거리는 웃음도 짓지 않고 기시베에게 어필했다. 상대가 없는데요, 라고 생각했지만 묵묵히 머리를 숙여 두었다.

"어이, 희한하네."

아라키가 기시베와 가구야를 번갈아 보았다.

"가구야 씨는 장인 체질이어서 말이지. 이런 식으로 열심히 호객 행위 하는 건 처음 봤는걸."

가구야는 조금 수줍은 듯이 고개를 숙이고 정좌했다. '제가 재주가 없어서요'라고 말할 것 같은 분위기다. 예쁜데 뭔가 독특한 사람. 그런데 나쁜 느낌은 들지 않는다. 기시베는 그렇게 생각했다.

"이쪽은 하야시 가구야 씨입니다."

마지메는 분위기를 읽지 못하고 아직도 소개를 계속했다. 이름은 본인에게 이미 들었습니다만. 세련되지 못한 행동에 기시베는 속으로 한마디 던지느라 이어지는 마지메의 발언을 미처 듣지 못했다. 아니, 이해를 제대로 하지 못한 건지도 모른다.

"내 배우자입니다."

기시베는 족히 5초는 경과한 뒤에 "예?" 하고 되물었다. 마지메는 진지하게 되풀이했다.

"내 배우자입니다."

기시베는 마지메를 보고 가구야를 보았다. 마지메는 싱글벙글거리고 있고, 가구야는 무표정한 채 뺨을 약간 붉히고 있다.

세상은 정말로 불공평하기 짝이 없다. 기시베는 하늘을 우러러보며 마음속으로 불만을 토로했다.

어딘가에 있을지도 모르는 신이시여. 어째서 가구야 씨에게 발군의 요리 솜씨를 주는 대신 남자 보는 눈을 빼앗아 버린 건가요. 너무합니다. 이런 미인이 고른 상대가 머리카락이 다 뻗치고 팔에 토시를 찬 남자라니.

술이 덜 깬 몸을 이끌고 출근했다.
마지메는 이미 책상 앞에 앉아 있었다. 수동식 연필깎이 손잡이를 돌려 빨간 연필의 심을 꼼꼼히 깎고 있다.
기시베는 "안녕하세요" 인사를 하고 천천히 자리에 앉았다. 진동을 주면 머리가 울리기 때문이다.
"이런, 힘들어 보이는군요."
마지메는 얼굴을 들고 자료 더미 너머로 기시베를 보았다.
"그러고 보니 어젯밤 꽤 명정해 보였습니다."
"'명정'이 뭐예요?"
"모르면 사전을 찾아보세요."
마지메가 서가를 가리켰지만, 도저히 일어설 기력이 없다.
"오늘은 뭘 하면 될까요?"
"이제 곧 제지 회사 사람이 올 겁니다. 미팅에 동석해 주세요."
하필 이런 날 외부 사람과의 미팅. 이날 최초의 재채기가 벌써 작렬했다. 아아, 두통이 난다. 드링크제의 도움을 빌리지 않는 한 도저히 누군가를 만나지 못할 것 같다.

기시베는 편의점에 가서 숙취에 잘 듣는 드링크제를 사서 가게를 나오자마자 마셨다. 중년 샐러리맨이 어이없다는 듯이 쳐다보았지만, 신경 쓸 때가 아니다.

기분이 좀 개운해졌을 때 편집부로 돌아왔다. 작업용 큰 책상 옆에 마지메와 슈트 차림의 젊은 남자가 서 있었다. 교정지 더미를 치우고 몇 장의 종이를 펼쳐 놓았다.

"늦어서 죄송합니다."

기시베는 서둘러 남자와 명함을 교환했다. 명함에는 '아케보노 제지 영업 제2부 미야모토 신이치로'라고 적혀 있다. 나이는 아마 기시베와 비슷한 정도이리라. 얌전해 보이지만, 끈기 있게 일에 매진하는 근성이 엿보인다. 의지가 가득한 눈이 인상적이었다.

느낌 좋은 사람이 회사에 왔는데 하필 숙취. 기시베는 술 냄새가 나지 않을까 신경이 쓰여 되도록 숨을 쉬지 않고 이야기하려고 애썼다. 무척 어려웠지만, 간만에 본 만남의 싹을 짓밟아서는 안 된다.

미야모토는 《대도해》에서 사용할 본문 용지의 견본을 갖고 온 것 같다. 마지메는 몇 종류의 종이를 앞에 두고, 만져 보고 쓰다듬어 보고 손가락 끝으로 넘겨 보기도 했다. 미야모토의 존재 따위 안중에도 없었다. 기시베는 손님 보기가 민망해서 화제를 만들었다.

"아주 얇군요."

"예.《대도해》를 위해 저희 회사가 개발한 야심작입니다. 두께는 50미크론. 무게도 1제곱미터당 45그램밖에 되지 않습니다."

뭔지 잘 모르겠지만 아주 얇고 가벼운 종이 같다. 미야모토는 기쁜 듯이 계속 설명했다.

"게다가 이렇게 얇은데 뒷면이 거의 비치지 않습니다."

"뒷면이 비쳐요?"

"페이지 뒤에 인쇄된 글씨가 비치는 것 말입니다. 그렇게 되면 글씨를 읽기 어려우니까요."

미야모토에 따르면 사전 본문 용지는 얼마나 얇고, 가볍고, 뒷면이 비치지 않는가를 중시하여 결정한다고 한다. 사전은 다른 서적에 비해 페이지 수가 현격하게 많다. 얇은 종이를 사용하지 않으면 부피가 엄청나게 커진다. 가벼운 종이를 찾는 것도 들 수 있을 정도 중량의 사전이 아니면 사용하기 불편하기 때문이다.

"아까 '대도해를 위해서'라고 하셨는데, 혹시 특별히 개발한 종이인가요?"

"예. 1년 전에 마지메 씨에게 주문을 받고 저희 회사 개발부와 기술부가 총력을 기울여 견본을 만들었습니다. 드디어 오늘 이렇게 가져올 수 있게 되어, 처음부터 영업을 담당하고 있던 저도 감개무량합니다."

미야모토는 깊이 음미하듯 말했다. 마지메에게 어지간히도 무리한 요구를 계속 받아 왔을 것이다.

"다른 사전도 종이부터 특별 주문을 하나요?"

"그건 경우에 따라 다릅니다. 예를 들어《겐부학습국어사전》은 이미 제품화된 종이를 사용했습니다만,《자현》은 역시 저희 회사에서 특별히 종이를 개발했습니다.《대도해》는 오랜만의 특별 주문이라 저희 회사에서도 대단히 심혈을 기울이고 있습니다."

미야모토는 종이 다발을 휘어 보이며 자랑스럽게 기시베를 바라보았다.

"어떠세요?"

"어떻다니, 뭐가요?"

"약간 노란빛을 띤 가운데 살짝 연붉은빛이 들죠? 이렇게 따스함이 있는 색조가 나올 때까지 시행착오도 있었답니다."

아아, 이 사람도 독특한 사람이구나. 참으로 유감이군, 생각하면서 기시베는 사정없이 한숨을 쉰 뒤 질문을 했다.

"그런데 이렇게 얇은 종이를 개발해도 사전 외에 사용할 길이 없겠죠?"

"그렇진 않습니다."

미야모토는 종이 다발을 가지런하게 챙기며 말했다.

"물론 특별 주문 받은 종이는 《대도해》 외에는 사용하지 않습니다. 그러나 조금이라도 얇은 종이를 만들도록 기술을 연마하는 것은 제지 회사로서 중요한 일이죠. 사전 이외에도 성경, 보험 약관, 약의 효능서, 공업 용품 등 얇은 종이의 수요는 다양하게 있으니까요."

"오오."

기시베는 감탄했다. 듣고 보니 약 상자 속에 들어 있는 설명서도 반듯하게 접힌 얇은 종이다. 별로 관심을 가져 본 적은 없었지만, 용도에 맞는 다양한 종이들이 밤낮으로 연구 개발되고 있는 것 같다.

시작품試作品 종이를 요모조모로 살펴보던 마지메가 갑자기 소리쳤다.

"미끈거리는 손맛이 없어요!"

기시베와 미야모토는 깜짝 놀라 엉겁결에 서로 몸을 기대듯이 하고 마지메를 보았다.

"미끈거리는 손맛……?"

치통을 일으킨 아쿠타카와 류노스케처럼 마지메의 표정은 난해하다.

"기시베 씨, 중형 사전 좀 갖고 와 주겠어요? 《고지엔》이 좋겠군요."

마지메가 시킨 대로 기시베는 서가에서 《고지엔》을 가져왔다. 가장 최신판이다.

"보세요, 미야모토 씨."

마지메는 손가락 등으로 《고지엔》 페이지를 한 장 한 장 넘겼다.

"이게 미끈거리는 손맛입니다."

마지메의 손가를 들여다보며 기시베와 미야모토는 곤혹스러운 얼굴로 마주보았다.

"으음, 어떤 것 말인지요?"

미야모토가 당황스러워하며 물었다. 마지메는 드디어 치통이 극에 달해 세상을 비관하는 아쿠타가와 류노스케처럼 처절한 표정이 되었다.

"손가락에 빨려들듯이 페이지가 넘겨지죠? 그런데도 종이끼리 붙어서 복수의 페이지가 동시에 넘어가는 일이 없어요. 이게 미끈거리는 손맛입니다."

마지메에게 《고지엔》을 건네받아 기시베와 미야모토도 페이지를 넘겨 보았다.

"아, 정말이다."

"확실히 절묘하게 촉촉한 질감이어서 손가락 마디만으로 무리 없이 페이지가 넘어가네요."

드디어 깨달았습니까, 하듯이 마지메는 유유히 끄덕였다.

"이것이야말로 사전 종이가 지향해야 할 경지입니다. 사전은 그러잖아도 두꺼운 서적입니다. 페이지를 넘기는 사람에게 불필요한 스트레스를 주어선 안 됩니다."

"죄송합니다."

미야모토는 머리 숙여 사과한 뒤, 문득 생각났다는 듯이 서가에서 《자현》을 꺼내 왔다. 몇 번이나 《자현》 페이지를 넘기며 뭔가를 확인하고 있다. 그 표정은 너무 진지해서 무섭기까지 했다.

기시베는 '종이 같은 걸로 뭐 저렇게까지……' 하고 내심 당황했다. 동시에 겐부쇼보 사원도 사전편집부도 아닌 미야모토가 《대도해》를 진지하게 생각하고 있다는 걸 알고, 뭔가 조금 기쁘기도 했다.

미야모토는 《자현》 페이지를 넘기다 말고 복도로 나가 전화로 누군가와 얘기를 나누었다. 통화를 마치고 편집부에 돌아온 미야모토의 첫 마디는 "빠른 시일 안에 다시 견본을 만들어 제출하겠습니다"였다.

"마지메 씨 말씀대로 이번 견본에서는 《자현》 페이지를 넘길 때 같은 미끈거리는 손맛이 재현되지 않았습니다. 그 이유를 지금 회사 기술자에게 확인했습니다."

미야모토가 설명한 바에 따르면 새로운 초지기抄紙機를 도입한 것이 원인이 아닌가 하는 것이다.

"초지기?"

낯선 단어에 기시베는 고개를 갸웃거렸다.

"종이를 뜨는 기계입니다. 아시다시피 용도에 맞춰 종이를 만들기 위해서는 원료나 약제의 미묘한 배합이 중요하죠."

미야모토의 변명을 듣고 마지메는 "그렇군요" 하고 끄덕였다. 그런 건 이미 알고 있지만 여기서는 젊은 미야모토 씨의 기를 살려 주자. 그런 여유가 느껴지는 태도였다. 기시베는 미묘한 배합이 필요하다는 것, 보통 다들 아는 건가? 의문이 남았지만 아는 척 끄덕여 두었다.

마지메가 조금 부드러워진 표정으로 말했다.

"《자현》 때의 경험을 바탕으로 미끈거리는 손맛이 나는 배합으로 했는데도, 새로 도입한 초지기였던 탓에 생각처럼 지질에 반영되지 않았군요."

"맞습니다."

미야모토는 고개를 숙였다. "초지기에는 각각 특징이 있습니다. 같은 배합으로 종이를 만들어도 기계마다 다소 변덕이 생긴답니다. 게다가 《자현》의 특별 주문 종이를 담당한 기술자가 이미 정년퇴직해서 말이죠. 미끈거리는 손맛이라는 개념에 대한 저희 인식이 부족했습니다."

평소 미끈거리는 손맛을 의식하는 사람은 마지메 씨뿐일 거야. 기시베는 그렇게 생각했다. 마지메는 미야모토의 진지한 사죄에 감동 받은 모습이다.

"미끈거리는 손맛을 이해해 주었다면 그걸로 됐습니다. 다음 견본, 기대할게요."

"옙!"

미야모토는 그제야 웃는 얼굴을 보였다.

"반드시 만족하실 수 있는 종이를 만들어 오겠습니다!"

미야모토는 펼쳐 놓은 견본을 모아서 껴안고 질풍처럼 사라졌다.

"믿음직한 청년이네요."

마지메는 환한 표정으로 자신의 책상으로 돌아가 한숨 돌릴 틈도 없이 뭔가 쓰기 시작했다. 기시베가 살짝 들여다보니, 바로 '초지기'라는 단어의 용례채집카드를 만들고 있었다.

사전 만들기에 관련된 사람들은 정말 이상한 사람들뿐이다.

기시베는 그들의 열의가 무섭기도 하고, 자신이 그들을 따라갈 수 있을지 불안하기도 했다.

일단 큰 책상부터 정리하자. 《고지엔》을 손에 든 기시베는 "아참" 하고 아까 마지메가 한 수수께끼의 말 '명정'을 찾아보았다.

명정 술이 몹시 취한 것. 대취. 조루리淨瑠璃, 주신구라忠臣蔵. 일본의 고전 '너, 이놈,—때까지 돌려보내지 않을 테다.'

마지메가 한 말의 의미는 '어제는 엄청나게 취했더군요'였다는 것이 판명됐다.

그렇다면 어째서 그렇게 쉽게 말하지 않는 거냐고.

기시베는 화가 났다.

애초에 《고지엔》에 예문으로 인용한 '주신구라'의 한 문장도 《가나데혼주신구라仮名手本忠臣蔵》에 나오는 말이다. 《가나데혼주신구라》라니! 고전이잖아! 사극이야! 현대 일본에서 '명정'이라는 단어를 사용하다니 들어 본 적도 없다고!

마지메 씨는 일부러 어려운 말을 사용해서 내가 이해하는지 어떤지 시험하고 있다. 기시베는 그렇게 생각했다. 내가 단어를 잘 모른다는 것도 사전에 대해 완전 초보라는 것도 다 아는 주제에.

심술궂다!

자신이 한심하고 분해서 눈물이 나올 것 같았다. 마지메의 심술에 져서 우는 것은 억울하니 꾹 참고 편집부 청소를 계속했다.

마지메는 여전히 일을 지시하지 않고 있다. 책상 앞에 앉아 혼자 열심히 무언가를 쓰고 있다. 어쩌면 기시베의 존재를 잊어버렸을지도 모른다. 기시베가 울건 재채기를 하건 전혀 개의치 않을지도 모른다.

기시베는 본관 직원 식당에서 혼자 점심을 먹었다. 오늘 메뉴는 전갱이 튀김이다.

누군가와 이야기하고 싶은 기분이어서 식당에 가기 전에 자료실을 들여다보았다. 사사키는 외부로 식사하러 갔는지 자리에 없었다. 하필 이런 날일수록 식당에도 친한 동료의 얼굴이 보이지 않았다.

그러고 보니 나이 차가 나는 사람들하고만 일하는 것은 처음이다.

좋아하는 전갱이 튀김을 맛없이 씹었다.

〈노던 블랙〉 편집부 시절에는 주위에 동년배 편집자나 필자가 많이 있었다. 특히 편집자는 편집장을 제외하고 전원이 여자였다. 그만큼 경쟁심이 없었다고는 할 수 없지만, 기본적으로는 서로 돕고 얘기를 나누며 힘든 일을 해 나갔다. 일하는 도중에 음식이며 옷이며 연애며 사소한 화제들로 서로 웃을 수도 있었다.

그것이 얼마나 기분 전환이 됐는지 이동 이틀 만에 온몸으로 절감했다.

사전편집부에는 거의 마지메밖에 없다. 공통된 화제가 없는 것뿐이라면 그나마 낫다. 의미 불명의 고어로 말을 걸어 온다. 어떻게 해야 좋을지 모르겠다.

기시베는 오랜만에 새 학년 개학식 날의 기분을 떠올렸다. 새 학급에 잘 적응할 수 있을까. 불안과 긴장감으로 두근거리면서 교실에서 되도록 무난한 자리에 앉는다. 담임이 오고 자리를 정할 때까지의 임시 자리.

개학식과 다른 점은 '새로운 무언가가 시작된다'라는 기대가 전혀 없다는 것이다. 회사 일은 의무가 아니지만, 학창 시절에 느낀 신선함과 두근거림과는 거리가 멀다.

돈을 벌기 위해서만 일한다는 건 인간의 정신 구조상 무리일지도 모른다. 기시베는 한숨을 쉬었다. 회사 측 의향이며 자기 안에 생겨난 익숙함과 타성. 그러잖아도 여러 가지 타협해야 할 일이 많은데 직장의 인간관계에도 즐거움이 없다니. 무엇에 의지하여 일을 해야 좋을지 모르겠다.

그렇다고 해서 어렵게 들어온 회사를 그만두는 모험도 하지 못하는 성격이고. 기시베는 전갱이 튀김 정식을 다 먹고 식기를 반납구에 갖다 놓았다. 할 수 없다. 당장은 보너스만 바라보며 사전편집부에서 열심히 하자. 바로 지난달에 여름 보너스가 나왔고, 이미 대부분을 구두와 옷값으로 써 버렸지만.

아아.

한숨은 별관으로 돌아오는 순간 재채기로 바뀌었다. 모든 것이 정말로 지긋지긋했다.

편집부 정돈은 이동 3일째에 겨우 끝났다. 공중에 떠도는 먼지의 양도 조금 준 것 같다.

기시베는 마스크를 벗고 자신의 책상에서 쉬었다. 다용도실에서 끓여 온 커피를 마시며 파란 표지의 업무용 파일을 펼쳤다.

다용도실에 가면서 "커피 드릴까요?" 하고 마지메에게도 물었지만, 대답은 "아우"였다. 무슨 의미인지 모르겠다. 마지메는 자료인 듯한 재래식 장정 책에서 시선을 들려고 하지 않았다. 그냥 내버려 두기로 했다.

지금 기시베가 보고 있는 파일은 서가에서 시선이 잘 가는 곳에 꽂혀 있다. 그런데 '[대외비] 사전편집부 내에서만 관람 가'라고 표지에 커다랗게 쓰여 있다.

아주 당당한 대외비네.

무심결에 웃음이 터져 나온 기시베는 흥미가 생겨 자칭 '대외비 파일'을 손에 들었다.

파일 내용은 《대도해》 집필자에 관한 자료였다. 대학 교수며 학자가 많다. 각자의 전문 분야와 발표한 주요 논문 요약뿐만 아니라, 가족 구성, 음식 취향, 문제가 생겼을 때의 대처법까지 적혀 있다. 전에 사전편집부에서 재직한 편집자가 후임 편집자를 위해 만든 인수인계 자료 같다.

그런데 자료가 오래 됐다. 기시베는 집필자 목록 중 몇 년 전에 세상을 떠난 저명한 심리학자의 이름을 발견하고 팔짱을 꼈다. 대체 언제 작성된 자료람. 종이도 좀 누래졌고.

파일을 넘기던 기시베는 자료 끝에서 이런 메모를 발견했다.

마지메는 대외 교섭이 좀 서툴다. 사전편집부에 배치된 당신! 이 파일을 참고로 마지메를 도와 주며 《대도해》를 완성시키도록. 건투를 빈다.

겐부쇼보 사전편집부는 10년 이상이나 《대도해》 출간을 갈망하면서 조금씩 준비를 계속해 왔다. 그동안 편집부에 마지메 이외의 인원이 충원된 적은 없다고 들었다.

그렇다면 이 파일은 내 앞으로 된 자료라는 말이다.

파일을 만든 것은 분명 마지메와 같은 시기에 사전편집부에 근무한 사람이다. 그 사람은 다른 부서로 이동하며 마지메를 위해 대외 교섭에 필요한 자료를 남기고 갔을 것이다. 언제 보충될지도 모르는, 아직 보지도 못한 신입 사전편집자에게 이런 형태로 뒷일을 맡겼다.

뭔가 무겁다. 기시베는 주눅이 드는 걸 느꼈다. 사전편집부에 오게 되면 사전을 좋아해야 하는 걸까. 애착과 열의를 갖고 사전 만들기에 전념해야 하는 걸까. 물론 그럴 수만 있다면 그보다 좋은 건 없겠지만, 내게는 무리일지도 모른다. 마지메 씨와 커뮤니케이션을 잘할 자신도 없고, 파일을 만들어서까지 사전편집부의 미래를 걱정하는 사람의 마음도 다 받아들이지 못할 것 같다.

어떻게 해야 좋을까. 마지막 페이지까지 다 읽은 기시베는 거기서 뜻밖에 간단히 파일 작성자의 이름을 알게 되었다.

사전 편찬 일에 지쳤다. 기분이 좋아졌으면 좋겠다. 그렇게 생각하는 편집자는 니시오카 마사시에게 연락을.
masanishi@genbushobo.co.jp

니시오카 씨? 아마 선전광고부인가 판매부에 있는 마지메 씨와 비슷한 연배의 사람이다. 기시베는 기억을 더듬었다. 얘기를 한 적은 없지만 얼굴은 안다. 날라리 같은 차림으로 곧잘 본관 복도를 걸어갔다. 좀 노는 사람 같아 보이는 외모와는 달리 아이가 넷이나 있고, 게다가 아이들을 끔찍이 사랑한다는 소문도 들었다. 정말인지 아닌지는 모른다.

기시베는 '지쳤다'라고 말할 처지는 아니다. 사전편집부에 와서 아직 3일째다. 그래도 '기분이 좋아졌으면 좋겠다'는 것은 확실하고, 당혹스러움과 불안을 얘기할 수 있는 상대를 원한다. 일찍이 사전편집부에 있었던 니시오카라면 기시베의 상담 상대가 되어 주지 않을까?

기시베는 기대와 희망으로 큰마음 먹고 니시오카에게 메일을 썼다.

니시오카 씨께

처음 뵙겠습니다. 이번에 사전편집부에 오게 된 기시베 미도리라고 합니다. 사전은 전혀 미지의 세계여서 앞으로 많이 배우고 싶습니다. 니시오카 씨가 만든 '대외비 파일' 보았습니다. 감사히 참고하겠습니다. 혹시 괜찮으시다면, 시간 있을 때 얘기 좀 들을 수 없을까요? 여러 가지 가르침을 받을 수 있다면 기쁘겠습니다.

기시베 미도리

니시오카는 마침 사내에 있었는지 기시베가 커피를 한 잔 더

타서 책상으로 돌아오니 벌써 답장이 와 있었다.

'야호. 메일 고마워.'

문장까지 날라리 같다.

> 그런데 말이지, 만나서 얘기하는 건 안 돼. 왜냐하면 나한테 반·해·버·릴·테·니·까☆ 라는 건 농담이고, 솔직히 얘기를 할 만큼 사전 만들기에 대한 지식이 없어. 그 점은 마지메에게 자꾸 물어보면 돼. 차오!

이렇게 오그라드는 메일을 쓰는 40대가 있어도 되는 건가. 기시베는 코뿐만 아니라 온몸이 간질거려 몸서리를 쳤다.

> 추신. 서가의 북엔드를 조사해 보겠나? 분명 즐거운 기분이 될 거란 걸 보장함. 아마 지금 안고 있는 고민을 해결하는 실마리가 될 거야. 그럼 이번에야말로 정말로 아디오스!

마지막까지 경박함을 판으로 찍은 듯한 글이었지만, 기시베는 바로 실행에 옮기기로 했다.

서가는 온 편집부에 빼곡히 있고 북엔드도 잔뜩 사용하고 있다. 니시오카 씨가 말하는 북엔드는 대체 어느 것일까. 기시베는 책을 치우고 북엔드를 들고 일일이 조사해 나갔다. 그러는 동안 마지메는 여전히 재래식 장정 책을 읽고 있었다. 기시베의 행동에는 전혀 관심을 보이지 않고 겨울잠을 자는 다람쥐처럼 조용하다.

잡학 관계 서가에서 '이건가?' 싶은 북엔드를 발견했다. 금속제로 잿빛이 나는 흔한 사무용 북엔드지만, 바닥면 뒤에 하얀 봉투가 붙어 있었다. 이미 누렇게 변한 셀로판테이프는 거의 접착력을 잃었다.

어쩐지 봉투는 꽤 오랫동안 아무에게도 발견되지 않은 채 북엔드 아래 있었던 것 같다.

니시오카 씨가 여기 숨겨 둔 것 같긴 한데, 대체 내용물은 뭘까?

기시베는 호기심에 선 채로 봉투를 뜯었다. 안에는 매수가 꽤 되는 편지가 들어 있었다. 정확하게 말하면 편지를 복사한 것이다.

'근계謹啓, 부는 바람에 동장군의 방문이 머잖았음을 느끼는 요즈음입니다만, 하시는 일은 잘되리라 믿습니다.'

누가 누구한테 보낸 걸까? 멋대로 읽어도 되는지 걱정이 되어 편지 말미를 먼저 확인하기로 했다. 그래서 편지지가 15매나 된다는 사실이 자동적으로 판명됐다. 편지치고는 상당히 대작이다.

15매째의 말미에는 이렇게 쓰여 있었다.

하야시 가구야 님께
20XX년 11월 마지메 미쓰야

잠깐만, 잠깐만. 기시베는 흥분을 억누르며 자기 자리로 돌아왔다. 하야시 가구야 씨란 '달의 뒷편' 주인이자 마지메 씨의 아내가 아닌가. 그렇다면 이건 혹시 러브레터? 도저히 그렇게는 생각할 수 없는 편지의 시작이긴 하지만.

마지메 쪽을 넌지시 보았더니 역시 동면 중인 다람쥐 상태다. 헝클어진 머리만이 책상에 쌓인 책 너머로 보인다. 기시베는 의자에 바로 앉아 손에 든 편지지를 주의 깊게 읽었다.

그것은 진지하면서도 웃긴 러브레터였다. 유난히 한자가 많다. 문장도 어색하다. 당시의 마지메는 상당히 긴장했던 것 같다. 어떻게든 해서 상대에게 마음을 전하고 싶다고 갈망한 나머지, 생각이 공전하여 무슨 말인지 알 수 없었다.

달의 세계에서 내려온 빛나는 공주 이야기도 있습니다만, 나도 당신을 만난 그날부터 달에 사는 것처럼 마음이 괴로워 호흡도 제대로 되지 않습니다.

기시베는 그 한 문장을 몇 번이나 되읽고서야 '당신을 만난 그날부터 사랑에 빠져 가슴이 설렙니다, 그 말을 하고 싶은 거겠지. 아마도' 하고 결론지었다. '좋아합니다, 한마디만 하면 될 걸. 답답하네'라고 생각했다.

 마지메의 마음을 반영한 듯이 편지는 혼자 부풀었다 꺼졌다 하다 드디어 결정적으로 접어들었다.

지금 저의 심정을 솔직하게 전한다면 '가구야 가구야, 그대를 어찌할 거나' 이런 마음입니다.

 이, 이것은……! 항우가 '사면초가' 상황에 빠졌을 때 읊은 걸로 유명한 시의 패러디이지 않은가……!

 기시베도 그 정도는 알았다. 고교 시절 한문 시간에 배웠다.

 항우는 적에게 둘러싸였을 때 애인인 우미인과의 이별을 아쉬워하며 이렇게 노래했다.

 '虞兮虞兮奈若何(우야, 우야, 그대를 어찌할 거나)'

 지금 이 자리에서 사랑하는 사람을 차라리 자기가 직접 죽일 것인가, 설령 보다 가혹한 운명이 기다리고 있을지라도 살려달라고 부탁해서 보내 줄 것인가. 극한의 상황에서 사랑 때문에 심하게 갈등하는 남자의 가슴을 치는 시다.

한편 마지메의 러브레터는 어떤가. "'우야'와 '가구야'를 바꾸다니 멋진걸!'이라고 본인은 생각했을지도 모르지만, 전혀 멋지지 않다! 기시베는 분노라고도 실소라고도 할 수 없는 감정이 끓어올랐다.

애초에 생사의 경계에 있는 항우와 사전편집부에서 더벅머리로 있는 마지메가 '그대를 어찌할 거냐'라고 하는 의미와 깊이가 다르다. "어찌할 거냐'라니, 당신은 가구야 씨한테 무슨 짓을 할 생각인 거야!' 하고 이걸 쓴 당시 마지메의 목을 졸라 주고 싶은 기분이었다.

불경스럽게도 항우가 되어서 '가구야 씨, 당신을 어떻게 하고 싶어요'라고 빙 둘러서 표명한 젊은 날의 마지메는 러브레터를 이렇게 마무리 지었다.

> 제가 말씀드리고 싶은 것은 이상입니다. 아니, 사실은 이상이 아닙니다만, 말로 다하자면 수명이 150년이어도 부족하고, 열대우림을 다 채벌해야 할 만큼의 종이를 써 버릴 것 같아서 이쯤에서 붓을 놓습니다.
> 이 글을 읽으시고 가구야 씨의 생각을 들려주시면 기쁘겠습니다.
> 어떤 대답이든 각오는 되어 있습니다. 엄숙히 받아들이겠습니다.
> 아무쪼록 자애自愛하시기 바랍니다.

과장 표현, 대답 애원, 소신 표명의 파상 공격 뒤, 뜬금없는 자애로 끝. 이래서야 '생각'을 들려줘야 하는 당사자인 가구야 씨도 곤혹스럽지 않았을까.

마지메가 자리에서 서는 것이 보였다. 기시베는 얼른 무릎과 책상 사이에 러브레터 복사본을 찔러 넣었다.

"기시베 씨, 깜박한 게 있는데요."

"예."

마지메는 책상을 돌아와 기시베 옆에 섰다. 앉은 채 마지메를 올려다본 기시베는 러브레터의 내용이 떠올라 웃음이 터질 것 같았다.

몇 세기나 사전편집부에 서식한 것처럼 초연해 보인다. 말라 빠진 수목이나 마른 종이처럼 애증과도 성욕과도 멀어 보인다. 그런 마지메 씨도 사랑에 고민하고 '밤에 쓴 일기' 같은 러브레터까지 쓴 적이 있다.

지금은 말의 전문가 같은 얼굴을 하고 사전 편찬에 몰두하고 있는 주제에. 웃음 발작을 얼버무리기 위해 기시베는 어색하게 재채기를 하는 척했다. 이 러브레터를 읽어 보니 마지메는 말도 잘 못하고 재주도 없고 열의가 공회전하는 사람이다.

거기까지 생각한 기시베는 문득 '그렇구나' 하고 생각했다. 말 붙이기 힘든 마지메도 어쩌면 젊은 시절에는 나와 마찬가지였을지도 모른다. 아니, 지금도 마찬가지일지도. 인간관계를 원만하게 할 수 있을지 불안하고, 사전을 제대로 편찬할 수 있을지 불안하고, 그렇기 때문에 필사적으로 발버둥 친다. 말로는 좀처럼 전해지지 않는 것에, 서로 통하지 않는 것에 초조했다. 그러나 결국은 용기 내어 마음을 표현한 서툰 말을 보낼 수밖에 없다. 상대가 받아 주길 바라며.

마지메 씨는 말에 얽힌 불안과 희망을 실감하기 때문에 더욱 말이 가득 채워진 사전을 열심히 만들려고 한 게 아닐까.

그렇다면 나도 사전편집부에서 잘해 나갈 수 있을 것 같은 기분이 들었다. 나도 되도록 불안을 떨치는 방법을 알고 싶다. 가능하다면 마지메 씨와 서로 말도 통하고, 기분 좋게 회사 생활을 하고 싶다.

많은 말을 가능한 한 정확히 모으는 것은 일그러짐이 적은 거울을 손에 넣는 것이다. 일그러짐이 적으면 적을수록 거기에 마음을 비추어 상대에게 내밀 때, 기분이나 생각이 깊고 또렷하게 전해진다. 함께 거울을 들여다보며 웃고 울고 화를 낼 수 있다.

사전을 만든다는 건 의외로 즐겁고 소중한 일일지도 모른다.

기시베는 러브레터를 통해서 마지메를 조금 가깝게 느낄 수 있었다. 사전편집부에 와서 처음으로 긍정적인 기분이 들었다.

마지메는 기시베의 마음의 변화 따위 전혀 짐작 못하고, 서툰 연기에 그대로 속았다.

"이런, 감기 걸렸어요?"

"예, 좀. 깜박한 게 뭔지……?"

"내일부터 본격적으로《대도해》편찬 작업에 착수할 겁니다. 구체적으로는 별관 1층과 2층 방을 전부 활용해서 인해전술로 용례 확인을 하고, 동시에 입고도 순차적으로 진행할 겁니다."

"예?"

그런 중요한 일은 미리 말해야 하는 게 아닌가.

"자, 책상을 옮겨 작업 준비를 합시다."

마지메는 어안이 벙벙해 있는 기시베를 내버려 두고, 책상을 나르고 자료를 옮기기 시작했다. 별관 수위도 거들었다. 사사키는 대폭으로 늘어난 인원을 위해 지시서를 복사하고 문구류를 챙겼다.

그럭저럭 준비를 마쳤을 즈음 기시베는 온몸에 근육통이 생겼다.

"젊군요. 나는 지금 유감스럽게 요통밖에 느끼지 못합니다만."

그렇게 말한 마지메는 되도록 허리를 구부렸다 폈다 하고 싶지 않은지, 노能 배우처럼 다리를 질질 끌며 돌아갔다. 되레 허리에 부담이 가는 자세 같다.

마지메가 가는 걸 지켜본 기시베는 니시오카 앞으로 재빨리 메일을 써서 보냈다.

> 문서를 무사히 발견하여 덕분에 조금 힘이 났습니다. 사전편집부는 내일부터 《대도해》 완성을 향해 태동한다고 합니다. 그러나 저는 근육통으로 출근하지 못할지도 모르겠습니다.

《대도해》는 마지메의 집념으로 13년 동안 조금씩 작업을 진행하고 있었다.

편집부에 할당된 일반어 원고는 마지메, 아라키, 마쓰모토 선생이 이미 9할의 집필을 마쳤다. 남은 1할은 13년 동안 출현한 새 단어와 새로 더해진 용례채집카드 가운데서 채택할지 말지 결정하지 못한 단어다. 이들 단어는 마지메와 마쓰모토 선생이 전부 검토하여 채택이 되면 마지메가 원고를 쓰기로 했다.

물론 원고를 준비했지만, 13년 동안 시대에 뒤처지게 된 표제어도 있다. 이런 것들은 기시베와 아라키가 검토하여 채택을 미룰지 말지 결정할 것이다.

"사전은 한번 채택한 단어는 좀처럼 삭제하지 않는 경향이 있어. 사어도 포함해서 되도록 많은 말을 게재하는 편이 좋기 때문이야."

아라키가 초보자인 기시베에게 설명해 주었다.

"그렇다고 해서 사전 검토를 게을리 하면 출간할 때부터 사어만 실려 있는 사전이 돼 버리지."

"그렇군요, 사어도 실려도 되는군요."

기시베는 집필요령에 기초하여 작성된 원고 다발을 보며 끄덕였다.

"어째서 '게다바코下駄箱, 신발장'가 채택됐나 생각했어요."

"뭐야, 게다바코가 사어야?"

"제가 다닌 학교에서는 '구쓰바코靴箱, 신발장'라고 했거든요. 아, 그런데 게다바코 항목에 '신발장을 말함'이라는 설명이 없어요. 그리고 '신발을 넣어두는 칸, 통'이라는 의미의 '구쓰바코'란 표제어 자체가 없네요."

"시대의 파도……! 어이, 마지메 군, 큰일났어! 검토 항목이 한 개 늘었어!"

이런 소동을 계속 겪으면서 기시베는 조금씩 사전 원고를 읽는 데 익숙해져 갔다.

백과 항목을 비롯한 전문성 높은 말은 대학 교수 등에게 의뢰하여 원고를 쓰게 했다. 의뢰한 원고는 100퍼센트 들어온 상태. 마지메가 일일이 대학과 연구 기관을 돌며 원고를 챙겼다고 한다.

"혹시 마지메 씨 '대외비 파일' 봤어요?"

기시베가 묻자, 마지메는 기쁜 듯이 끄덕였다.

"니시오카 씨 덕분에 선생님들과의 줄다리기며 공방을 잘 해냈죠."

그럼 편집부에 숨겨 놓은 러브레터도 마지메 씨는 옛날부터 알고 있었을까. 기시베는 넌지시 물어보았다.

"파일의 마지막 페이지도 봤어요?"

"부끄럽습니다."

마지메는 쑥스러운 듯이 뺨을 긁적거렸다. "정말로《대도해》를 완성할 수 있을지 마음이 약해질 때가 있었죠. 그럴 때는 마지막 말미에 있는 글을 보고 니시오카 씨한테 메일을 보냈답니다. 그러면 니시오카 씨는 늘 술집에 데려가 주었어요."

"그랬군요……."

아저씨들의 유대가 몹시 끈끈하다. 기시베는 경련이 이는 미소를 띠며 마지메 앞에서 물러났다. 어쩐지 니시오카의 메일 주소는 마지메에게는 '음주 권유용'으로 다른 사람에게는 '러브레터 폭로용'으로, 대외비 파일 상에서 공개된 것 같다.

편집부 원고도, 의뢰 원고도 다 썼다고 완성되는 건 아니다. 몇 번이나 퇴고를 거듭하여 되도록 글자 수를 줄여 간다. 표제어만 20만 단어 이상이 수록되므로 공간은 얼마든지 있어도 부족하다.

용례가 있는 항목이라면 '용례확인'도 필요하다. 용례란 그 말이 사용되고 있는 문헌을 명기하여, 사용 예를 구체적으로 인용해서 나타낸 부분이다. 현대어의 경우는 문헌에서 인용하는 게 아니라 뜻풀이에 맞춰 예문을 만드는 경우도 많다.

용례확인은 뜻풀이에 어울리는 용례가 출전 문헌에서 정확하게 인용되었는가를 하나하나 확인하는 것이다. 20명 이상의 아르바이트 학생이 작업을 한다. 기시베가 고생해서 나른 책상에 앉아 학생들은 자료와 씨름을 했다. 곧 여름 방학에 돌입하면 배도 더 되는 학생이 집결할 것 같다.

이렇게 용례확인을 마친 원고에 사전편집부원이 총출동하여 급수(문자 크기)나 한자 읽는 법 등 지시 사항을 넣는다. 모두 《대도해》의 편집 방침에 따라 규격이 통일된 표기가 되도록 한다. 법칙성 없이 급수를 바꾸거나, 항목마다 다른 기호를 쓰거나 하면 사전 이용자가 혼란스러워지기 때문이다.

이것으로 드디어 인쇄소에 넘길 수 있는 형태가 된다. 기본적으로는 '아ぁ 행'부터 완성된 순서대로 인쇄소에 차례차례 입고한다.

입고된 원고는 교정지가 되어 인쇄소에서 돌아온다. 사전편집부원과 교열자가 일일이 교정지를 체크한다. 오타는 없는지,

의미를 헤아리기 힘든 문장은 없는지, 뜻풀이는 정말로 틀림없는지 등 체크 항목은 무수하다고 할 수 있다.《대도해》를 위해 겐부쇼보에서는 사내 교열자뿐만 아니라 프리랜서 베테랑 교열자에게도 대거 일을 부탁했다.

'이걸로 오케이'가 되면 교정지를 인쇄소에 돌려주고, 빨간 글씨의 수정을 반영한 형태로 또 교정지를 만든다.

《대도해》 같은 크기의 사전인 경우 교정지 주고받기는 초교부터 5교까지, 적어도 다섯 번은 반복된다. 더 큰 사전이라면 10교까지 가는 일도 있다.

초교와 재교 단계에서는 내용과 체재를 체크한다. 그것밖에 못한다고도 할 수 있다. 아직 모이지 않은 원고도 있어서 완전한 오십음도 순으로 되어 있지 않기 때문이다.

3교에서 간신히 제대로 된 오십음도 순으로 나열할 수 있다. 정리된 상태로 전체를 볼 수 있어서 항목이 중복되거나 누락된 건 없는지 체크하고, 도판을 어디에 넣을지 대충 어림잡게 된다.

4교에서는 페이지 레이아웃도 정해져 도판이 들어가는 위치를 조정한다. 여기까지 오면 총 페이지 수가 변동하는 사태는 바람직하지 않다. 문장과 표제어를 대폭 증감시키면 페이지가 달라지거나 사전 가격에 영향이 생긴다.

5교에서는 최종적인 확인과 정리를 한다. 마지막의 마지막에 표제어가 추가되는 일도 있다. 미국 대통령이 바뀌거나 시읍면이 합병되기도 하기 때문이다. 표제어 추가 가능성도 고려해서 아슬아슬할 때까지 여백을 잘 남겨 두어야 한다.

물론 교정지 작업도 입고가 빠른 '아ぁ행'부터 순서대로 나아간다.

"그래서 대부분의 사전은 후반으로 갈수록 허술해진답니다. 라ら행과 와わ행 작업을 할 무렵에는 출간 시기가 임박해서 시간과의 싸움이 되거든요. '이 말도 넣어야 했는데 용례확인 할 일손도, 비집고 넣을 지면도, 공간을 조정할 틈도 없어!' 하고."

마지메는 쓴웃음을 지었다.

"《대도해》도 후반이 허술해지는 건가요?"

기시베는 걱정이 됐다. 사전편집부가 긴 세월 동안 씨름을 해 왔는데 그런 결과는 허무하지 않은가.

"13년이나 꾸준히 준비해 왔으니까요."

옆에서 마쓰모토 선생이 말을 거들었다.

"여기까지 왔으니 초조해하지 않고 '와わ행'까지 끈질기게 달려들어 보겠습니다."

"후반이 허술해지지 않았는지 판단하는 기준이 있다고 들었습니다."

마지메는 서가에서 몇 종류의 중형 사전을 안고 왔다. 페이지를 펼치지 않은 상태로 기시베 앞에 사전을 늘어놓았다.

"사전에는 찾기 쉽도록 마구리(페이지를 여는 부분)에 검은 표시가 인쇄되어 있습니다. 이걸 보면 일목요연합니다만, 일본어는 단어의 첫머리에 오는 소리가 '아ぁ 행'이나 '가か 행'이나 '사さ 행'인 것이 아주 많습니다."

"정말이네."

기시베는 몇 권의 사전을 비교해 보았다. 어느 사전이나 '아ぁ 행'에서 '사さ 행'까지의 분량이 많아서, '타た 행'은 전체의 반 이상이 지나서야 시작하고 있다.

"반대로 '야ゃ 행' '라ら 행' '와ゎ 행' 부분의 페이지가 적어지죠. 이것은 화어和語가 적기 때문입니다.

"화어?"

"한자어나 가타가나로 쓰는 외래어가 아니라, 고유 일본어를 말하는 거죠. 어쨌든 오십음도 순으로 늘어놓으면 '아ぁ 행'에서 '사さ 행'까지에 단어가 집중됩니다. 그래서 전체의 반에 해당되는 페이지에 오는 단어가 '스す'나 '세せ'로 시작하는 것이면 그 사전은 후반이 엉성해지지도 않고 균형 있게 말을 망라하고 있다고 할 수 있습니다."

"생각보다도 오십음도의 앞쪽에서 사전의 중간 지점이 오는군요."

기시베는 '미처 깨닫지 못했네' 하며 팔짱을 끼고 마구리를 바라보았다.

"말은 골고루 흩어져 있는 게 아닙니다."

마쓰모토 선생이 미소 지으며 사랑스럽게 마구리의 검은 부분을 손가락으로 더듬었다. "끝말잇기에서 이기고 싶으면 단어 끝이 '아ぁ행' '카ゕ행' '사さ행'으로 끝나는 말을 피하고, '야ゃ행' '라ら행' '와ゎ행'으로 끝나는 말을 궁리해 내야 합니다. '괴수かいじゅう'나 '감사監査かんさ'가 아니라 '가마쿠라鎌倉' '가스토리カストリ, 막소주' 같은 말을 상대한테 자꾸자꾸 들이대는 게 좋겠지요. 이게 좀처럼 순간적으로 떠오르지 않는다는 게 문제지만요."

"마쓰모토 선생님도요?"

기시베가 놀라서 물었다.

"말의 바다는 넓고 깊습니다."

마쓰모토 선생은 즐거운 듯이 웃었다.

"아직도 한참 수업이 부족해서 해녀처럼 진주를 따 오지 못한답니다."

언제 끝날지 모르는 《대도해》 편찬 작업이었다.

용례확인을 하는 학생들은 여름 방학이 끝나도 사전편집부에 계속 다녔다. 기시베를 비롯한 편집부원도 전철 막차 때까지 귀가하지 못하는 일이 허다했다.

다음 날도 그다음 날도 표제어를 검토하고, 용례확인에 최종 판단을 내리고, 한자에 발음을 달고, 교정지를 빨간 글씨로 계속 고쳤다. 할 일이 너무 많아서 기시베는 이따금 "꺄악" 하고 비명을 지르고 싶었다. 실제로 별관 화장실에 틀어박혀 조그맣게 "꺄악" 하고 질러 본 적도 있었다.

그럴 때 사사키는 진행 계획표와 작업 체크표를 가리키며 "괜찮아요" 하고 위로해 주었다.

"내가 일의 순서를 다 파악할 거고, 누락이 있으면 그때마다 지적할 거예요. 기시베 씨는 안심하고 눈앞의 일만 정리해 나가면 돼요."

그 '눈앞의 일'이 너무 많다. 이것도 저것도 동시 진행으로 작업을 추진해야만 해서 머리가 혼란스럽다. 어쩔 줄 몰라 하고 있으니 아라키가 든든하게 격려해 주었다.

"처음 사전을 만드는 것치고 기시베 군은 좋은 선으로 가고 있어. 저기 마지메 군을 봐. 《소케부 대백과》 때는 기고만장하던 인간이 저 꼴이야."

마지메는 교정지를 앞에 두고 문자 그대로 머리를 감싸고 있었다. 그런가 싶더니 갑자기 얼굴을 들고 허공에서 뭔가 상자를 움직이는 시늉을 한다.

드디어 마지메 씨, 너무 바쁜 나머지 우리에게는 보이지 않는 블록 게임에 빠지게 된 건가······.

겁먹은 기시베에게 아라키가 설명했다.

"원고의 최종적인 분량 조정을 시뮬레이션 하는 거지. 어느 문장을 줄이고 어느 행수를 줄이면 모든 항목이 페이지 수에 맞게 다 들어갈지. 마치 복잡한 퍼즐 같아서 저 대단한 마지메 군도 고전을 하는군."

편집부 내 작업뿐만이 아니라 외부와의 교섭 건도 늘어났다.

마지메는 사전편집부 주임으로서 영업부와 선전광고부와의 회의에 불려 다녔다. 디자이너를 만나서 《대도해》 장정도 결정해야 한다.

분명 외압에 져서 축 늘어져 돌아올 것이다. 기시베는 그렇게 생각했지만, 마지메는 의외로 끈질기게 대외 교섭을 하는 것 같았다. 소중한 《대도해》 일이라면 적극적인 것 같다. 발매일 결정을 연기하고, 끝까지 내용의 충실함에 신경 썼고, 디자이너의 장정에 대한 러프한 안을 보고도 좀처럼 고개를 끄덕이지 않는 등 사전편집부 주임으로서 고집을 보였다.

광고 회의에는 가능하면 기시베도 동석하고 싶었다. 그러잖아도 일손이 부족한 편집부에서 회의에 두 사람이나 가는 건 무리였지만. 《대도해》 정도 규모의 큰 사전이라면 광고도 거창해진다. 사내 소문에 따르면 과감하게 연예인을 기용하여 출간에 맞춰 역에 포스터를 붙이려고 하는 것 같다. 기시베는 몹시 불안했다. 과연 마지메는 요즘 인기 있는 연예인을 제대로 파악하고 있을까?

애가 타는 기시베는 아랑곳하지 않고 마지메는 선전광고부와 회의가 있는 날만큼은 어딘지 모르게 들뜬 표정으로 편집부로 돌아온다.

"좋아하는 연예인이라도 거론됐어요?"

"아뇨, 이름을 들어도 누군지 모릅니다."

마지메는 면목 없다는 듯이 웃었다. "그렇지만 괜찮습니다. 니시오카 씨가 다 생각해서 움직여 주고 있으니까요."

또 니시오카 씨냐. 기시베는 그 경박스런 메일이 생각나 한숨을 쉬었다. 그래도 선전광고부에 사전편집부 출신이 있다는 것은 든든한 일이다.

사내에서 '돈 먹는 벌레'라고 야유를 받아 온 사전편집부 및 《대도해》지만, 니시오카의 분투 덕분에 화려하게 세상에 나갈 수 있을 것 같다.

아케보노 제지의 미야모토에게 "드디어 궁극의 종이가 완성됐습니다!" 하고 전화가 온 것은 벚꽃이 피기 시작한 날의 일이었다.

 요컨대 봄이다. 더욱이 기시베가 사전편집부에서 맞는 두 번째 봄이다. 〈노던 블랙〉 편집부에서 이동한 것이 재작년 7월. 그리고 약 1년 하고 8개월 사이에 사전편집부 사람들은 오로지 《대도해》 교정지 체크에 전념해 왔다.

 현재 사전 앞부분 페이지는 4교째, 뒷부분 페이지는 아직 3교째로 교정 진행 상태는 고르지 않다. 작업은 아직 끝이 보이지 않는다.

 그런데도 《대도해》 발매일은 이듬해 3월 초순으로 결정됐다.

 사전 판매 싸움이 가장 치열한 것은 역시 봄방학이다. 신년에 대비해서 혹은 입학 선물로 새 사전을 구입하려는 사람이 많기 때문이다.

 하지만 이대로 가서 《대도해》는 내년 이맘 때 정말로 완성될까? 느릿느릿 진행되는 사전 편찬 작업에 기시베는 초조하기 그지없는 요즘이다.

 마지메는 어떤가 하면, 여전히 갈피를 잡지 못하는 분위기로 지금은 책상에 앉아 뭔가를 바라보고 있다. '아ㅎ 행' 교정을 보고 있던 기시베는 의문으로 생각되는 부분을 발견하여 마지메에게 의견을 물으러 갔다.

 "마지메 씨, 잠깐 괜찮아요?"

마지메 옆에 서서 문득 책상을 보았다. 마지메가 보고 있는 것은 갓파상상의 동물. 키는 1미터 안팎이고 입이 뾰죽함. 정수리 오목한 곳에는 물이 조금 담겨 있음 그림이었다. '**갓파【河童】**' 항목에 게재하기 위해 일러스트레이터에게 발주한 것이다. 가는 선으로 사실적으로(라고 해도 기시베는 갓파를 실제로 본 적이 없지만), 등딱지를 메고 작은 술병을 든 갓파가 그려져 있다. 전해지는 대로 정수리 부분에 머리털이 나 있다.

"아, 마침 잘 됐다."

마지메는 기시베를 올려다보며 비어 있는 의자를 끌어당겨 앉으라고 권했다.

"이 갓파 어떻게 생각해요?"

어떻게, 라고 물어도 정확한 갓파의 모습을 모른다. 기시베는 그림을 바라보며 "괜찮지 않아요?"라고 대답했다.

마지메는 고개를 갸웃거렸다.

"갓파가 술병을 들고 있었나요? 그건 시가라키야키시가라키 지방에서 만드는 도자기 너구리였던 것 같은데."

"듣고 보니……. 청주 광고의 이미지가 강해서 '갓파=술병과 술잔'이라고 각인됐을지도 모르겠군요."

기시베도 최근에는 '모르는 것을 모호한 채로 두지 않는다'는 사전편집부 분위기에 물들었다. 자신이 마지메에게 묻고 싶었던 의문도 제쳐 놓고, 서가에 있는 다른 출판사의 사전을 찾아보았다.

"《일본국어대사전》에 실려 있는 갓파 그림은 아무것도 들고 있지 않네요."

"역시 그렇죠? 술병을 들고 있는 건 시가라키야키의 너구리지요."

마지메는 팔짱을 끼고 신음했다.

"괜찮잖아요, 술병을 든 갓파 그림도."

기시베는 다시 마지메 옆 의자에 앉았다.

"진짜 너구리도 술병 같은 것 들고 있지 않아요. 갓파의 소지품이 뭔지 우리가 알 리 없잖아요."

"아뇨, 그러니까 정확을 기해야 하지 않을까요?"

마지메의 발언은 이미 혼잣말에 가까워져 있었다.

"'시가라키야키' 항목에 대표적인 작품의 예로 술병을 든 너구리 그림을 올리는 건 괜찮아요. 그러나 진짜 너구리를 설명한 항목에 그 그림을 실으면 큰 문제가 있죠. 그것과 마찬가지로 아무런 확증도 없는데 술병을 든 갓파 그림을 '갓파' 항목에 싣는 건 옳지 않아요. 갓파가 실제로 존재한다고 믿는 사람도 있으니까 '이런 느낌일 거야' 하고 안이한 타협은 할 수 없습니다."

내버려 두면 마지메는 이와테 현 도노 시까지 달려가서 갓파를 포획해 올 기세다. 잠은 갓파에게 "술병을 든 적이 있습니까?" 취재하는 마지메의 모습을 떠올리다 기시베는 얼른 지우고 말했다.

"갓파의 생김새에 대해서는 여러 가지 설이 있으니 그냥 이대로도 괜찮다고 생각하는데요. 정 마음에 걸리면 일러스트레이터에게 부탁해서 술병만 지워 달라고 하면 어떨까요?"

"그러게요. 이렇게 번거로울 것 같았으면, 애초에 무난하게 도리야마 세키엔의 그림을 인용할걸 그랬네."

마지메는 컴퓨터 앞에 앉더니 메일을 썼다. 일러스트레이터에게 정중하게 수정을 부탁하는 글이다. 키보드를 두드리던 손이 멎더니 마지메가 생각난 듯이 말했다.

"참, 기시베 씨의 용건은 뭐였습니까?"

"**사랑【愛】**' 항목 말인데요."

기시베는 교정지를 마지메에게 보여 주었다.

"뜻풀이 1번이 '더할 나위 없는 것으로서 대상을 소중히 생각하는 마음'이라는 것까지는 알겠는데요. 그런데 그다음에 오는 예문이 '애처. 애인_{일본어 애인愛人에는 정부情夫라는 뜻도 있음}. 애묘'라는 건 좀 그렇지 않아요?"

"안 좋습니까?"

"안 좋아요!"

기시베의 목소리가 거칠어졌다.

"애초에 애처와 애인을 나란히 적어 놓은 시점에서 '더할 나위 없는 것'이라는 뜻풀이가 모순되지 않나요? '아내와 애인 둘 중 누가 소중한지 분명히 해!' 하는 느낌이에요. 게다가 사람에 대한 사랑과 고양이에 대한 사랑이 같이 있다니, 아무리 그래도 너무 산만해요."

"사랑에는 차이도 상하도 없습니다. 나는 키우는 고양이를 아내만큼 사랑합니다."

"그렇지만 고양이와 성교는 하지 않잖아요!"

엉겁결에 소리를 지른 뒤 기시베는 아르바이트생의 시선을 의식하고 몸을 움츠렸다. 마지메는 머릿속으로 '성교'에 맞는 한자를 몇 가지 검색하고 있는 것 같았다. 생각나는 게 있는지 얼굴이 빨개져서 우물거린다.

"그건 뭐……."

"보세요."

기시베는 의기양양하게 가슴을 폈다. "더 이상한 것은 '사랑'에 관해 설명한 2번의 뜻풀이입니다. '② 이성을 사모하는 마음. 성욕을 동반할 때도 있다. 연애'라고 돼 있어요."

"이상한가요?"

마지메는 완전히 자신을 잃은 모습으로 기시베의 안색을 살폈다.

"어째서 이성에 한정하냐고요. 그럼 동성애 사람들이 때로 성욕도 동반하여 상대를 그리워하고 소중하게 생각하는 마음은 사랑이 아니란 건가요?"

"아뇨, 그렇게 말할 생각은 없습니다. 그러나 거기까지 꼼꼼히 살필 필요가……."

"있습니다."

기시베는 마지메의 말을 가로막고 단정했다.

"마지메 씨.《대도해》는 새로운 시대의 사전이지 않아요? 다수파의 비위를 맞추고 고루한 생각과 감각에 얽매인 채, 날마다 변해가는 말을, 변해가면서도 흔들리지 않는 말의 근본 의미를 정말로 뜻풀이할 수 있으세요?"

"지당한 말입니다."

마지메의 어깨가 축 처졌다.

"예전에 '연애' 뜻풀이에 관해 기시베 씨와 같은 의문을 가진 적이 있습니다. 그랬던 내가 그날그날 작업에 쫓겨 그 사실을 까맣게 잊고 있었네요. 면목 없을 따름입니다."

요즘 드디어 기시베는 사전 일에 조금 자신을 갖게 되었다. 마지메의 의견을 들어주는 일도 많고, 사전편집부의 전력戰力으로서 자신이 필요하다는 걸 느끼게 되었다.

안도와 긍지와 함께 기시베는 '사랑' 항목의 교정지를 마지메에게 돌려받았다. 마지메는 문득 생각난 듯이 말했다.

"그러고 보니 니시오카 씨한테도 들은 적이 있습니다. '그 말을 사전에서 찾아본 사람이 든든하게 느낄지 어떨지 상상해 봐'라고. 자신은 동성을 사랑하는 사람일지도 모른다고 생각하는 젊은이가 《대도해》에서 '사랑'을 찾는다. 그때 '이성을 사모하는 마음'이라고 쓰여 있으면 어떻게 느낄까. 그런 사태를 미처 상상해 보지 못했습니다."

"그렇습니다."

기시베는 끄덕이며 마지메가 반성하는 모습을 보고 이내 위로했다. "그렇지만 어쩔 수 없어요. 뭐니 뭐니 해도 마지메 씨는 패배를 모르는 엘리트잖아요."

빈정거림이 아니라 솔직한 심정으로 한 말이었다.

"엘리트?"

"네. 대학원까지 나와서 미인 아내를 얻었고 사전 편찬 전문가이고. 소수파들의 고민 같은 건 없을 것 같아요."

"그렇게 보입니까?"

마지메가 난감한 듯이 웃었다.

"'사랑' 항목은 기시베 씨 말이 옳다고 생각합니다. 자, 어떻게 고칠까요."

"애묘가인 마지메 씨를 존중하고, '애인'을 빼는 걸로 하면 어떨까요? 그리고 '이성을 그리워하다'를 '타인을 그리워하다'로 고치면?"

"음, 좋네요. 마침 마쓰모토 선생님이 오실 예정인데 확인을 부탁드리도록 하죠."

그때 아케보노 제지의 미야모토에게 전화가 와서 《대도해》용 견본지가 완성됐다고 알려 왔다.

"그거 잘됐네요."

마지메는 기뻐하며 편집부 안을 둘러보았다.

"그러나 여기는 종이를 펼칠 공간이 없군요."

아르바이트생과 교열자가 자주 출입하고 책상에는 전부 교정지가 펼쳐져 있다.

"기시베 씨. 미안합니다만, 아케보노 제지에 가서 종이를 확인해 주세요. 납득이 가는 완성도라면 종이를 뜨라고 해도 괜찮습니다."

사전에 사용할 종이는 특수하면서도 대량이어서 늦어도 출간 반년 전부터 뜨기 시작하지 않으면 시간이 맞지 않는다. 그렇지만 그런 중요한 판단을 기시베 혼자 할 수는 없다.

"마지메 씨는 안 가세요?"

"나는 마쓰모토 선생님과 회의를 해야 해서요."

마지메는 기시베에게 힘껏 고개를 끄덕여 보였다.

"괜찮습니다. 기시베 씨는 이미 훌륭한 사전편집부원입니다. 내용에 관해 적확한 지적도 할 줄 알고, 종이 시작試作 때도 참관했잖습니까. 자신을 갖고 판단해 주세요."

큰 사명을 부여받은 기시베는 잔뜩 긴장한 채 겐부쇼보를 나왔다.

아직 피지 않은 벚꽃도 많은데 차가운 가랑비가 내리고 있었다. 토하는 입김이 희미하게 부예질 정도다. 기시베는 비닐 우산을 쓰고, 젖어서 색이 더 진해진 꽃봉오리를 곁눈으로 보며 지하철역으로 향했다.

마지메에게는 잘난 척 의견을 말했지만, 기시베는 사실 아직 사전 편찬 작업에 자신이 없다. '**사랑**【愛】'의 뜻풀이가 이성애에게 한정되어 있다는 사실에 위화감을 느낀 것도 어쩌다 그런 것이다.

대학에서 같이 세미나를 했던 남학생이 졸업 직전 술 마시는 자리에서 "나 사실은 게이야"라고 털어놓았다.

그 남학생이 아마 게이일 거라는 사실은 친한 친구들은 다들 어렴풋이 알고 있었다. 그래서 기시베를 비롯하여 같이 있던 일동은 "응, 알고 있어"라는 말이 목까지 나왔지만, 간신히 삼켰다. 남학생이 많은 생각 끝에 용기 내어 한 말이란 걸 알았기 때문이다. "알고 있었어"라는 말 대신 "그러냐?", 혹은 "뭐, 마셔라"라고만 했다. 그리고 그 후에도 변함없이 계속 어울렸다.

그런 경험이 있었기 때문에 '**사랑**【愛】'의 뜻풀이에 불편함을 느끼고 민감하게 반응한 데 지나지 않는다. 마지메를 '고민도 콤플렉스도 없는 엘리트'라고 부른 것도 부끄러워서 기시베는 걸어가면서도 얼굴이 붉어졌다.

사전 일에 좀 익숙해졌다고 대체 무슨 아는 척을 한 걸까. 마지메 씨가《대도해》편찬으로 고민하고 있는 것은 언제나 가까이에서 봐서 알고 있는데. 엘리트라고는 할 수 없지만, 대단한 고민도 콤플렉스도 없이 지금까지 멍하게 살아 온 것은 내 쪽이 아닌가.

갈림길이 나타날 때마다 편한 쪽으로 흘러가도록 안일하게 살며 일을 해 왔을 뿐이니.

사전을 만들면서 말과 진심으로 마주서게 되고서야 나는 조금 달라진 느낌이 든다. 기시베는 그렇게 생각했다. 말이 갖는 힘. 상처 입히기 위해서가 아니라, 누군가를 지키고 누군가에게 전하고 누군가와 이어지기 위한 힘을 자각하게 된 뒤로, 자신의 마음을 탐색하고 주위 사람의 기분과 생각을 주의 깊게 헤아리려 애쓰게 됐다.

기시베는《대도해》편찬을 통해 말이라는 새로운 무기를 진실한 의미로 손에 넣으려 하고 있는 참이었다.

아케보노 제지 본사 빌딩은 긴자의 큰길가에 있었다. 기시베는 8층에 있는 회의실로 안내받았다.

종이 상담은 지금까지 교외에 있는 제지 공장에서 현물을 보면서 했는데, 이번에는 견본지가 완성되어 일부러 본사까지 갖고 와 준 것 같다. 회의실에는 미야모토뿐만이 아니라, 영업 제2부 과장, 영업부장, 종이 개발 담당자, 개발부장이 다 모여 있었다.

사전 종이를 만든다는 것은 그만큼 엄청난 일이다.

기시베는 두근거리면서 인사를 했다. '이런 젊은 여자 한 사람밖에 안 온 거야?' 하고 불만스럽게 생각할 것 같았다. 조금 전의 반성도 잊고, 기시베는 융통성 없는 마지메를 속으로 욕했다.

기시베의 걱정과는 반대로 아케보노 제지 사람들은 친절하게, 그러나 긴장을 감추지 못하는 모습으로 정중하게 맞아 주었다. 회의실 중앙에 있는 큰 책상 위에는 종이 다발이 준비되어 있었다.

"이게 《대도해》용 종이군요."

기시베가 책상으로 다가가자 영업부장을 비롯한 회사 사람들은 양쪽으로 나뉘져 즉석에서 길을 만들었다. 바다를 가른 모세가 된 기분이었다.

"개발부에서 온 힘을 다해 만들었습니다."

미야모토가 대표로 설명했다. "미끈거리는 손맛도 최대한 신경 썼습니다."

개발부의 두 사람이 끄덕거렸다. 마지메의 무리한 주문을 고려하여 밤낮으로 연구를 거듭해 왔음이 엿보인다.

기시베는 미야모토가 말한 '궁극의 종이'를 조심스럽게 만져 보았다. 얇고 매끄럽고 아주 촉감이 좋았다. 피부에 서늘하게 느껴지지만, 그렇게 생각해서인지 노란빛을 띤 종이는 온기가 있다. 기시베는 종이를 빛에 비추어 보았다. 희미하게 붉은빛이 돈다. 미야모토가 자랑하는, 아케보노 제지에서밖에 낼 수 없는 색이다.

"시험 인쇄도 해 보았는데, 잉크도 아주 잘 먹었습니다. 뒷면도 비치지 않고요."

미야모토가 조심스럽게 추천의 말을 덧붙였다. 사무실에 있는 아케보노 제지의 사람들이 응원하듯 격하게 고개를 끄덕였다.

마지메에게 퇴짜를 맞은 이후, 미야모토는 시행착오를 거듭하며 네 번 정도 더 시작품을 가져 왔다. 몇 번이나 요청 사항을 들으러 왔다. 그때마다 주로 기시베가 응대하며 미야모토와 함께 이러니저러니 종이 품질에 관한 의견을 나누며 검토해 왔다.

기시베는 겐부쇼보의 사전편집부원이긴 하지만, 지금은 미야모토와 동지 같은 관계이기도 하다. 판단에 사심을 보태고 싶은 마음은 없지만, 미야모토를 위해서도 이 견본지야말로 '궁극의 종이'이길 바랐다.

조금이라도 미야모토에게 도움이 되기 위해, 또 《대도해》에 가장 적합한 종이를 만들어 내기 위해 기시베는 1년 8개월 동안 많은 종류의 사전을 만져 보았다. 아무 생각 없이 사용할 때는 깨닫지 못했지만, 확실히 사전에 따라, 회사에 따라 종이의 질과 촉감과 넘기는 감촉이 달랐다. 편집부에 있는 사전을 몇 번이고 넘겨 보며, 기시베는 손가락 끝으로 종이를 음미했다. 나중에는 눈을 감고 종이를 만져 보기만 해도 어느 출판사의 무슨 사전인지 거의 맞힐 정도가 됐다. 사사키가 "사전 맞히기 대회가 있다면 1등이겠어요" 하고 혀를 내둘렀다.

눈앞에 있는 견본지는 색도 두께도 촉감도 충분히 합격점이다. 중요한 것은 미끈거리는 손맛. 마지메가 가장 중시하는 그 손맛은 과연 어떨까.

기시베는 말없이 침을 삼키고 천천히 종이를 넘겼다. 한 장, 두 장, 사전 페이지를 넘기듯이 종이 다발을 넘겼다.

순간 귀가 따가워지는 듯한 고요가 방을 지배했다. 그 고요를 견딜 수 없었는지 말문을 연 것은 개발 담당자였다. 30대 중반쯤 됐을까. 안경을 낀 마른 남성이다.

"어떠십니까?"

개발 담당자는 자신감과 불안이 뒤섞인 표정으로 기시베를 주시했다.

훌륭합니다, 라고 말하려 했는데 감동한 나머지 목이 잠겼다. 얼른 헛기침을 했다.

"훌륭합니다."

탄성이 터졌다. 개발 담당자가 두 팔을 올리고 개발부장과 영업부장은 악수를 하고, 미야모토와 영업과장은 감격한 나머지 서로 꼭 껴안았다. 기시베는 중년 남성이 이렇게 대놓고 기뻐하는 모습을 처음 보았다.

"아, 살았다."

미야모토는 과장과의 포옹을 풀고 와이셔츠 자락으로 얼굴을 닦았다. 땀인지 눈물인지가 분출한 것 같다.

"이거라면 통과할 거라고 생각하긴 했지만, 기시베 씨가 '훌륭하다'고 말해 준 것만으로 정말로 기쁩니다."

미야모토 씨는 나를 신뢰하고 있었다. 종이에는 전혀 문외한인 나를. 기시베는 기뻤다. 미야모토와 몇 번이고 상의했던 지난 날들이 떠올랐다. 지금 이렇게 '궁극의 종이'가 완성되고 아케보노 제지 사람들이 기뻐하는 걸 보니, 기시베도 감격스러워 눈물이 날 것 같았다. 얼른 시선을 종이로 떨어뜨렸다.

아케보노 제지가 개발한 《대도해》 전용 용지는 훌륭했다. 한마디로 충분했다. 넘기려고 하면 종이가 손가락 마디를 빨아들이는 것 같다. 그렇다고 해서 다른 종이도 함께 넘겨지거나 정전기가 일어 손가락에 달라붙는 일도 없다. 마른 모래처럼 자연스럽게 손가락에서 떨어졌다.

넘기는 감촉이 완벽하다. 이 종이라면 마지메도 좋아할 게 분명하다.

"이야, 안심했네."

영업부장은 흥분으로 소리가 커졌다. "종이의 질감이란 건 감각적인 거니까요. 겐부쇼보의 요청 사항을 개발 쪽에 어떻게 전해야 할지 우리 과장도 여러 가지로 고심했답니다."

"그렇지, 우라베 씨?" 하는 부장의 말에, 영업과장은 "예에, 뭐" 하며 마음 약한 미소를 지었다. 호탕해 보이는 부장에 비해 과장은 얌전한 사람 같다.

"그래서 내가 따끔하게 말했습니다."

영업부장의 뜨거운 연설은 계속 됐다. "정이 깊었지만 떠날 때는 깨끗한 여자 같은 종이를 만들라고요. 어떻습니까, 이 비유. 미끈거리는 손맛이란 걸 잘 표현했다고 생각하지 않으세요?"

생각하지 않는다. 속으로는 그렇게 생각하면서도 기시베는 부장의 발언을 미소로 얼버무렸다. 알기 힘든 비유 탓에 현장에서는 괜한 혼란이 생겼을 것이다.

"그럼 구체적인 부수와 대략의 페이지 수가 확정되면 연락 주십시오."

영업부장과 기시베 사이에 미야모토가 끼어들었다. 부장의 발언은 자칫하면 성희롱이라고 생각해서 불안했을지도 모른다. '죄송합니다, 이런 부장이어서' 하고 눈으로 기시베에게 사과했다.

"장마철이 시작되기 전까지는 사전 후반부도 4교에 돌입할 테니, 그렇게 되면 바로 연락하겠습니다."

기시베는 약속했다. '아뇨, 괜찮아요' 하고 미야모토에게 눈으로 대답하는 것도 잊지 않았다.

부수와 페이지 수가 결정되면 사용할 종이의 총량을 계산하여 드디어 종이를 뜨게 된다.

"초지기는 준비되어 있습니다."

개발부장은 힘차게 대답했다. 개발 담당자는 웃는 얼굴로 '궁극의 종이'를 선물로 주었다. 사전 크기로 절단한 종이를 100장 정도 묶은 것이다.

기시베는 '만에 하나 내 판단에 잘못이 있다면 큰일인데'라고 생각하던 참이어서, 이 선물은 고마웠다. 이것을 마지메에게 보여 주고 최종 확인을 받도록 하자.

'궁극의 종이'가 든 종이 가방을 들고 기시베는 아케보노 제지를 나왔다. 전원이 엘리베이터 앞까지 배웅을 나왔다.

"무겁지 않습니까?"

미야모토가 종이 가방을 보고 걱정스럽게 물었다.

"이 정도라면 괜찮습니다. 아케보노 제지에서 가볍고 고급스러운 종이를 개발해 주신 덕분이죠."

기시베의 대답을 듣고 미야모토는 쑥스러운 듯이 콧등을 긁었다.

"제가 아래까지 배웅해 드리겠습니다."

그렇게 말하고 기시베와 함께 엘리베이터를 탔다.

"오, 부탁하네. 그럼 기시베 씨. 앞으로도 잘 부탁드립니다."

"저야말로. 정말 감사합니다."

머리를 숙이는 사이 문이 닫혔다. 엘리베이터에 다른 사람은 타고 있지 않았다. 기시베는 미야모토와 은밀하게 둘만 있다는 사실을 의식했다.

"아아, 뭔가 안심이 되어 맥이 풀리네요."

미야모토는 어깨를 들었다 내렸다 했다.

"수고하셨어요. 이렇게 좋은 종이를 만들어 주셨으니, 내용도 더욱 충실하도록 신경 쓰겠습니다."

"기시베 씨. 오늘 밤 혹시 괜찮다면 어디서 식사라도 하지 않겠습니까? '궁극의 종이'가 완성된 걸 축하하며."

엘리베이터가 1층에 도착하여 로비를 걸어가면서 미야모토가 말했다. 로비의 현관 문 너머로 보이는 바깥은 이미 어둑해지고 있었다.

"둘이서요?"

기시베가 묻자 미야모토는 끄덕인다.

"둘이서요. 안 됩니까?"

"아뇨, 그럼 제가 살게요. '궁극의 종이'가 완성된 걸 축하하며."

잠시 옥신각신했지만, 결국은 미야모토가 꺾였다.

"상의와 가방을 갖고 오겠습니다. 바로 돌아올 테니 여기서 기다려 주세요."

미야모토는 그렇게 말하고 엘리베이터를 기다리는 시간도 아깝다는 듯이 계단을 뛰어 올라갔다.

기시베는 그 틈에 휴대전화로 편집부에 전화를 걸었다.

"예, 사전편집부입니다."

"마지메 씨, 기시베인데요. 종이 아주 좋았어요."

"그거 잘됐네요. 숙제가 한 가지 줄었군요."

"견본도 받긴 했는데……, 오늘 바로 퇴근해도 될까요?"

"그러세요. 기시베 씨가 좋다고 판단했다면 견본을 확인할 것도 없겠죠."

"아니에요, 내일 출근할 때 꼭 갖고 가겠습니다. 그래서 저기……."

기시베는 말을 머뭇거렸다. "경비로 미야모토 씨에게 식사 대접해도 될까요?"

"물론입니다. 지금 마쓰모토 선생님하고 '칠보원'에 갈 참인데, 합류하겠습니까?"

마지메 씨도 참 배려를 한다고 하는 게 전혀 불필요한 배려라니까.

당연히 미야모토와 둘이 식사를 하고 싶은 기시베는 마지메의 제안을 정중하게 거절하고 점찍어 둔 가게에 예약 전화를 했다.

가구라자카의 밤은 언제나 촉촉한 빛을 띠고 있다.

기시베는 돌이 깔린 좁은 길을 지나 '달의 뒷편'으로 미야모토를 안내했다. 미닫이문을 열자, "어서 오세요" 하고 가구야가 카운터 너머에서 인사를 건넸다. 한껏 상냥하게 한다고 하지만, 실제로는 매끄러운 뺨이 살짝 움직였을 뿐이다. 더 이상 없을 정도로 섬세하게 식칼을 다루지만, 여전히 사는 게 서툴러 보이는 사람이다.

미야모토는 민가를 개조한 가게 안을 흥미롭게 둘러보았다.

카운터 석으로 안내를 받아 앉자 가구야가 물수건을 내 주었다. 점원인 청년은 감기에 걸려서 나오지 않았다고 한다.

조금 이른 시간이어서인지 손님은 기시베와 미야모토뿐이었다. 무즙에 버무린 아구간 안주에 시원한 맥주로 건배했다. 아구간이 부드럽게 입 안에서 녹았다.

가구야는 무뚝뚝한 얼굴로 카운터 안에 서서 일하고 있다. 온도며 두께까지 신경을 쓴 것이 보이는 모둠회에, 유부에 낫토를 듬뿍 올려 오븐에서 살짝 구운 음식 등이 타이밍 좋게 카운터에 차려졌다.

"맛있네요. 멋진 가게인걸요."

미야모토는 기쁜 듯이 요리를 먹었다.

"낫토도 유부도 집에 있는 식재료인데, 집에서는 아무래도 이런 식으로 바삭하게 구워지지 않더군요."

맥주에서 소주로 옮겨 가면서 기시베도 동의했다. 가구야가 쑥스러운 듯이 가볍게 머리를 숙였다. 오늘 밤도 여자 다카구라 켄의리와 과묵함으로 대변되는 연기를 하는 일본의 국민배우처럼 차분하면서 멋있다.

"사전편집부에서 환영회를 해 줄 때 온 적이 있어요."

기시베는 거기까지 말하고 가구야를 슬쩍 보았다. 가구야가 특별히 비밀로 하는 것 같진 않아서 그다음 말을 계속했다.

"여기 하야시 가구야 씨는 마지메 씨 부인이세요."

"풉."

미야모토는 소주를 마시다 사레가 들어 황급히 물수건으로 입가를 닦았다. 가구야와 기시베를 번갈아 보며 농담하는 게 아니란 걸 알아차린 것 같다.

"마지메 씨 결혼하셨어요?"

가구야의 결혼 상대가 마지메라는 사실 이전에, 마지메가 기혼자라는 사실 자체에 먼저 놀란 것 같다.

"대체 어떤 계기로……."

도중에야 실례되는 질문이라고 생각했는지 미야모토는 말끝을 흐렸다. 가구야는 전혀 개의치 않는 모습으로 짧게 대답했다.

"같은 하숙집이어서요."

기시베는 《대도해》 종이가 완성됐다는 사실, 미야모토와 둘이 식사를 한다는 사실로 들떠 있었다. 평소보다 취기가 빨리 돌아 뺨이 조금 발그레해졌다. 그 기세를 빌어 가구야에게 더 물어보기로 했다.

"마지메 씨의 어디가 좋았어요?"

이건 실례라는 걸 깨닫고 급히 덧붙였다. "아니, 좋은 점이 많겠지만 특히."

"사전에 전력을 다하는 점이요."

가구야는 닭고기 요리에 신중하게 불 조정을 하면서 대답했다. 재빨리 접시에 담아 유자 후추를 뿌려서 내 주었다. 닭고기는 껍질이 바삭하며 향기롭고, 고기는 신선하여 귀한 과일처럼 입속에서 녹았다.

"맛있다!"

기시베와 미야모토는 입을 모아 말하며 소주를 더 주문했다.

가구야는 웃으면서 말했다.

"요리를 먹고 난 소감으로는 복잡한 말이 필요 없는 것 같아요. '맛있다' 한 마디나 다 먹고 났을 때의 표정만으로 우리 요리사는 충분히 보답 받았다고 느끼거든요. 그런데 수업修業을 위해서는 말이 필요하답니다."

가구야가 이렇게 길게 얘기하는 것은 처음이다. 기시베는 젓가락을 놓고 귀를 기울였다.

"난 10대 때부터 요리사 수업의 길에 들어섰지만, 마지메 씨를 만나서 비로소 말의 중요성을 깨달았죠. 마지메 씨가 '기억이란 말이다'라고 하더군요. 향이나 맛이나 소리를 계기로 오래된 기억이 깨어날 때가 있잖아요, 그건 말하자면 모호한 채 잠들어 있던 것을 언어화하는 거라고 해요."

가구야는 설거지 하던 손을 멈추고 말을 계속했다. "맛있는 요리를 먹었을 때 어떻게 맛을 언어화하여 기억해 둘 수 있을까. 요리사에게 중요한 능력이란 그런 거란 걸 사전 만들기에 몰두한 마지메 씨를 보고 깨달았답니다."

그렇게 엉터리 러브레터를 쓰는 주제에 집에서는 가구야에게 조언을 하기도 하고, 재주 좋게 사랑을 속삭이기도 하는구나. 의외의 사실에 충격을 받은 기시베가 물어보았다.

"마지메 씨는 가정에서는 언어화 능력이 뛰어나신가요?"

"아뇨, 말없이 책만 읽어요."

역시. 고개 숙이고 있는 기시베 옆에서 미야모토가 감탄한 듯이 끄덕였다.

"무슨 말씀이신지 알 것 같습니다. 저는 제지 회사에 근무합니다만, 종이의 색감이나 촉감을 언어화하여 개발 담당자에게 전하는 것이 정말 어려워요. 그렇지만 얘기를 거듭해 가며 서로의 생각이 딱 일치하여 원했던 종이가 완성됐을 때 그 기쁨은 무엇과도 바꿀 수 없더군요."

뭔가를 만들어 내기 위해서는 말이 필요하다. 기시베는 문득 먼 옛날 생물이 탄생하기 전에 지구를 덮었다고 하는 바다를 상상했다. 혼돈스럽고, 그저 꿈틀거리기만 할 뿐이었던 농후한 액체를. 사람 속에도 같은 바다가 있다. 거기에 말이라는 낙뢰가 떨어져 비로소 모든 것은 생겨난다. 사랑도, 마음도. 말에 의해 만들어져 어두운 바다에서 떠오른다.

"사전편집부 일은 어떠세요?"

어쩐 일로 가구야가 질문을 다 하기에 기시베는 웃는 얼굴로 대답했다.

"처음에는 당황스럽기만 했지만, 지금은 즐겁고 보람을 느껴요."

이렇게 환한 기분으로 말할 수 있는 날이 오다니, 처음 왔을 때는 상상도 하지 못했다.

손님이 두 팀 잇따라 들어와서 가구야가 바빠졌다. 그래도 적절한 시기를 재서 내 주는 오차즈케와 과일과 마지막으로 자가제 바닐라 아이스크림까지 먹으면서 기시베는 미야모토와 즐겁게 수다를 떨었다.

"마지메 씨와 일하면 어떤 느낌입니까? 좀 다가가기 힘들다고 할까, 독특한 분이죠?"

가구야를 신경 쓰며 미야모토가 작은 소리로 물었.

험담을 하려는 게 아니라 순수하게 궁금한 것 같았다.

"그렇죠."

기시베는 일부러 진지한 표정으로 생각했다.

"예를 들면 지금은 남자와 여자 문제로 다투고 있어요."

"예?"

"아뇨, 아뇨. 사전 표제어 '남자'와 '여자' 문제로 말이에요."

기시베가 다급하게 덧붙이자 미야모토는 "아아" 하고 안도하는 표정을 지었다.

"중학생 때 사전에서 '여자'를 찾아본 적이 있어요."

"……왜 또 그런 걸?"

"여러 가지 기대하는 나이니까요."

미야모토는 쑥스러운 듯이 변명했다.

"그랬더니 '남자가 아닌 성'이라고 나와 있어서 실망했답니다."

"바로 그거예요!"

기시베는 엉겁결에 소리를 질러 버렸다.

"《고지엔》에서는 '남자'를 찾으면 '인간의 성별의 하나로 여자가 아닌 쪽', '여자'를 찾으면 '인간의 성별의 하나로 아이를 낳을 수 있는 기관을 갖춘 쪽'이라고 설명하고 있어요. 《다이지린》의 경우, '남자'는 '여자를 임신시키기 위한 기관과 생리를 가진 쪽의 성', '여자'는 '아이를 낳기 위한 기관과 생리를 가진 성'이라고 설명하고 있고요."

기시베가 불만스럽다는 듯이 말해서인지 미야모토는 고개를 갸웃거렸다.

"으음, 트렌스젠더도 넣어야 한다든가, 그런 뜻인가요?"

"성별을 남자와 여자로 이분해서 설명하는 것이 생물학적 관점으로 봐도 조금 시대 뒤처진 게 아닐까요. 하나의 말을 설명하기 위해 또 다른 말을 꺼내서 '이게 아닌 것'이라고 정의를 내리는 것은 사전에서 흔히 보이는 수법이죠. 하지만 '좌'와 '우'도 기술記述을 궁리하고 있어요."

"어떤 식으로?"

"갖고 계신 사전으로 확인해 보세요."

기시베는 아이스크림을 다 먹고 뜨거운 차를 마셨다. "사전적으로는 어쩔 수 없는 일일지도 모릅니다만, 임신 주체로 얘기되는 것은 남자도 여자도 참을 수 없는 일이죠. 성 동일성 장애인 사람도 있고, '남자가 아닌 쪽의 성. 또는 그렇게 자인하고 있는 것'이라든가, 뜻풀이에 좀 더 폭을 갖는 편이 좋지 않을까 생각해요. 그렇지만 마지메 씨는 '그건 너무 경솔하지 않을까요' 하고 주저해요."

"흠, 기시베 씨의 말이 옳은 것 같습니다. 떨리는 마음으로 사전에서 '남자'나 '여자'를 찾는 중학생을 위해서도 좀 더 자유롭게 접근한 기술이 있어도 좋을 것 같아요."

"너무 신중을 기한 나머지, 사전이란 게 좀 보수적인 부분도 있죠. 완고한 할아버지 같다고 생각할 때도 있어요."

기시베가 한숨을 쉬었다.

"마지메 씨가요?"

미야모토가 놀리듯이 묻는 말에 기시베가 "사전이요!"라고 대답하자 시원스럽게 웃었다.

"완고하기 때문에 의지도 되고 존경도 하게 돼요. 이번 일로 사전과 인연을 맺게 되며 처음으로 그걸 알았어요."

식사는 끝났지만, 그대로 해산할 분위기도 아니어서 근처 바에서 두 잔씩 더 마셨다. 2차는 미야모토가 계산했다.

택시를 세우려고 도로로 나왔을 때 미야모토가 말했다.

"기시베 씨. 휴대전화 번호와 메일 주소 좀 가르쳐 주시겠어요?"

기시베는 부랴부랴 가방에서 휴대전화를 꺼내 적외선 통신으로 연락처를 교환했다. 사람끼리는 손을 잡은 적도 없는데 서로의 휴대전화는 키스를 하듯 가까워졌다. 기시베는 뭔가 유쾌해져 웃고 말았다. 취했는지도 모른다. 미야모토도 웃었다.

미야모토는 기시베에게 택시를 잡아서 태워 주고 "잘 자요" 하고 손을 흔들었다. 기시베도 같이 흔들어 주었다. 미야모토를 길에 남겨 두고 차는 출발했다.

비샤몬텐도쿠가와 이에야스가 창건한 절로, 가구라자카의 상징적 존재의 빨간 문이 점점 작아졌다.

손에 들고 있던 휴대전화가 메일이 왔음을 알리며 푸르르 떨었다.

제목: 잘 먹었습니다.

내용: 정말 즐거웠습니다. 《대도해》 완성을 향해 저도 전력을 다하겠습니다. 괜찮다면 다음에 또 맛있는 밥 먹으러 가지 않겠습니까?

 기시베는 재빨리 답장을 보내고 차창으로 밤거리를 바라보았다. 오늘도 많은 말이 공중을 오갔다.
 기뻐서 헤벌쭉해진 얼굴을 운전사가 보면 재수 없어 할 것 같다. 기시베는 뺨의 안쪽 점막을 가볍게 물고 되도록 진지한 표정을 유지하도록 애썼다.

5

 기시베 씨 최근 부쩍 의욕에 차 있네. 마지메 미쓰야는 편집부에서 전화 응대를 하는 기시베 미도리를 곁눈으로 보며 생각했다.
 기시베는 꽃가루 알레르기에 시달리고 있음에도 밝고 공손한 어조로 전화를 받고 있다. 마스크로 얼굴을 반이나 가리고 있지만, 피부도 머리칼도 윤기가 나듯이 아름답다.
 안 돼, 이런 생각을 하는 건 성희롱이야. 마지메는 책상에 펼쳐진 4교 교정지로 시선을 떨어뜨렸다. 귀만은 기시베의 목소리를 듣고 있다. 별로 딴마음이 있어서는 아니다. 기시베가 문제의 독자에게 온 전화를 받고 있어서다.
 사전편집부에는 사전 사용자를 비롯해서 다양한 전화가 걸려 온다. 오타를 발견했다든가, 어째서 이 단어가 실려 있지 않은가 등등 용건은 다양하다. 더 좋은 사전을 만들기 위해 겐부쇼보의 사전편집부에서는 전화를 준 독자의 의견을 꼼꼼히 듣고 파일로 정리한다.

그러나 개중에는 답변하기 곤란한 전화도 있다. 지금 기시베가 통화하고 있는 상대도 그렇다. 편집부에서는 '에ㅅ 씨'라고 부른다.

'에 씨'는 계절이 바뀔 무렵—즉, 봄이나 가을—이 되면 매일같이 전화를 걸어 온다. 뜬금없이 조사 '에ㅅ'*의 용법이 걸리는 모양이다. 누군가와 얘기하다가도, 신문을 읽다가도 '에'가 신경 쓰이는 사람인 것 같다.

조사 '에'는 말할 것도 없이 사용 빈도가 높다. 평소에는 아무런 생각 없이 사용하지만, 신경 쓰이기 시작하면 계속 눈과 귀에 거슬린다. '에 씨'는 그때마다 "이 경우의 '에'는 《겐부학습국어사전》에서 뜻풀이 몇 번에 해당합니까?" 하고 전화를 걸어 물어본다. "몇 번인지 어떻게 알아!"라고 대답하고 싶은 심정이지만, 기시베는 인내심을 가지고 '에 씨'를 상대했다. 아케보노

---

* ヘ
① 발음은 '에'. 체언에 붙어 연용수식어를 만듦.
② 동작·작용이 그 방향을 향하여 행해짐을 나타냄. —로. —으로.
③ 동작·작용이 그 상대에 대하여 행해짐을 나타냄. —에게.
④ 동작·작용의 귀착점을 나타냄. —에.
⑤ 하나의 사태가 일어났거나 일어나고 있는 바로 그때, 다른 사태가 또 일어남을 나타냄. —에.
(출처: 《두산동아 프라임 일한사전》)

제지의 미야모토와 교제를 시작했는지 일에 대한 의욕이 지금까지보다 더 고조된 것 같다.

"'달로 향하는 로켓'에 쓰인 '로'는 방향을 가리키는 '로'니까, 뜻풀이 1번입니다. 예? '집에 도착했더니 엄마가 야단쳤다'에서 '에' 말인가요? 으음, 그건……. 뜻풀이 4번이라고 생각합니다. 예, '절박한 뉘앙스'를 포함한 '에'죠."

기시베는 단언했지만, 마지메는 속으로 '글쎄, 그건 좀 아닌 것 같은데' 하고 이의를 제기했다. '막 집에 도착했을 때에 택배가 왔다' 같은 문장이라면, 뜻풀이 4번의 '절박한 뉘앙스를 포함하다'에 적합하다고 생각하지만. 마지메는 잠시 생각했다.

'집에 도착했더니 엄마가 야단쳤다'에서 '에'는 뜻풀이 2번의 '동작·작용의 귀착점을 나타냄'의 의미로 사용되는 게 아닌가?

음, 역시 그렇다.

마지메는 '바른 답을 가르쳐 줘야지' 하고 자리에서 일어섰다. 그때 화장실에 갔던 마쓰모토 선생이 돌아왔다. 편집부를 둘러보던 마쓰모토 선생은 상황을 파악했는지 마지메에게 앉으라고 손짓을 했다.

"기시베 씨한테 맡겨 두세요."

"그렇지만 기시베 씨는 틀린 대답을 하고 있습니다."

"에 씨는 사전편집부원이 함께 답을 생각해 주는 걸로 만족하는 것 같더군요. 마지메 씨가 전화를 바꾸어 다른 대답을 하면 혼란스러울 겁니다."

그런가? 마지메는 그냥 의자에 주저앉았다. 마쓰모토 선생도 옆에 앉아 다시 4교 확인 작업을 시작했다.

마지메는 마쓰모토 선생의 옆얼굴을 보니 걱정이 됐다. 왠지 안색이 나쁘고 요즘 조금 야윈 것 같다. 전부터 학처럼 야윈 사람이어서 변화는 아주 미미했지만.

"선생님 피곤하신 것 아닙니까?"

시계를 보니 6시가 지나고 있었다. 마쓰모토 선생은 오늘은 아침부터 계속 편집부에 있으면서 점심도 제대로 들지 않았다.

"오늘은 여기까지 해 두고 괜찮으시면 어디 가서 저녁이라도 드실까요?"

마지메가 권하자 선생은 그제야 빨간 연필을 내려놓고 교정지에서 얼굴을 들었다.

"고마워요. 그렇지만 마지메 씨는 이따가도 작업을 계속할 거잖아요?"

"괜찮습니다."

전철이 끊기기 전까지 일을 할 생각이지만, 어쨌든 저녁은 먹어야 한다. 마지메는 의자에 걸쳐 둔 슈트 상의를 들고 주머니에 지갑이 들어 있는 것을 확인했다.

"드시고 싶은 것 있습니까?"

마쓰모토 선생에게 물으면서 책상에 꺼내 놓은 필기용구 정리를 도와 주었다. 선생은 오래 사용한 가죽 필통에 천천히 연필과 지우개를 넣었다.

"하루 종일 앉아 있었더니 배가 별로 안 고픕니다. 국수 어때요?"

"예. 그럼 국수를 먹으러 가지요."

마지메는 선생의 가방을 들고 "식사하고 오겠습니다" 하고 아르바이트생에게 말했다. "다녀오세요" 하는 아르바이트생들의 목소리를 들으며 마지메와 마쓰모토 선생은 편집부를 나왔다. 아직 통화중인 기시베는 마쓰모토 선생에게 인사를 하고, 마지메를 향해 가볍게 손을 흔들었다. '에 씨'의 조사 '에'에 대한 탐구심은 여전히 불타오르는 것 같았다.

선생은 천천히 어두운 별관 계단을 내려갔다.

연세를 드셨구나. 마지메는 나란히 걸음을 옮기면서 문득 그렇게 생각했다. 그것도 당연하다. 처음 선생을 만난 지 벌써 15년 정도가 지났다. 첫 만남 때 이미 노인이었던 선생은 지금 대체 몇 살일까?

빨리 《대도해》를 완성시키고 싶다. 앞으로 한 걸음만 더, 하는 곳까지 와서인지 마지메는 몹시 초조해졌다. 빨리 하지 않으면 시간에 맞추지 못한다. 그렇게 생각했다가 '무슨 시간에 맞추지 못한다는 거야, 어디서 재수 없는 소리를' 하고 부랴부랴 그 말을 지웠다.

마쓰모토 선생의 가방은 자료가 들어 있는지 여전히 무겁다. 이런 가방을 들고 겐부쇼보까지 다닐 정도이니 충분히 건강하다고 할 수 있다. 하지만 지금까지의 선생이었다면 저녁으로 '칠보원'의 중화요리를 주문했을 텐데.

마지메가 저녁 식사 후에도 회사에서 일을 한다는 걸 알고 별로 시간을 빼앗지 않는 음식으로 배려했을지도 모른다. 그러나 어쩌면 정말로 몸이 안 좋을지도 모른다.

선생은 탐색하는 듯한 마지메의 시선을 느꼈는지 난감한 듯이 웃었다. 층계참에서 발을 멈추고 가볍게 호흡을 가다듬었다.

"역시 나이는 못 이기겠군요. 최근에는 조금만 걸어도 숨이 찹니다."

"배달을 시킬까요?"

"아뇨, 아뇨. 혼자 집에 가면서 일하는 여러분들한테 방해가 되면 안 됩니다. 바깥 공기도 마시고 싶고요."

선생은 다시 계단을 내려갔다. "올해는 유난히 여름을 타네요. 그렇지만 이제 시원해졌으니 곧 체력도 되찾겠죠."

겐부쇼보 별관을 나와 진보초 사거리 방면으로 향했다. 선생의 말대로 부는 바람에는 이제 여름의 흔적조차도 없다. 밤이 오는 것이 빨라졌다. 커다란 은색 별이 하늘 높은 곳에서 반짝거렸다.

단골 국수집에서는 샐러리맨으로 보이는 손님 몇 명이 일찌감치 배를 채우고 있었다. 주인은 이미 알고 있다는 듯이 마지메와 마쓰모토 선생을 텔레비전이 잘 보이는 자리로 안내했다. 그리고 리모컨으로 텔레비전 음량도 높여 주었다. 마쓰모토 선생에 대한 배려다. 선생은 언제나 식사를 하는 동안에도 용례 채집카드를 손에서 놓지 않고 텔레비전에서 흘러나오는 말에 귀를 기울인다.

이 가게의 메뉴는 외울 정도여서 마지메도 마쓰모토 선생도 메뉴판을 볼 필요가 없다.

"선생님, 한 잔 드시겠습니까?"

"아뇨, 오늘은 그만두겠어요."

역시 몸이 안 좋은 건가. 평소의 선생님이라면 두 홉짜리 한 병은 즐겼을 텐데.

"이번 주에는 이미 집에서 반주를 해서요."

선생은 마시지 않는 이유를 그렇게 설명했지만, 마지메는 걱정을 넘어 불안해졌다.

마침 주문을 받으러 온 주인에게 마지메는 찰떡을 넣은 떡우동을, 마쓰모토 선생은 도로로소바_{산마즙을 넣어 먹는 메밀국수}를 주문했다.

"그나저나 마지메 씨도 훌륭한 어른이 되었군요. 이것저것 신경 쓰게 해서 미안합니다."

주문을 마치자 선생은 다시 마지메를 향해 말했다.

선생님을 만난 당시부터 나는 어른이었는데. 마지메는 의아하게 느꼈지만 '그러고 보니 나는 맥주 한 잔도 제대로 못 따랐었지' 하는 기억이 났다.

사전편집부로 갓 이동했을 무렵에는 어떻게 작업을 진행해야 좋을지도 모르고, 인간관계도 원만하지 않아서 눈을 가리고 미로를 걸어가는 기분이었다.

그런데 지금은《대도해》편찬 실무는 전부 마지메의 지휘에 달려 있다. 족히 50명이 넘는 아르바이트생에게 지시를 내리고 연일 선전광고부나 영업부와 회의를 하는 한편, 교정지와 싸우며 열심히 수정한다. 부하인 기시베에게 일을 가르치기도 한다. 마치 처음부터 사전 편찬 전문가였던 것 같은 얼굴을 하고.

"아직도 한참 부족한 점투성이입니다."

마지메는 쑥스러워서 막 나온 뜨거운 차를 마셨다. 마쓰모토 선생은 용례채집카드 한쪽 구석에 '버뮤다(?)'라고 적어 넣었다. 마침 텔레비전에서 〈갑작스러운 발한, 자율 신경의 진상을 밝히다〉라는 특집을 하고 있었다. 거리 인터뷰에 답하는 남녀

노소 가운데 여고생 2인조가 "아, 이유 없이 땀이 날 때 있어요, 있어요!" "버뮤다야." "응, 버뮤다"라고 한 것이다. 선생은 그걸 듣고 바로 메모한 것 같다.

아뇨, 선생님. 여고생이 버뮤다라고 한 것은 아마 자율 신경 문제가 아니라, 올 여름이 유난히 더웠기 때문에 미스터리하다는 뜻으로 버뮤다 제도의 '버뮤다'를 따 와서 쓰는 말이고, 게다가 그건 아마 친구들끼리만 쓰는 조어일 테니 메모할 것까진 없지 않을까요. 마지메는 그렇게 말하고 싶었지만, 선생의 표정이 진지해서 그만두었다.

떡우동과 도로로소바가 나오자 선생은 그제야 연필을 내려놓았다.

"현재 진행 상태는 순조롭습니까?"

"예. 예정대로 내년 봄에 출간될 것 같습니다."

우동과 국수를 후루룩후루룩 먹으면서 마지메는 마쓰모토 선생과 대화를 나누었다.

"몹시 기다려지네요."

마쓰모토 선생이 나무젓가락으로 마를 뜨며 미소 지었다.

"그러나 사전은 완성한 뒤부터가 진짜랍니다. 보다 정밀도와 정확도를 높이기 위해 출간 후에도 용례채집에 힘써서 개정, 개판에 대비해야 합니다."

일본에서 최고로 규모가 큰 사전은 《일본국어대사전》이다. 이 사전은 초판 완결한 지 24년 뒤에 제2판이 출간되어 수록된 표제어 수만 해도 45만 항목에서 50만 항목으로 늘어났다. 편집자와 집필자가 살아 있는 말의 변화에 대응하여 끊임없이 말을 수집해서 하나의 사전을 소중히 키워 나가고 있다는 증거다.

"명심하겠습니다."

마지메는 떡을 찢어 먹는 도중이었지만 진지하게 끄덕였다. 입술에 붙어 늘어져 있던 떡이 하얀 혓바닥처럼 흔들리다 턱에 닿았다. 좀 뜨거웠다.

마쓰모토 선생은 식사 도중에도 평소처럼 사전 생각을 하는 것 같았다. 약간 먼 곳을 보는 듯한 눈으로 말했다.

"마지메 씨. 《옥스포드영어대사전》이나 《강희자전》을 예로 들 것까지도 없이, 외국에서는 자국어 사전을 국왕의 칙령으로 설립한 대학이나 시대의 권력자가 주도하여 편찬하는 일이 많습니다. 즉 편찬에 공금이 투입되는 거죠."

"자금난에 허덕이는 저희들로서는 부러울 따름입니다."

"정말 그렇습니다. 왜 공금을 사용하여 사전을 만든다고 생각합니까?"

마지메는 우동 먹던 손을 잠시 멈추고 대답했다.

"자국어 사전 편찬은 국가의 위신을 걸고 해야 한다, 라는 생각이 있기 때문이 아닐까요? 언어는 민족 정체성의 하나로 나라를 통합하기 위해서는 어느 정도 언어의 통일과 장악이 필요하기 때문이겠지요."

"맞습니다. 그런데 일본에서는 공공 기관이 주도해서 편찬한 국어사전이 전무하죠."

마쓰모토 선생은 도로로소바를 반쯤 남기고 젓가락을 내려놓았다. "일본에서 근대적 사전의 효시가 된 오쓰키 후미히코의《언해》. 이것조차도 결국 정부에서 공금을 지급하지 않아 오쓰키가 평생에 걸쳐 개인적으로 편찬하여 사비로 출간했습니다. 현재도 국어사전은 공공단체가 아니라 출판사가 제각기 편찬하고 있죠."

밑져봐야 본전이니 조성금을 신청해 보라는 얘기일까? 마지메는 조심스럽게 말했다.

"정부나 관공청은 문화에 대한 감도가 둔한 부분이 있어서 말입니다."

"나도 젊은 시절에는 자금이 조금만 더 윤택했더라면 하는 생각을 할 때가 있었습니다."

선생은 테이블 위에서 양손을 깍지 꼈다.

"그러나 지금은 이걸로 됐다고 생각합니다."

"무슨 말씀이신지?"

"공금이 투입되면 내용에 간섭할 가능성이 없다고 할 수 없겠지요. 또 국가의 위신을 걸기 때문에 살아 있는 생각을 전하는 도구로서가 아니라 권위와 지배의 도구로서 말을 이용할 우려도 있습니다."

"말이란, 말을 다루는 사전이란, 개인과 권력, 내적 자유와 공적 지배의 틈새라는 항상 위험한 장소에 존재하는 것이죠."

마지메는 지금까지 사전 편찬 작업에 무아지경으로 빠져 있어서 사전 그 자체가 갖는 정치적 영향력에는 전혀 생각이 미치지 못했다.

마쓰모토 선생은 조용히 말했다.

"그러니까 설령 자금이 쪼들리더라도 국가가 아닌 출판사가, 일반인인 당신이나 내가, 꾸준히 사전을 만들어 온 현 상황에 긍지를 가집시다. 반평생이라는 말로는 부족한 세월, 사전 만들기에 힘을 써 왔지만, 지금 새삼 그런 생각이 드는군요."

"선생님……."

"말은, 말을 낳는 마음은 권위나 권력과는 전혀 무연한 자유로운 것입니다. 또 그래야 합니다. 자유로운 항해를 하는 모든 사람을 위해 엮은 배.《대도해》가 그런 사전이 되도록 계속해서 마음을 다잡고 마무리해 나갑시다."

마쓰모토 선생의 어조는 담담했지만, 거기에 깃든 열정은 파도처럼 마지메의 가슴에 몰아쳐왔다.

식사를 마치고 거리로 나온 마지메는 선생과 선생의 가방을 반 강제로 택시에 밀어 넣었다. 식욕이 없어 보이는 선생을 전철에 태워 보낼 수 없었다. 사양하는 선생의 손에 회사에서 나온 택시비를 쥐어 주었다.

"그럼 선생님, 다음에 또 잘 부탁드립니다."

마쓰모토 선생은 미안한 듯이 차창 너머로 머리를 숙였다. 달려가는 택시를 배웅하고 마지메는 편집부로 돌아왔다. 《대도해》 편찬에 대한 새로운 투지와 의욕이 가슴속에서 끓어올랐다.

마쓰모토 선생과 얘기를 나눈 지 사흘 뒤의 일이다.

그날은 맑고 푸른 하늘이 펼쳐졌다. 창이 대부분 서가로 가려진 편집부에 있어도 뭔지 모르게 상쾌한 기분이 들었다.

언제나처럼 마지메가 아침부터 책상 앞에 앉아 있는데 아라키가 달려왔다.

"마지메 군, 큰일났어!"

아라키의 손에는 대형 종이가 들려 있었다. 현재 편집부원이 씨름하고 있는 4교지 같다.

마지메는 아라키의 기세에 놀라 엉겁결에 일어서려고 했지만, 아라키는 그보다 먼저 갖고 온 종이를 마지메의 책상에 펼쳤다.

"여길 봐."

아라키가 가리킨 것은 '지ㅎ'로 시작하는 표제어가 실린 페이지였다.

"**지시오**ちしお【血潮,血汐】①(몸에서 흘러나오는) 피. 선혈. ②(몸 속의) 피. 혈기. 열정. 열혈'이 빠져 있어!"

"뭐라고요!"

마지메는 미끄러지는 안경을 손가락으로 밀어 올리며 교정지를 들여다보았다. '**지시이덴시**【致死遺傳子】' '**지시오**【千入】염료에 여러 번 물들이는 것' '**지시키**【知識】' 순으로 표제어가 나란히 있다. 아라키의 말대로 '지시오'가 어디에도 기재되어 있지 않다.

"이거야말로 피가 얼어붙는 사태군요."

"마지메 군, 농담할 때가 아냐."

마지메로서는 지극히 진지하게 소감을 말한 것인데 아라키에게 혼나 버렸다. 마지메는 얼굴에 핏기가 가시는 것을 자각하면서 간신히 정신을 가다듬고 대처 방안을 생각했다.

"이미 4교입니다만, 이 부분은 무슨 일이 있더라도 행수를 조절해서 '지시오' 항목을 끼워 넣는 수밖에 없겠습니다."

아라키는 떨떠름한 얼굴로 끄덕였다.

"그 방법밖에 없겠지. 그러나 문제는 어째서 4교째까지 아무도 표제어 기재가 누락된 걸 발견하지 못했는가 하는 거야."

"교열 작업을 더욱 철저히 하겠습니다. 아르바이트 학생들도 포함해서 전원 처음부터 다시 4교를 체크하겠습니다."

시간이 얼마나 걸릴지 앞이 캄캄했지만, 더 있을지 모르는 오류를 놓치는 것보다 낫다. 마지메는 또 제안했다.

"어째서 '지시오'가 누락됐는지 원인도 철저히 규명하겠습니다."

긴장된 분위기를 느꼈는지 마지메 책상 주위에는 기시베 씨와 사사키 씨, 출근한 아르바이트 학생들까지 모이기 시작했다.

"사사키 씨. 용례채집카드를 조사해 주세요."

마지메의 지시에 사사키는 당장 카드를 보관한 자료실 서가로 달려갔다.

"주임님. '지시오' 카드는 분명히 있습니다."

잠시 후 돌아온 사사키는 '지시오'에 관한 자료를 모아, 마지메에게 내밀었다.

"표제어 채택 마크도 붙어 있고, 원고도 주임님이 썼는데요."

원고까지 썼으면서 무슨 이유에선가 입고 때 빠진 것 같다. 사사키가 갖고 온 초교에서부터 3교까지의 교정지에는 '지시오'의 존재가 홀연히 사라져 있다.

마지메는 일어섰다.

"여러분, 죄송하지만 긴급 사태입니다. 지금 하고 있는 작업은 전부 중단하고 전력을 다해 4교를 체크해 주세요."

편집부 안에 긴장이 출렁거렸다. 다들 묵묵히 마지메를 둘러싸고 지시를 기다렸다. 마지메는 체크 순서를 설명했다.

"용례채집카드에서 '채택'된 단어가 교정지에 빠짐없이 기재되어 있는지 하나씩 확인할 수밖에 없습니다. 지금 당장 모을 수 있는 최대의 인원을 모으도록. 페이지를 인원수로 나누어서 각자 맡은 분량에 대해 세심한 주의를 기울여 체크해 주세요. 며칠이 걸리더라도 편집부에서 밤을 새우든 어떻게든 해서라도 해냅시다."

마지메는 그 자리에 있는 전원의 얼굴을 둘러보았다.

"《대도해》를 구멍 나지 않은 배로 만들기 위해!"

편찬 작업도 종반으로 치닫고 있는 이 시점에 큰 문제가 터졌지만, 아직도 기력은 시들지 않았다. 아라키도, 사사키도, 기시베도, 아르바이트 젊은 학생들도 '이렇게 된 바에야 끝까지 한번 해 보자' 하는 얼굴 표정이었다.

"여러분, 일단 귀가해서 사무실에서 며칠 지내는 데 필요한 옷과 소지품을 챙겨 오세요. 오늘 밤부터 합숙입니다."

마지메의 선언에 당황하는 사람은 한 사람도 없었다. 기시베는 바로 컴퓨터 앞으로 가서 메일을 썼다. 미야모토에게 '한동안 못 만날 것 같다'라고 쓰는 것이리라. 아르바이트 학생들도 "아자!" 하고 기합을 넣는 사람, "연구실에 가서 친구들 더 불러 올게요" 하는 사람 등, 반응은 다양했지만 모두 긍정적인 자세를 보였다. 비상시에 일시적으로 흥분하는 것과 비슷할지도 모른다.

믿음직한 얼굴들을 둘러보니 마지메는 절로 고개가 숙여졌다.

니시오카가 이동하고 기시베가 오기까지의 긴 시간, 마지메는 혼자 사전편집부 정사원으로서 조금씩《대도해》편찬 작업을 계속해 왔다. 정말로 세상에 나오는 날이 오기는 할까 좌절할 뻔했을 때도 있지만, 그것은 절대 허무한 행위가 아니었다. 지금 이렇게 많은 사람이《대도해》를 위해 적극적으로 움직여 주고 있으니까.

사람들 출입이 잦아진 편집부에 전화벨 소리가 울려 퍼졌다. 기시베가 바로 전화를 들었다. 또 '에 씨'인가 하고, 마지메는 별로 신경 쓰지 않았다. 그런데 전화 상대와 두세 마디 말을 주고받던 기시베의 표정이 점점 심각해졌다.

"마지메 씨."

통화를 마친 기시베가 메모를 들고 다가왔다.

"마쓰모토 선생님 사모님이신데요, 선생님이 입원하셨대요."

기시베에게 전달 받은 메모에는 도내에 있는 큰 병원의 이름이 적혀 있었다. 병세는 확실하지 않지만, 마지메는 뭔가 나쁜 예감이 들어 한동안 움직일 수가 없었다.

지시오에서 발단한 확인 작업은 '겐부쇼보 지옥의 진보초 합숙'으로 각 출판사의 사전편집자들 사이에 오랜 세월 회자되었다.

물론 그 소용돌이 속에 있는 마지메는 그런 미래를 알 리 없다. 오로지 눈앞의 사건을 열심히 해결해 나갈 뿐이었다.

마지메는 먼저 아라키와 함께 마쓰모토 선생이 입원한 병원에 문병을 갔다. 선생은 오전 중 검사가 끝난 참이었다. 침대에서 일어나 병실의 텔레비전을 보면서 용례채집카드를 적고 있었다.

과연 마쓰모토 선생이다. 입원해서도 사전을 제일로 생각하다니. 마지메는 자기도 모르게 감탄했다. 선생의 얼굴이 의외로 좋아 보여서 안심한 까닭도 있다.

마지메와 아라키의 모습을 보자, 선생은 쑥스러운 듯이 말했다.

"이렇게 오시게 해서 죄송하군요. 집사람이 정신이 없어서 연락을 했나 봅니다만, 일주일 정도 검사 입원을 하는 것뿐입니다. 먹는 나이를 이기지 못하고 여기저기 탈이 생긴 것 같습니다."

선생 옆에 서 있던 부인이 미안하다는 듯이 머리를 숙였다. 사전이 최우선인 선생은 남편으로서는 아마 낙제일 것이다. 그런 마지메의 예상과 반대로 선생과 부인은 아주 사이가 좋아 보였다. 지금도 부인은 다정하게 선생의 어깨에 카디건을 걸쳐 주고 있다.

"선생님, 너무 무리하시면 안 됩니다. 좋은 기회라 생각하시고 체력부터 챙기십시오."

아라키가 조심스럽게 말했다.

"중요한 시기에 한심스러울 따름입니다."

선생은 마음먹은 대로 듣지 않는 노구가 안타까워서 어쩔 줄 몰라 했다.

"《대도해》 진행은 어떻습니까?"

마지메는 아라키와 얼굴을 마주보며 소리 모아 대답했다.

"순조롭습니다."

선생에게 걱정을 끼치면 안 된다. 지시오 건은 도저히 말을 꺼낼 수 없었다.

마쓰모토 선생의 문병을 마치고, 아라키와 헤어진 마지메는 갈아입을 옷을 가지러 가스가에 있는 자택으로 갔다.

마지메가 아내 가구야와 사는 목조 이층집은 예전에는 학생 대상의 하숙집이었다. 현관에 걸린 '소운장' 간판은 그 시절의 흔적이다.

마지메는 소운장의 마지막 하숙생이었다. 10년 전에 주인인 다케 할머니가 세상을 떠나고, 소운장은 하숙집 역사의 막을 내렸다. 다케 할머니에게 소운장을 물려받은 것은 손녀인 가구야다. 이미 가구야와 결혼한 마지메는 낡은 건물을 조금씩 보수하면서 지금도 부부가 소운장에 계속 살고 있다.

생전의 다케 할머니는 단순한 하숙생이 아니라 가족의 한 사람으로 마지메를 대해 주었다. 늘어나는 마지메의 책이 1층을 침식해도 불평 한 마디 하지 않았다. 일도 연애도 어설픈 마지메를 언제나 내색 않고 지켜보며 의지가 돼 주었다.

마지메와 가구야의 결혼을 누구보다 기뻐한 것도 다케 할머니였다. 다케 할머니와 함께 소운장에서 가구야와의 신혼 시절을 보낸 것은 마지메에게 즐겁고 훈훈함으로 가득한 기억이다.

다케 할머니는 어느 겨울날 아침 이불 속에서 잠든 채로 죽어 있었다. 심부전이라고 했지만, 쉽게 말하면 노쇠였을 것이다. 만년의 다케 할머니는 식사량이 줄고 계단 오르내리는 것도 중노동이라며 대부분의 시간을 2층에서 보냈다. 세상을 떠나기 전날 밤에는 감기 기운이 있다고도 했다. 그래도 건강했기 때문에 갑작스러운 이별에 마지메도 가구야도 몹시 충격을 받았다. 고통스럽지 않게 세상을 떠난 것이 그나마 위안이었다.

멍한 상태로 장례식을 마치고 마지메와 가구야는 다케 할머니가 없는 고다쓰에 앉았다. 그때서야 비로소 키우던 고양이 도라의 모습이 보이지 않는다는 사실을 깨달았다. 근처를 찾아다니기도 하고 보건소에 연락도 해 보고 며칠이나 귀가를 기다렸지만, 끝내 도라의 행방은 알 수 없었다. 자신을 귀여워해 준 다케 할머니의 죽음을 알고 도라는 여행을 떠났을지도 모른다.

두 번 다시 도라는 돌아오지 않을 것 같다. 그 현실을 받아들였을 때 마지메도 가구야도 다케 할머니가 죽은 뒤 처음으로 눈물을 흘렸다. 두 사람은 서로 손을 잡고 소리 내어 울었다. 슬픔에 짓눌려진 폐에 어떻게든 공기를 집어넣으려고 하듯이.

마지메는 창살이 긴 현관 미닫이문을 열고 2층을 향해 말했다.

"다녀왔어."

바로 나온 것은 현재 키우는 고양이인 도라오다. 도라오는 몇 년 전부터 소운장에 살고 있다. 도라와 퍽 닮은 멋진 얼룩고양이다. 마지메는 도라의 자식이나 손자가 아닐까 추측한다.

발에 휘감기는 도라오를 데리고 삐걱거리는 계단을 올라갔다. 1층은 부엌과 욕실과 화장실을 제외하고 모든 곳이 책으로 차 있어서, 마지메와 가구야는 2층에서 살고 있다.

"어머, 어서 와."

가구야가 잠이 덜 깬 눈으로 2층 끝 방에서 얼굴을 내밀었다.

"어쩐 일이야, 이렇게 이른 시간에. 어디 몸이라도 안 좋은 거야?"

마지메는 자기 방으로 쓰고 있는 한가운데 방에 들어가 서랍장에서 갈아입을 옷을 꺼냈다.

"좀 문제가 생겨서. 앞으로 한동안 편집부에서 지낼 것 같아."

가구야는 걱정스러운 표정이었지만 자세히 묻지는 않았다. 마지메의 사전 만들기에 건 열정을 잘 알고 있는 가구야는 평소에도 괜한 참견은 하지 않는다. 마지메 역시 요리 외길을 걷는 가구야에게 부담이 되지 않도록 신경 쓰고 있다.

 가구야가 잠이 완전히 깰까 봐 마지메는 얼른 말했다.

 "자도 돼."

 가구야는 재료 매입과 손질을 마치고 가게 문 열기 전까지의 짧은 시간 동안 자는 것이다.

 "자기 점심은?"

 그러고 보니 아직이었다. 얼버무리는 게 서툰 마지메는 엉겁결에 우물거렸다. 가구야는 잠옷 위에 카디건을 걸쳤다.

 "바로 준비할게."

 "아냐, 그렇지만……."

 "먹고 갈 시간은 있지? 나도 마침 배가 고프네."

 1층 부엌으로 내려가는 가구야 뒤를 도라오가 기대 가득한 걸음으로 따라갔다. 마지메 부부는 계단 옆에 있는 2층 한 방을 거실로 사용하고 있다. 방 안 모습은 다케 할머니가 있던 시절과 다르지 않다. 아직 고다쓰를 꺼낼 계절이 아니어서 대신 낮은 탁자를 두었다. 벽 쪽에는 오래된 서랍장. 창으로는 빨래 건조대와 가을 하늘이 보인다.

전과 다른 것이라면 작은 불단에 다케 할머니의 위패와 영정이 있다. 다케 할머니 남편의 위패와 사진도 있다. 가구야의 할아버지인데, 일찍 세상을 떠나서 가구야도 본 적이 없다고 한다. 사진으로 보기에는 아주 멋있는 남성이다. 가구야 씨는 눈매가 할아버지를 닮았구나, 하고 마지메는 늘 생각한다.

갈아입을 옷과 면도기를 여행 가방에 넣고, 한숨 돌린 마지메는 불단에 향을 올리고 손을 모았다. 가구야가 요리를 담은 쟁반을 들고 거실로 들어왔다. 도라오도 함께다.

"자, 왔어요."

"고마워. 잘 먹겠습니다."

"잘 먹겠습니다."

좌탁을 사이에 두고 앉은 두 사람은 젓가락을 들었다. 연어구이와 계란말이와 시금치 무침. 파와 유부와 두부가 든 된장국은 육수가 적당히 잘 우러났다.

"뭔가 아침밥 같은 메뉴가 돼 버렸네."

"언제 먹어도 맛있어."

마지메가 진심으로 말하자, 가구야는 쑥스러운 듯이 고개를 숙이고 젓가락질을 빨리 했다. 도라오가 연어구이를 뚫어지게 보며 야옹 울었다.

"도라오는 네 밥 있잖아."

가구야에게 야단맞은 도라오는 마지못해 방구석에 있는 사료 접시에 얼굴을 박았다.

"좀 전에 마쓰모토 선생님 문병하러 병원에 다녀왔어."

"응?"

가구야는 젓가락을 멈추고 입 안의 것을 꿀꺽 삼켰다.

"어디 아프셔?"

"일주일 정도 입원해서 검사를 받으신대."

"그렇구나. 그래도 걱정이네."

다케 할머니의 전례도 있다.

"드시고 싶은 요리 있으면 만들어 갈게. 틈을 내서 여쭤 봐 줘."

"응."

"연세가 연세이신 만큼 기운을 챙기셔야 할 텐데."

"아 참."

"뭐가?"

마지메는 씹던 것을 멈추고 자세를 바로 했다.

"마쓰모토 선생님 대체 몇 살일까? 가구야 씨 알아?"

"모르는데."

두 사람은 잠시 서로 마주보다 조그맣게 웃음을 터트렸다.

"선생님하고는 15년 정도 같이 일해 왔지만 거의 달라지신 게 없잖아. 아흔을 넘었다고 해도, 예순여덟이라고 해도 '그렇구나' 할 것 같아."

"사전 만드는 사람들은 어딘지 세속과 동떨어져 있는 것 같아."

마지메가 남 얘기처럼 끄덕이는 것을 보고 가구야는 "자기도 그래" 하고 덧붙였다.

"선생님 의외로 생각보다 젊으신 거 아닐까? 분명 바로 건강해지실 거야."

"그러게."

식사를 마친 마지메는 여행 가방을 들고 집을 나섰다. 몇 걸음 걷다가 돌아보니 가구야가 그때까지 현관 앞에 서서 배웅하고 있었다. 가구야에게 안겨 있는 도라오가 크게 기지개를 켰다.

"깜박했는데, 우리 부서의 기시베 씨, 아케보노 제지 미야모토 씨하고 사귀는 것 같아."

"역시. 가게에 왔을 때 분위기가 좋더라고 내가 그랬지."

"응. 당신의 관찰안은 언제나 대단해."

마지메와 가구야는 웃는 얼굴로 서로 손을 흔들었다.

후세에 길이 회자될, 이른바 '겐부쇼보 지옥의 진보초 합숙'은 약 한 달 동안 계속됐다.

마지메와 기시베는 거의 편집부에서 먹고 자는 상태였다. 아주 가끔 집에 가도 갈아입을 옷만 들고 바로 회사로 돌아왔다. 아내와도 애인과도 제대로 말 한 마디 못 나누는 날들이 계속되었다.

마지메는 사사키나 아르바이트생들에게 "무리하지 않도록" 하고 몇 번이나 귀가를 재촉했다. 그러나 다들 좀처럼 말을 듣지 않았다. 일주일씩 밤샘을 해도 당연하다는 기개로 묵묵히 작업에 몰두했다.

아라키는 아내를 여읜 지 오래 됐다.

"내가 볼 테니까 다들 돌아가, 돌아가."

솔선해서 많은 일을 떠맡고선 한 달 동안 한 번도 집에 돌아가지 않았다.

문제는 편집부 안에 가득한 악취였다. 사전편집부는 현재 어쨌거나 대부대다. 게다가 창이 서가로 막혀 있어서, 사람의 훈김과 종이에서 나는 먼지와 잉크 냄새가 뒤섞여 공기를 혼탁하게 했다. 편집부에 있을 때는 모두 같은 냄새 속에 있어서 깨닫지 못했지만, 밖에서 식사를 하고 돌아오면 "토할 것 같아" 하고 다들 얼굴을 찡그렸다.

겨울로 향하는 시기라고는 하지만, 최소한의 목욕과 빨래는 해야 한다.

겐부쇼보 본관에 가면 작은 대로 샤워실이 있긴 하지만 "아침이고 밤이고 사전편집부 사람들이 쓰고 있어" 하는 다른 사원들의 불평이 쏟아졌다. 그래서 마지메네는 진보초에 딱 한 곳 있는 오래된 공중 목욕탕을 이용하기로 했다. 갑작스런 사전 특수로 목욕탕 주인은 싱글벙글이었다.

"그렇지만 빨래는 못하는걸요."

감은 머리를 타월로 감싸고 민낯으로 편집부에 돌아온 기시베가 크게 한숨을 쉬었다.

학생들이 많은 거리이기도 하지만, 진보초 외곽에는 코인 세탁소가 보이지 않았다.

"대학교는 몇 개나 있지만 진보초에 사는 학생들이 실은 얼마 안 되는가 봐요."

"그러게요. 헌책을 보러 온 길에 빨래하려는 사람은 더욱 없을 테고."

"헌책 좋아하는 사람들은 식물 같아서 말이죠. 빨래에 별로 흥미가 없을지도 몰라요."

기시베와 사사키는 서로 수다를 떨었다.

나는 헌책을 좋아합니다만, 식물이 아니라 잡식 동물입니다. 마지메는 속으로만 이의를 제기했다. 헌책방에 갈 때는 헌책 생각만 하는 게 당연하지 않습니까. 그럴 때 빨래를 생각한다는 것은 주의력 산만이자, 헌책 애호가로서 실격입니다. 마지메는 슬쩍 자신의 소매 냄새를 맡았다. 아직 괜찮은 것 같지만, 원래 자기한테 나는 냄새는 잘 모르는 법이다.

결국 자연 발생적으로 '빨래 담당'이란 것이 생겼다. 큰 자루에 의류를 넣어 두면 며칠에 한 번 가스가나 혼고에 있는 코인 세탁소에 가서 한꺼번에 빨아 온다. 세탁비는 이용한 사람들끼리 나눠 냈다. 속옷은 어쩔 수 없어서 새것을 사거나 화장실에서 빨았다. 젠부쇼보 별관 여성용 화장실에는 속옷을 널기 위한 건조대가 도입되었다. 남성들 속옷은 서가 사이에 막대기를 걸쳐 널기로 했다. 만국기처럼 매달린 팬티 행렬에 여성들로부터 불평과 비난이 심한 것은 말할 것까지도 없다.

"비상 사태이니 양해를."

마지메는 머리를 숙이며 돌았고, 마르면 바로 걷는 것을 조건으로 간신히 편집부 내의 인심은 안정을 찾았다.

인력 총동원 태세로 4교 체크를 하는 한편, 마지메는 아케보노 제지의 미야모토나 기술자와 함께 인쇄 회사에도 자주 나갔다. 사전은 페이지 수도 많은 데다 얇은 종이를 사용하므로 인쇄에도 정밀한 기술과 신경이 요구된다. 완성된 '궁극의 종이'를 사용하여 인쇄소에서는 시범 인쇄를 되풀이했다.

잉크의 미묘한 배합에 따라 글씨의 점도粘度며 색조며 농담이 달라진다. '궁극의 종이'에 어울리는 잉크는 어느 것일까. 기계를 어떻게 조정하면 읽기 쉽게 인쇄될까. 인쇄 회사, 제지 회사, 마지메 사이에서 검토가 거듭되었다. 때로는 공장에 가서 숙련된 인쇄공과 직접 상담하는 일도 있었다.

인쇄의 방향성이 보인다 싶을 때, 이번에는 사내 디자이너가 불렸다. 《대도해》 장정을 담당하는 사람은 겐부쇼보 장정부에 있는 40대 중반의 남자다. 계절을 불문하고 빨간 티셔츠를 입고 있어서 '빨간 셔츠'라는 별명으로 불린다. 《도련님》의 등장인물과는 달리 이 빨간 셔츠는 괴짜지만 명랑 쾌활하다.

니시오카의 도움도 있어 겐부쇼보로서는 대대적으로 《대도해》 홍보 프로젝트를 진행하게 되었다. 발매에 맞춰 역에 붙일 포스터와 서점에 사전 배포할 팸플릿 등의 이미지를 통일하고자 광고 에이전시도 끼어서 전략을 짰다. 가장 중요한 《대도해》 장정을 담당한 빨간 셔츠도 의욕이 넘치고 있었다.

"마-지메 씨-이."

장정부에 발을 들이미는 순간 빨간 셔츠가 마지메에게로 달려왔다.

"완성했어요, 완성했어요, 《대도해》 장정 최종안!"

소매를 잡아 당겨 빨간 셔츠의 책상으로 끌려갔다. 고성능 프린터로 출력한 《대도해》 장정 디자인이 펼쳐져 있었다. 상자와 상자에 두르는 띠지. 본체 커버, 표지, 면지. 꽃천 속장의 아래와 위 양쪽 끝에 붙이는 알록달록한 천의 견본까지 있다.

"사전은 말이죠, 상자도, 띠지도, 커버도 사용할 때는 다 뜯어 버리는 일이 많잖아요. 유감스럽게도. 그래도 모두 정성껏 디자인했답니다."

의기양양한 빨간 셔츠를 무시하고, 마지메의 눈은 책상 위 장정 디자인에 빨려들었다.

《대도해》 케이스도 본체 표지와 커버도 밤바다처럼 짙은 감색이다. 띠지는 달빛처럼 연한 크림색. 표지를 넘기면 나타나는 면지도 같은 크림색이었다. 본체의 위아래를 꾸밀 꽃천은 밤하늘에 빛나는 달 그 자체인 은색이었다.

《대도해》라는 글자도 은색으로, 감색 바탕 위에 당당한 서체를 부각시켰다. 자세히 보니 상자와 본체 커버 아래쪽은 가는 은색 줄로 파도의 출렁임을 표현했다. 등 부분에 그린 고대 범선 같은 형상의 배는 지금 막 거친 파도를 넘으려는 것 같다. 본체 표지와 표지 뒷면에는 초승달과 배 마크가 각각 얌전하게 새겨져 있다.

빨간 셔츠는 《대도해》에 담긴 마음을 적확하게 표현해 주었다. 마지메는 감사하는 마음을 주체하지 못하고 한참동안 장정 디자인을 바라보았다.

"어때요?"

불안해졌는지 기다리다 못한 빨간 셔츠가 말을 걸어 왔다.

"샤프하면서도 온기가 있군요."

마지메는 그제야 정신을 차리고 대답했다.

"아주 좋은 디자인이네요. 영업부는 뭐라고?"

"아직 보여 주지 않았어요. 마-지메 씨한테 제일 먼저 보여 주고 싶어서요."

빨간 셔츠는 언제나 희한한 리듬을 붙여 마지메를 부른다.

"고맙습니다. 그런데 이거 혹시 은박입니까?"

마지메는 상자와 커버를 가리키며 말했다. 은박이라면 호화롭긴 하지만 제작비가 너무 든다.

"걱정 마세요. 인쇄 기술은 나날이 발전하고 있어요, 마-지메 씨. '은박 같은 마무리'로 해 달라고 할 생각이에요. 아, 본체 표지는 진짜 은박이지만요. 그래도 예산 안에서 다 해결했습니다."

빨간 셔츠는 가슴을 폈다.

"그런 건 나도 다 생각했다니까요."

"주제넘은 말을 했군요."

마지메는 미안해했다.

"그럼 진행해 주세요. 만에 하나 영업부가 뭐라고 하면 제가 전력으로 막겠습니다."

이것으로 장정 문제는 일단락됐다. 양 어깨에 산더미 같은 짐 가운데 하나를 내려놓은 기분이었다. 마지메는 발걸음도 가볍게 사전편집부로 돌아왔다.

책상에는 체크가 끝난 4교가 산처럼 쌓여 있었다. 다 한 것부터 인쇄소에 보내 5교지를 찍어 와야 한다.

산 넘어 산이다.

마지메는 다시 바짝 마음을 다잡고 빨간 연필을 들었다. 행수 변경이 생긴 부분이 없는지, 4교를 구석구석까지 최종 확인하기 위해.

총동원 태세로 4교 체크를 한 끝에, 1개월 동안 판명된 것은 '지시오' 외에는 빠진 표제어가 없다는 사실이었다. 물론 새삼 체크를 한 덕분에 미처 보지 못한 오탈자를 새롭게 발견하기도 하고, 뜻풀이가 타당한지 어떤지 한 번 더 의논을 거듭하는 등 성과도 있긴 했다.

"아무리 그래도 '벼룩 한 마리 잡으려고 초가삼간 태운 격'이네."

아라키의 이 말대로 합숙까지 했던 사람들은 맥이 풀렸다는 게 솔직한 표현이다.

"여러분, 괜한 수고를 하게 해서 정말 죄송합니다."

마지메는 피로의 빛이 역력한 얼굴들을 향해 사과했다.

"아니에요, 주의에 주의를 기울이라고들 하잖아요."

"납득이 갈 때까지 조사한 덕분에 후련한걸요."

학생들은 저마다 이렇게 말해 주었다. 확실히 피곤하긴 했지만, 달성감을 느끼기도 했을 것이다. 개운한 표정으로 짐을 싸서 오랜만에 집으로 돌아갔다.

《대도해》는 좋은 스태프를 만났다. 마지메는 편집부 앞에 서서 귀가하는 학생 한 사람 한 사람을 배웅했다.

'지옥의 진보초 합숙'을 거치면서 실은 마지메도 《대도해》에 보람을 느꼈다. 많은 눈으로 체크했는데 오탈자는 극히 적었다. '지시오'가 누락된 것은 통한의 실수였지만, 그대로 《대도해》가 출간되는 최악의 사태는 막을 수 있었다. 다른 표제어도 제대로 수록되어 있었고 뜻풀이도 나름대로 빈틈없는 내용이라고 생각한다.

《대도해》는 균형과 정밀도가 아주 훌륭해서 사용하기에도 읽기에도 즐거운 사전이 되지 않을까. 합숙까지 해낸 마지메는 확신이 깊어졌다.

기시베가 아직 편집부에 남아 있는 것을 보고 마지메가 말을 걸었다.

"기시베 씨도 고생 많았습니다. 오늘은 그만 돌아가서 푹 쉬세요."

"예. 저기 마지메 씨는?"

"나는 아라키 씨하고 마쓰모토 선생님 댁에 갈 생각입니다."

일주일 동안의 검사 입원이라고 했는데, 합숙하는 동안 마쓰모토 선생은 사전편집부에 한 번도 얼굴을 보이지 않았다. 부인에게 "아직 몸이 좋지 않아서"라고 사과 전화가 한 번 온 게 전부다. 걱정이 되었지만 합숙 기간 중이라 어떻게 할 수가 없었다.

《대도해》 편찬 작업이 예정대로 진행된 것을 계기로 마지메는 아라키와 의논 끝에 마쓰모토 선생의 자택에 가 보기로 했다. 기시베도 가고 싶어 했지만 합숙의 피로가 역력했다. 일단은 둘이 다녀올 테니까, 하고 다음 날 업무 시작 시간을 서로 확인하고 겐부쇼보 앞에서 헤어졌다.

마쓰모토 선생은 지바 현 가시와 시에 살고 있다. 아라키도 선생의 자택에 가 본 적은 없다고 했다. 마지메는 아라키와 함께 진보초에서 지하철을 타고 주소만 들고 동쪽으로 향했다.

아직 러시아워는 아니어서 마지메와 아라키는 나란히 자리에 앉았다. 마지메의 무릎 위에는 가방과 함께 케이크 상자가 놓여 있다. 회사 근처에 오래된 케이크 가게가 있는데, 마쓰모토 선생은 그곳의 에클레르를 아주 좋아한다.

마지메가 선물을 사는 동안에도 줄곧 말이 없던 아라키가 전철 안에서 겨우 입을 열었다.

"아까 '지금 찾아뵈러 가겠습니다' 하고 전화를 했더니 선생님이 받으셨어."

"어떠셨어요?"

"응, 목소리는 건강하신 것 같았어. 그러나 그렇다면 왜 편집부에 오시지 않았을까 마음에 걸리더라고."

길을 몰라서 가시와 역에서 택시를 탔다. 5분 만에 도착한 선생님의 집은 오래 되고 아담한 단독 주택이었다.

인터폰을 누르자, 바로 부인이 나와서 거실로 안내해 주었다. 생각했던 대로 집 안은 책으로 넘쳐나고 있었다. 벽이란 벽에는 전부 서가가 설치되어 있고, 서가 앞의 바닥에도 사람 가슴 높이까지 책이 쌓여 있으며, 복도와 계단에는 사람 한 명이 간신히 지나갈 정도의 공간밖에 남아 있지 않았다.

이런 상황에서 선생의 부인과 자식들은 불평을 하지 않을까. 마지메조차 질릴 지경이었다. 희미하게 곰팡내가 나는 집 안에는 종이가 소리를 흡수하는지 고요한 가운데 평온한 기운만 감돌았다.

부인이 세 사람 분의 홍차와 에클레르를 가져왔다.

"이렇게 좋은 선물 고맙습니다. 가져 오신 걸 내놓아서 죄송합니다만."

부인이 정중히 머리를 숙여 마지메와 아라키는 송구스러워했다. 거실 문이 열리고 마쓰모토 선생이 들어왔다.

"오시게 해서 미안합니다."

마쓰모토 선생을 보고 순간 마지메는 말을 잃었다. 원래 말랐던 선생이 한동안 못 본 사이 훨씬 더 야위었기 때문이다. 언제나처럼 양복에 볼로타이를 하고 있었지만, 셔츠 컬러 속으로 손가락이 두 개 정도는 더 들어갈 것 같았다. 지금까지 누워 있다가 마지메네가 온다고 하니 부랴부랴 옷을 갈아입은 것 같았다. 아라키가 옆구리를 쿡쿡 찔러 그제야 마지메는 갑자기 찾아온 무례를 사과했다.

선생은 아내에게 감사의 말을 하고, 거실에서 물러나게 했다. 마지메와 아라키의 맞은편 소파에 앉아 에클레르를 보고 싱글벙글하며 좋아했다.

"이야, 이렇게 좋은 선물 고맙습니다."

과연 부부다. 같은 인사를 한다.

"실은 식도에 암이 생긴 걸 발견해서 말이죠."

선생이 뭐라고 했는지 귀로는 확실히 들었는데 뇌까지 전해지지 않았다. 옆에 앉은 아라키가 희미하게 숨을 삼키는 걸 느끼고, 마지메는 어떻게 반응해야 할지 모르는 채 중대한 사태가 발생했음을 어렴풋이 인식했다.

아라키가 선생에게 실례가 되지 않도록 배려하며 질문하고, 선생이 거기에 대답했다. 지금은 항암제를 먹으면서 방사선 치료를 다니고 있다는 것. 덕분에 암이 조금 작아졌지만, 부작용으로 자리에서 일어나지 못하는 날도 많다는 것. 앞으로 상태를 봐서 재입원 할지도 모른다는 것.

말에 관해서는 얼마든지 적극적이고 과감해지는 마지메와 아라키도 병에 관해서는 어떻게 해야 좋을지 도무지 알 수 없었다. 위로의 말도 제대로 나오지 않고 '괜찮을 겁니다' '힘내세요'라고 말하기도 꺼려져 거의 입을 다물다시피 하고 있을 수밖에 없었다.

불안과 걱정을 억누르고 있는 마지메와 아라키를 눈치챘는지, 마쓰모토 선생은 굳이 밝은 어조로《대도해》진척 상황을 물었다. 마지메는 합숙한 사실은 언급하지 않고, 무리 없이 진행되고 있다고 보고했다. 장정 디자인도 갖고 와서 선생에게 보여 주었다.

"우리의 배에 딱 어울리는 장정이군요."

선생은 무릎 위에 장정 디자인을 펼쳐놓고 사랑스러운 듯이 손가락으로 은색 파도를 더듬었다.

"완성이 기다려지네요. 몸 상태가 좋아지는 대로 나도 편집부에 나가겠습니다. 그때까지는 의문이나 문제가 생기면 바로 집으로 연락해 주세요."

"예. 무슨 일이든 반드시 선생님의 판단을 여쭙도록 하겠습니다."

마지메는 그렇게 말했다.《대도해》는 마쓰모토 선생의 분신이다. 투병 중인 선생을 배려하여《대도해》편찬 작업에서 멀어지게 하는 것은 선생에게서 분신을 무리하게 떼어 내려는 거나 다름없다.

마지메와 아라키는 역까지 걸어가기로 하고, 해가 지기 전에 마쓰모토 선생 집에서 나왔다. 선생은 부인과 함께 문 앞까지 나와서 배웅해 주었다. 모퉁이를 돌 때 돌아보니 선생은 아직도 서 있었다. 가느다란 실루엣이 가볍게 손을 흔들고 있다.

세 개의 에클레르는 결국 아무도 손을 대지 않은 채 거실 테이블에 남았다.

마지메는 쫓기듯이 5교 체크에 몰두했다.

자칫하면 시간을 맞추지 못한다는 생각이 마지메를 몰아붙였다. 만약《대도해》완성을 보지 못하고 마쓰모토 선생의 몸에 무슨 일이 생긴다면? 방정맞고 비관적인 생각이지만, 낙관도 할 수 없는 상황이었다. 마지메와 아라키가 방문하고 얼마 안 있어 선생은 입원했다. 연말에는 퇴원해서 부인과 함께 설을 보냈지만, 설이 지난 뒤 바로 다시 입원했다. 아라키가 자주 병실로 찾아가 5교 체크에서 나온 의문점에 관해 선생의 적확한 지시를 받았다.

이대로는 시간을 맞추지 못할지도 모른다는, 한심하지만 절박한 문제도 마지메를 초조하게 하는 원인이었다. 겨울 방학 때는 고향에 가는 학생들이 여름보다 훨씬 많아서 인원 확보가 어려웠다. 합숙 때문에 늦어진 일정을 보충하기 위해 마지메, 아라키, 기시베, 사사키는 섣달그믐에도 연휴에도 집으로 일을 갖고 가서 했다.

1월도 중순이 지난 지금은 아르바이트생도 전원 돌아와서 겨우 풀가동하여 5교 체크를 하고 있다. 사전은 페이지 수도, 부수도 많아서 인쇄 제본에 시간이 걸린다. 교정이 끝난 페이지는 인쇄소로 보내 인쇄를 시작할 필요가 있다. 적어도 1월 말부터 인쇄기를 돌리지 않으면 발매일에 도저히 맞추지 못할 것이다.

마지메는 연일 심야에 귀가했다. 가구야도 같은 시간대에 가게를 마치고 돌아왔다. 소운장 거실에서 가구야가 만든 야식을 함께 먹는 날들이 계속됐다. 평소라면 저녁은 마지메가 준비해서 나중에 돌아올 가구야의 분은 그릇에 담아 랩을 씌워 냉장고에 넣어 둔다. 그러면 가구야는 돌아와서 먹고 그릇을 씻는 김에 마지메를 위해 다음 날 아침 식사를 준비해 둔다. 생활 리듬이 다른 두 사람이 짜낸 연대 플레이다.

마지메는 마주앉아 야식을 함께 먹는 일이 거의 없어서 그 점은 기뻤지만, 대화는 좀처럼 흥이 나지 않았다. 마지메의 피로가 극에 달한 것도 있고, 마쓰모토 선생의 일이 언제나 마음에 걸려 있기 때문이기도 하다. 가구야는 그런 마지메를 배려해 우나기차즈케장어 양념구이를 밥 위에 얹고 찻물을 부어 먹는 음식나 마늘을 듬뿍 넣은 스테이크 등 힘이 나는 식사를 만들어 주었다. 가구야 씨도 일로 피곤할 텐데 미안하다. 마지메는 그렇게 생각하면서도 말수 적고 믿음직한 가구야의 마음 씀씀이를 생각해서 늘 고맙게 그릇을 비웠다.

밤중에 장어나 소고기를 먹으니 배 둘레가 조금 살이 찐 것 같다. 이대로라면 지금까지 남의 일이라고만 생각했던 중년 뚱보가 될지도 모르겠다. 마지메는 가구야의 정성 어린 애정 야식 덕분에 '빨리《대도해》를 완성시켜야지' 하는 의지가 더욱 강해졌다.

마지메가 편집부를 떠나지 못하는 대신, 가구야가 시간을 내서 마쓰모토 선생에게 문병을 가는 것 같았다. 선생은 '우메노미' 시절부터 가구야의 요리를 좋아해서 혼자서도 종종 가게를 찾았었다. 그랬던 선생을 걱정하는 것은 당연한 일이어서 선생이 좋아하는 음식을 만들어 갖고 가는 것 같다. 하지만 가구야는 선생이 그걸 먹었는지, 병실에서 어떤 모습이었는지에 대해서는 말을 흐렸다.

"선생님은 '마지메 씨한테 부담을 주게 돼서……' 하고 늘 미안해하셔."

"그렇게 신경을 써 주시니 되레 더 죄송해.《대도해》는 순조로우니 안심하고 기운 내시라고 전해 줘."

그런 대화가 몇 번이나 되풀이됐을 것이다. 잿빛 구름이 진하게 드리워진 한겨울 하늘처럼《대도해》 편찬 작업은 종반에 이르러서도 조금씩밖에 진행되지 않았고, 선생의 병세가 명확하게 호전됐다는 소식도 없는 채 1월은 지나가고 있었다.

아무리 조금씩이어도 진행을 하다 보면 언젠가는 빛이 보인다. 삼장법사가 멀리 천축까지 여행하여 갖고 돌아온 두꺼운 불경을 중국어로 옮기는 위업을 달성했듯이. 젠카이라는 스님이 30년 세월 동안 꾸준히 바위를 뚫어 터널을 만들었듯이. 사전도 역시 말이 축적된 책이라는 의미뿐만이 아니라, 오랜 세월에 걸친 불굴의 정신만이 진정한 희망을 초래한다는 걸 체현하는 서적이자, 사람의 예지의 결정結晶이다.

드디어 인쇄소의 윤전기가 가동되고《대도해》 페이지를 찍기 시작했다. 아라키, 기시베와 함께 첫 인쇄에 참관한 마지메는 막 인쇄된 페이지를 공손하게 두 손으로 받아 들었다.

그것은 아직 재단하지 않은 거대한 한 장의 얇은 종이였다. 페이지 순서며 상하좌우가 다 따로따로인 채 한쪽 면에 16페이지씩, 양면을 합쳐서 32페이지가 인쇄되었다.

이 거대한 종이를 반으로 네 번 접으면 페이지 순으로 상하좌우 딱딱 들어맞는 형태로 한 페이지 크기의 종이가 16장 포개진다. 등 부분만 남기고 나머지 세 방향을 절단한 것이 '한 대'다. 즉, 32페이지가 한 대. 《대도해》는 2천 9백 수십 페이지에 이르는 사전이므로, 이런 식으로 90대 이상 포개 묶어야 한 권의 책으로 제본된다는 계산이 나온다.

재단하기 전의 커다란 종이는 은근한 열을 품고 있었다. 이성으로는 인쇄기를 통해 왔기 때문이란 걸 알고 있지만, 마지메는 그걸 아라키나 마쓰모토 선생의, 기시베나 사사키나 자신의, 《대도해》에 관련된 많은 학자와 아르바이트 학생의, 제조회사와 인쇄소 사람들의 열정이 응축된 열이라고 믿었다.

눈에 부드러운 노란빛을 띤 종이는 여름밤처럼 어두운 색의 문자를 선명하게 부각시켰다. 마침 '**아카리【明かり】**' 항목이 포함된 페이지란 걸 깨닫고, 마지메는 얼른 눈을 깜박거렸다. 울컥해서 시야가 부예질 것 같았기 때문이다.

'아카리'라는 말에는 빛이나 등불이라는 뜻뿐만이 아니라 '증거, 증명'이라는 뜻도 있다. 겐부쇼보 사전편집부의 15년에 걸친 말과의 격투는 절대 무위가 아니었다는 걸, 지금 이런 형태로 증명한 것이다.

"정말 예쁘네요."

기시베는 보석을 보듯이 페이지를 바라보며 손수건으로 눈가를 눌렀다. 역시 입회해 있던 아케보노 제지의 미야모토가 그 옆에서 감격에 겨운 모습으로 끄덕였다. 아라키가 머뭇거리듯이 떨리는 손가락 끝으로 종이를 만졌다.

"마지메 군."

꿈이 아니라고 확신했는지, 아라키가 말했다.

"이걸 바로."

"예. 마쓰모토 선생님께 갖다 드리겠습니다."

편집부에서는 아직 '야ゃ행' 이후의 5교 체크가 계속되고 있었다. 그쪽은 기시베에게 맡기기로 하고, 마지메는 둥글게 만 종이를 들고 아라키와 함께 쓰키지에 있는 병원으로 서둘렀다.

링거를 꽂고 있는 마쓰모토 선생은 호흡을 돕기 위해서인지 코에도 관이 꽂혀 있었지만, 침대에서 몸을 일으켜 베개에 기대듯이 하고 용례채집카드에 뭔가를 써 넣고 있는 참이었다. 마지메와 아라키를 보더니 바로 활짝 웃으며 연필을 베갯머리의 테이블에 내려놓았다.

"아이고, 이런. 마지메 씨, 오랜만입니다."

부인은 마침 자택에 잠시 다니러 갔다고 했다. 조금 쉰 목소리의 선생님이 권하는 대로 마지메와 아라키는 침대 옆 철제 의자에 앉았다.

전 해에 만났을 때와 비교해 살이 붙지도 빠지지도 않았다.

그렇게 생각해서인지 안색도 좋아 보였다. 마지메는 선생을 조심스럽게 살피며 밝은 징후를 찾아내려 애썼다.

또 아라키에게 옆구리를 찔리고서야 마지메는 정신을 차렸다. 너무 시간을 빼앗아서 선생을 피곤하게 해서는 안 된다.

"실은 제일 먼저 선생님께 보여 드리고 싶어서."

마지메는 종이를 펼쳐 선생님 무릎 위에 올려 놓았다.

"오오."

마쓰모토 선생은 신음했다. 아니, 그것은 짜내는 듯 저 밑바닥에서 올라오는 환희의 소리였다.

"드디어, 드디어 《대도해》가 이렇게……."

선생의 가느다란 손가락이 한 글자 한 글자를 사랑스럽다는 듯이 더듬었다. 그렇습니다, 드디어 인쇄되어 우리 앞에 나타났습니다. 마지메는 그렇게 말하며 문득 선생의 손을 꼭 잡고 싶어졌다. 물론 무례하다고 생각해서 실행으로는 옮기지 않았다.

"선생님. 《대도해》는 예정대로 3월 출간입니다."

아라키가 온화한 어조로 말했다. "견본이 완성되면 바로 가져오겠습니다. 아뇨, 그때는 편집부에서 함께 파티를 하셔야죠."

"기대되네요."

마쓰모토 선생은 얼굴을 들고 아름다운 나비를 잡은 소년처럼 미소 지었다.

"아라키 씨, 마지메 씨, 정말 고맙습니다."

마쓰모토 선생은 《대도해》의 완성을 기다리지 못하고 2월 중순에 세상을 떠났다.

병원을 지키고 있던 아라키에게 소식을 듣고 마지메는 멍한 채 편집부 사물함을 열었다. 검은 넥타이의 소재를 확인하기 위해서다. 넥타이 유무를 먼저 확인하는 자신이 우스웠다. 감정과 행동이 아무래도 뒤죽박죽이 되어 제대로 제어가 되지 않았다.

장례식 준비는 선생의 부인을 도와 겐부쇼보 사전편집부가 했다. 마지메는 이때 처음 알았지만, 마쓰모토 선생은 78세였다. 정년보다 훨씬 전에 대학 교수직을 그만두고, 그 후로 사전 편찬 외길을 걸어왔다. 제자도 두지 않고 학벌學閥과도 거리를 둔 채 오로지 말에 몸을 바친 일생이었다.

마쓰모토 선생이 대학 교수를 하던 시절부터 함께 사전을 만들어 온 사람이 아라키다. 아라키는 마쓰모토 선생의 좋은 동지였다. 반세기 가까이에 걸쳐 편집자로서 선생을 지탱하고 격려하며 몇 권의 사전을 세상에 내보냈다. 그 아라키는 지금 눈물도 흘리지 않고 조문객을 안내하고 있다. 담담하게 움직이고 있는 아라키의 몸속에 얼마만큼의 통곡이 메아리치고 있을까. 홀쭉해진 뺨에는 핏기 하나 없었다.

장례식을 마치고 마지메는 저녁 무렵에 소운장으로 돌아갔다. 현관 앞에서 소금을 뿌리는 것도 화가 났다. 만약 선생님이 집까지 따라와 주었다면 줄곧 지켜봐 주시길 바랐다.

한 걸음 먼저 집에 돌아온 가구야가 상복에서 평상복으로 갈아입은 모습으로 마지메를 맞이했다. 마지메를 생각해서 가게를 여는 걸 조금 늦춘 것 같다. 두 사람은 묵묵히 2층 거실로 가서 가구야가 타 온 뜨거운 호지차를 마셨다.

"늦어 버렸어."

마지메는 중얼거렸다. 《대도해》를 마쓰모토 선생에게 보여 주지 못했다. 만약 내가 아닌 편집자가 사전편집부에 왔더라면 더 빨리 《대도해》는 완성되지 않았을까. 내가 무능한 탓에 오랜 세월의 꿈이 결실 맺는 모습을 보여 드리지 못한 채 선생님을 떠나보냈다.

정신을 차리고 보니 마지메는 오열하고 있었다. 가구야 씨 앞에서 한심하네. 그런 생각을 하면서도 눈물과 야수 같은 흐느낌 소리가 자꾸자꾸 쏟아져서 멈출 수 없었다. 가구야가 고다쓰를 돌아 와서는 마지메 옆에 앉았다.

가구야는 아무 말도 하지 않고 떨고 있는 마지메의 어깨를 부드럽게 다독거려 주었다.

《대도해》 출간 축하 파티는 구단시타에 있는 전통 호텔의 연회장에서 열렸다. 벚꽃도 봉오리를 맺기 시작한 3월 하순인 어젯밤 일이다.

사전 집필자인 학자를 비롯해 제지 회사나 인쇄소 관계자 등을 초대해서 참석자는 100명이 넘었다. 겐부쇼보 사장의 인사말을 시작으로 파티는 화려하게 시작됐다.

회장 구석에는 허리 높이의 테이블이 설치되고,《대도해》와 마쓰모토 선생의 영정이 꽃으로 장식되었다. 2홉들이 술과 술잔도 올려놓아 마치 제단 같다. 참석해 준 마쓰모토 선생의 부인이 눈이 부신 듯 선생과 사전을 바라보았다.

아르바이트 학생들을 부르지 못한 것이 유감이구나. 마지메는 그런 생각을 하면서 스탠딩 파티장을 돌아다니며 참석자들에게 인사를 했다. 총 50명이 넘는 학생이 파티에 온다면 메뚜기떼 습격을 받은 논밭처럼 요리가 흔적도 없이 사라질 것이다. 겐부쇼보의 경비는 그렇게까지 여유롭지 않아서 학생들은 따로 술집에서 노고를 치하하기로 했다.

오늘 밤은 주로 서점이나 대학 도서관 관계자를 초대했다. 2주일쯤 전에 발매된《대도해》는 평판도 제법 괜찮다. 서점 판매 상황은 현재 상태로 당초의 예상을 웃도는 호조다. 겐부쇼보 영업부 사람들은 이 파티는 한층 더 주문을 받을 좋은 기회라는 듯이 의욕에 넘쳐 있다. 판매부나 선전광고부 사람들도 술을 따르거나 담소를 나누는 등 관계자들 접대로 바쁘다.

"마지메!"

부르는 소리에 돌아보니 니시오카가 대화를 하던 무리에서 빠져 나와 마지메 쪽으로 다가오고 있었다. 마른 체격의 슈트 윗주머니에는 빨간 천이 살짝 보인다. 꽤 힘을 주었군요. 평소와 다름없는 슈트 차림의 마지메가 무심코 포켓치프를 응시하고 있는데, 니시오카가 감격한 듯이 말했다.

"《대도해》 후기에 내 이름 있더라!"

"예."

"그걸 쓴 사람 마지메지?"

"마쓰모토 선생님은 입원해 계셔서 대신 썼습니다. 물론 선생님과 상의하고 의향도 여쭈었어요."

니시오카도 예전에는 사전편집부에 적을 두었고 《대도해》 편찬에 전력을 다했으니 이름을 올리는 것은 당연하다. 감격한 이유를 몰라 마지메는 고개를 갸웃거렸다.

"설마 이름에 오타라도 있었습니까?"

"그런 게 아냐. 난 별로 아무것도……."

말을 하려다 니시오카는 쓴웃음을 지었다. "하여간 너란 놈은 말이야."

니시오카는 마지메의 등을 가볍게 치고 다시 사람들 속으로 돌아갔다. 조그맣게 "고맙다"라고 하는 것 같았지만, 잘못 들었을지도 모른다. 니시오카는 재빨리 광고 에이전시 사원을 발견하고 "하이, 안녕하세요. 오기하라 씨. 요전에는 정말 신세가 많았습니다" 하면서 경박하기 짝이 없는 인사를 했다. 오기하라 씨인가 하는 사람도 웃고 있는 걸로 보아 저런 가벼움도 괜찮은 모양이다.

마지메는 한 바퀴 인사를 돌고 난 뒤에 제단 앞으로 걸어갔다. 마쓰모토 선생의 부인이 사랑스러운 듯이 《대도해》를 들고 바라보고 있었다.

"남편은 처음에 입원할 때부터 각오하고 있었던 것 같아요."

부인은 옆에 선 마지메에게 조용히 말했다.

"물론 포기 같은 걸 할 사람은 절대 아니었습니다만. 마지막 순간까지도 헛소리처럼 《대도해》 얘기뿐이었죠."

"선생님께 《대도해》를 보여 드리지 못해 정말로 죄송합니다."

마지메는 머리를 숙였다. 부인은 "어머나, 그런" 하고 고개를 저었다.

"남편은 기뻐하고 있을 거예요. 나도 기뻐요. 그 사람의 모든 것이 담긴 《대도해》를 이렇게 만질 수 있게 되어서 말이에요."

부인은 마쓰모토 선생의 영정 옆에 《대도해》를 조심스레 돌려놓았다. 인사를 하고 제단을 떠나는 부인을 지켜본 뒤, 마지메는 영정을 향해 말없이 손을 모았다.

"수고."

선생이 하는 말인 줄 알고 놀라서 얼굴을 들었다. 언제 왔는지 아라키가 옆에 서 있었다.

아라키 씨도 늙었구나. 그것도 당연하다. 한 권의 사전을 편찬하는 동안 어느새 15년이 지났으니.

"자네, 요즘 힘이 없다더군. 요전에 '달의 뒷편'에 갔더니 가구야 씨가 걱정하던걸."

"제 실력이 부족한 게 한심하고 마쓰모토 선생님께 죄송합니다."

마지메는 유치하다고 생각하면서 심정을 토로했다.

"그럴 줄 알고 좋은 것 갖고 왔지."

아라키는 슈트 안주머니에서 하얀 봉투를 꺼냈다.

"마쓰모토 선생님이 내게 남겨 주신 편지야."

아라키가 눈으로 재촉하여 마지메는 봉투를 받아 들고 안의 편지지를 펼쳤다.

용례채집카드로 익숙한 선생님의 필체. 글씨는 의외로 강한 필체로 적혀 있었다.

마지막까지 감수자로서 책임을 다하지 못한 것에 대해 사전편집부 여러분에게 사과드립니다. 《대도해》를 완성했을 때는 나는 이미 이 세상에 없겠지요. 그러나 지금은 불안도 후회도 없습니다. 《대도해》가 말이라는 보물을 가득 싣고 큰 바다로 나아가는 모습이 생생히 보이기 때문입니다.

아라키 씨, 한 가지 정정하겠습니다. 내가 전에 '당신 같은 편집자는 두 번 다시 만나지 못할 것'이라고 말했었죠. 그건 실수였어요. 당신이 데리고 온 마지메 씨 덕분에 나는 다시 사전의 길에 매진할 수 있었습니다.

당신과 마지메 씨 같은 편집자를 만나서 정말로 기뻤습니다. 당신들 덕분에 내 생은 더할 수 없이 충실해졌습니다. 감사라는 말 이상의 말이 없는지, 저 세상이 있다면 저 세상에서 용례채집을 할 생각입니다.

《대도해》를 편찬하는 날들이 얼마나 즐거웠던지요. 여러분의, 《대도해》의, 끝없이 행복한 항해를 기도합니다.

마지메는 정중하게 편지지를 접어 봉투에 넣었다.

마쓰모토 선생의 영정을, 선생의 이름이 새겨진《대도해》를, 회장에 모인 많은 사람들의 얼굴을 차례대로 바라보았다.

말은 때로 무력하다. 아라키나 선생의 부인이 아무리 불러도 선생의 생명을 이 세상에 붙들어 둘 수는 없었다.

하지만, 하고 마지메는 생각한다. 선생의 모든 것을 잃어 버린 것은 아니다. 말이 있기 때문에 가장 소중한 것이 우리들 마음속에 남았다.

생명 활동이 끝나도, 육체가 재가 되어도. 물리적인 죽음을 넘어서 혼은 계속 살아남을 수 있다는 것을 선생의 추억이 증명했다.

선생의 모습, 선생의 언동. 그런 것들을 서로 얘기하고 기억을 나누며 전하기 위해서는 절대로 말이 필요하다.

마지메는 문득 만져 본 적 없는 선생의 손의 감촉을 자신의 손바닥에 느꼈다. 선생과 마지막으로 만난 날, 병실에서 결국 잡아 보지 못했던 서늘하고 건조하고 부드러웠을 선생의 손을.

죽은 이와 이어지고, 아직 태어나지 않은 이들과 이어지기 위해 사람은 말을 만들었다.

기시베가 미야모토와 케이크를 먹고 있다. 편집부원은 접대에 충실하라고, 회장에서는 음식을 먹지 않도록 하라고 그렇게 일렀건만. 즐거운 모습으로 서로의 케이크를 포크로 찍어 먹고 있다. 사사키는 벽 쪽에서 화이트 와인이 든 잔을 기울이고 있고, 니시오카는 여전히 경박한 몸짓으로 인사를 돌고 있다.

《대도해》의 완성을 기뻐하며 모두들 웃는 얼굴이다.

우리는 배를 만들었다. 태고부터 미래로 면면히 이어지는 사람의 혼을 태우고, 풍요로운 말의 바다를 나아갈 배를.

"마지메 군. 내일부터 바로《대도해》개정 작업 시작하자고."

아라키가 마지메를 회장 중앙으로 가라고 재촉하면서 말했다. 그 뺨에 만감이 한 가닥의 반짝거림이 되어 타고 내리는 것이 보였지만, 그렇게 생각한 탓일지도 모른다.

경사스러운 밤에도《대도해》의 앞날을 걱정하고 있다. 과연 아라키 씨다. 마쓰모토 선생의 영혼의 동반자다.

사전 편찬에 끝은 없다. 희망을 싣고, 넓은 바다를 가는 배의 항로에 끝은 없다.

마지메는 웃으며 끄덕였다.

"그럼 오늘 밤만 실컷 마시도록 하죠."

거품이 넘치지 않도록 주의하면서 아라키의 잔에 맥주를 따랐다.

옮긴이의 말

어느 날 문득 전자 사전 때문에 설 자리를 잃어 가고 있는 종이 사전이 걱정되었다. 전자 사전을 찾으며 일을 하는 내 옆에서, 딸이 스마트폰으로 영어 단어 찾는 걸 보며 뜬금없이 든 생각이었을 것이다. 휴대 전화에까지 전자 사전이 내장되어 있으니 이러다 종이 사전이 점점 사라져 박물관에서나 보게 되는 건 아닐까? 종이 사전을 펴내는 출판사들은 먹고 살기 괜찮을까? 내 코가 석 자인 주제에 오지랖 넓게 종이 사전 출판사의 안부까지 걱정하고 있었다.

마침 그 무렵 나라바야시 아이奈良林愛 씨라는 이와나미쇼텐岩波書店의 편집자가 졸저《번역에 살고 죽고》를 무척 재미있게 읽었다며, 서울 온 길에 꼭 만나고 싶다는 메일을 보내왔다. 외국인 독자는 처음인지라 신나서 나갔더니, 책에 등장하는 정하에게는 과자 선물, 내게는 책 선물을 가지고 왔다. 그 책이 공교롭게도 걱정하고 있던 사전편집부 사람들의 이야기인 《배를 엮다》였다.

진보초에 있는 대형 출판사인 이와나미쇼텐은 이 소설에 나오는 '겐부쇼보'의 모델에 가깝기도 하다. 나라바야시 씨 얘기로는, 실제로 미우라 시온 씨가 매일 이와나미쇼텐에 출퇴근하며 자료 조사를 했다고 한다. 아마 자기 출판사와도 관련이 있고, 내가 미우라 시온 씨의 작품을 많이 번역하기도 해서 겸사겸사 이 책을 선물해 준 것 같다. (나라바야시 상, 아리가토고자이마스.)

집에 와서 단숨에 다 읽었다. 참 재미있고 좋은 소설이네, 감탄하면서. 이런 탐나는 소설을 접할 때면 '이거 번역하면 좋겠다!' 하는 생각이 먼저 드는 게 우리 직업병이다. 그러나 이 책의 경우는 좀 예외였다. 선뜻 덤벼들 엄두가 나지 않았.

정말 좋은 책이지만, 일본어 사전 만드는 이야기를 잘 번역할 수 있을까? '아가루ぁがる'와 '노보루のぼる'처럼 미묘한 일본어의 차이를 우리말로 잘 옮길 수 있을까? 조사 '에へ'는 어떻게 옮기지? 오십음도에서 읽을 때는 '헤'라고 하지만, 조사로 사용

될 때는 '에'라고 읽으며, 상황에 따라 '에'나 '로', '에게' 등등으로 해석되는 'ヘ', 일본어를 전혀 모르는 독자들도 이해하기 쉽게, 혼란스럽지 않게 번역할 수 있을까? 일본어가 많이 나와서 독자들이 불편해하지 않을까?

그런저런 고민을 하다, 다른 작업의 마감에 쫓기며 그냥 이 책의 독자로만 남자고 생각했다.

그런데 그로부터 열 달 뒤에 번역 의뢰가 온 것이다. 아찔했다. 만약 나한테 의뢰가 오면 어떻게 할까 수없이 생각했던 일이지만, 여전히 결론은 내리지 못했었는데. 결국은 의뢰를 받고도 한참 갈등하다, 다른 건 몰라도 이 책에 관한 관심과 애정만은 내가 최고일 거란 생각이 들었다. 결과적으로 이렇게 무사히 번역을 마치고 벅찬 마음으로 옮긴이의 말까지 쓰고 있다. 사람을 만나는 것도 책을 만나는 것도 다 '인연'인 것 같다.

아, 그 열 달 동안《배를 엮다》에게는 경사가 있었다. 2012년 서점대상을 수상한 것이다. 일본 소설을 좋아하는 독자들이라면 익히 알겠지만, 서점대상은 해마다 한 번씩 서점직원들이 '나오키상을 수상하진 못했지만 가장 팔고 싶은 책'에게 주는 상이다. 1회 서점대상이 오가와 요코 씨의《박사가 사랑한 수식》이었고, 이 작품이 아홉 번째 작품이다. 참고로 미우라 시온 씨는《마호로 역 다다 심부름집》으로 나오키상도 수상한 적이 있어, 일본에서 유일하게 나오키상과 서점대상을 다 받은 작가가 되었다. 작품성과 대중성을 공히 인정받은 작가라는 얘기일 것이다.

《배를 엮다》는 겐부쇼보 사전편집부에서 사전 만들기에 일생을 바친 사람들의 노력과 열정과 사랑에 관한 이야기다. 사전 한 권을 만드는 데 워낙 긴 세월이 걸리는 만큼 회사 사정으로 중단될 위기에 처하기도 했지만, 어떤 불황도 난관도 사전편집부 사람들의 열정을 이기지는 못했다. 이들이 그 긴 세월, 우여곡절을 겪으며 만든 국어사전의 이름은《대도해大渡海》. 사전은 말의 바다를 건너는 배이므로 바다를 건너는 데 어울리는 배를 엮자는 의미에서 그렇게 지었다고 한다. 아마 이쯤에서 이 소설의 제목이《배를 엮다》인 이유도 이해하셨으리라.

교수 출신의 사전편집부 고문인 마쓰모토 선생, 일생 사전을 만들다 퇴직한 아라키, 영업부에 있다가 사전편집부로 스카우트 된 마지메(실질적인 주인공). 이 세 사람의 말言語에 관한 열정과 고집과 집념 앞에 사전 덕분에 먹고 사는 사람으로서 절로 머리가 숙여졌다. 아울러 세상의 모든 사전 만드는 분들에게도. 종종 단어를 찾아 놓고 못마땅한 뜻풀이에 툴툴거릴 때도 많았는데, 이제는 그러지 못할 것 같다. 그야말로 좁쌀만 한

한 글자 한 글자가 그들의 피고름같이 느껴진다.

사전편집부에 있다가 마지메가 들어오며 다른 부서로 좌천된 니시오카, 마지메 이후 한참 만에 사전편집부에 새로 들어온 식구 기시베, 계약 사원 사사키. 처음에는 사전 만들기에 흥미가 없었던 사람들이 점차 열정에는 열정으로 맞서겠다는 듯이 각자의 방법으로《대도해》를 위해 열심히 뛰는 모습도 콧등 시큰한 감동이었다.

묵직한 소재를 전혀 무겁지 않게, 특유의 재치 있는 문장과 유머를 유감없이 발휘하며《대도해》를 만드는 15년이란 세월을 많지 않은 분량 속에 차곡차곡 집어넣은 미우라 시온 씨의 재주는 참말 대단하다. 초창기 작품 네 권을 줄줄이 번역하며 반해서 그녀의 팬임을 자처해 왔지만 슬슬 '팬심'을 잃어가고 있던 차, 이렇게 좋은 작품을 접하게 되어 눈이 번쩍 뜨이는 것 같았다.

이 책을 번역하면서 문득 그녀의 초창기 작품 중 출판사 취업 활동기를 그린《격투하는 자에게 동그라미를》이 생각났다. 풋풋하지만 2퍼센트 부족한 듯했던 그 작품과 많이 비교되었다. 그때의 신입사원이 이제 편집장이 된 느낌이랄까. 어엿한 중견 작가가 되어 가는 그녀의 발전이 괜히 흐뭇하고 뿌듯한 것은 우리나라에 처음으로 그녀의 작품을 소개한 인연 때문이리라.

늘 식상하지 않은 소재의 소설로 즐거움을 주는 미우라 시온 씨, 다음에는 또 어떤 소재로 쓸지 기대된다.

열아홉 살 정하에게 사랑을 전하며
권남희

• 이 도서의 국립중앙도서관 출판시도서목록(CIP)은 e-CIP홈페이지(http://www.nl.go.kr/ecip)와 국가자료공동목록시스템(http://www.nl.go.kr/kolisnet)에서 이용하실 수 있습니다.
(CIP제어번호: CIP2013001621)

배를 엮다

1판 1쇄 발행 2013년 4월 10일
1판 11쇄 발행 2022년 7월 22일

지은이 · 미우라 시온
옮긴이 · 권남희
펴낸이 · 주연선

(주)은행나무

04035 서울특별시 마포구 양화로11길 54
전화 · 02)3143-0651~3 | 팩스 · 02)3143-0654
신고번호 · 제 1997-000168호(1997. 12. 12)
www.ehbook.co.kr
ehbook@ehbook.co.kr

ISBN 978-89-5660-679-8 (03830)

• 이 책의 판권은 지은이와 은행나무에 있습니다. 이 책 내용의 일부 또는 전부를 재사용하려면 반드시 양측의 서면 동의를 받아야 합니다.

• 잘못된 책은 구입처에서 바꿔드립니다.